# LA FORÊT D'ÉMERAUDE

ROBERT HOLDSTOCK

# LA FORÊT D'ÉMERAUDE

d'après un scénario
de Rospo PALLENBERG

Collection « INÉDIT »

PRESSES DE LA CITÉ
PARIS

ISBN : 2-258-01608-8

# LA FORÊT D'ÉMERAUDE

Un film de John Boorman
Scénario de Rospo Pallenberg
Avec

Powers Boothe ........................ Bill Markham
Meg Foster ........................ Jean Markham
Charley Boorman ........................ Tommy

Producteur exécutif : Edgar F. Gross
Coproduit par Michael Dryhurst
Une présentation Embassy Films Associates
Distribué en France par AMLF

*Nous serons toujours dans la forêt. Et même quand vous ne penserez pas nous y trouver, sachez que nous y serons. Simplement, vous ne nous verrez pas. Car vous ne* savez *pas nous voir.*

Déclaration de la tribu Wai-Wai.

# PROLOGUE

Des années plus tard, quand les souvenirs de ce qu'il avait laissé derrière lui ne furent plus que des ombres et cessèrent de le faire souffrir, il se rappelait encore l'époque où il avait commencé à se sentir seul, la tristesse et l'égarement qui pendant des mois et des mois avaient comme engourdi ses sens.

Dans ces moments-là, il se rendait seul à l'orée du Monde Vivant et il restait là, à mi-chemin entre la fraîcheur des ténèbres et l'éclat du soleil, une moitié de son corps dans la forêt, l'autre à l'extérieur. Et il oscillait entre les deux mondes, comme lorsqu'il était enfant. Mais c'était agrippé à une liane qui pendait d'une branche haute qu'il s'était balancé alors, et son père l'avait poussé.

Comme c'était bon de laisser ses larmes couler tandis qu'il se tenait là à l'orée du Monde Vivant... C'était un vieil homme maintenant, mais les fantômes de deux mondes différents continuaient à le poursuivre. A chacune de ses larmes était attaché un souvenir, le plus souvent c'était l'écho d'un rire, d'un rire d'autrefois, et il lui arrivait de ne pouvoir dire dans lequel des deux mondes ce rire avait pris sa source. C'était alors qu'il quittait l'orée du Monde Vivant et reprenait le long chemin qui le ramenait à sa famille. Il ne savait pourquoi, mais ce voyage était exactement ce qu'il lui fallait pour chasser l'ombre de son chagrin. C'était aussi l'occasion de faire provision de nouvelles histoires, et lorsque ses petits-enfants venaient se regrouper et le retrouver, il les faisait asseoir en cercle autour du foyer et leur parlait de cette voix mystérieuse et étouffée qui tout à la fois les ensorcelait et les effrayait.

Les histoires qu'il racontait maintenant évoquaient toutes la Lumière de Rêve, mais au cœur de ces histoires subsistaient les images des derniers fantômes de sa mémoire. Il y avait l'histoire de « l'homme qui était entré en courant dans le Monde Vivant et n'avait pas vu les gens qui s'y trouvaient », et l'image en était celle d'un homme qui courait à travers des champs arides, en remuant les bras tel un pélican qui essaie de s'envoler, la bouche ouverte, la tête renversée en arrière, faisant résonner l'air de ses cris. Et comme dans ces rêves lents et étranges, l'homme n'atteignait jamais la forêt mais continuait à courir dans sa direction, en hurlant sa plainte obsédante.

Il y avait aussi l'histoire de « la pièce qui se trouvait dans le grand arbre de pierre ». L'image était celle d'un homme qui grimpait à l'un de ces arbres de pierre qui poussaient dans le Monde Sauvage pour aller voir dans la vive lumière d'une pièce taillée dans la cime, où des gens assis autour d'une table regardaient des images représentant l'esprit des morts.

Mais ses histoires préférées étaient celles de la Forêt Morte, et il les gardait toujours pour la fin car elles étaient les plus effrayantes et très souvent, lorsqu'il commençait à les raconter, toute la famille venait se joindre aux enfants pour les écouter. Il avait beaucoup d'histoires de la Forêt Morte. Elles commençaient toutes de la même manière et tournaient toutes autour de la même image gravée dans sa mémoire, celle d'un jeune garçon seul et perdu dans un pays étrange.

« Il était une fois, là-bas, au-delà de l'orée du Monde Vivant, un petit garçon qui marchait parmi les arbres de la Forêt Morte. Et tout autour de lui, il y avait des hommes, mais ces hommes disaient des mots étranges, qu'il ne comprenait pas. »

# PREMIÈRE PARTIE

## *Le Monde Sauvage*

## 1

Il avait bien essayé d'apprendre la langue ! Mais il n'avait que sept ans et le portugais était une langue très difficile, qui n'avait aucun point commun avec l'anglais, en dépit de ce que son père avait pu lui dire.

Tommy Markham se tenait là, à moitié sur le terrain de jeux, à moitié dans la haute et luxuriante végétation qui l'entourait. Il regardait les gamins du quartier jouer sur les structures métalliques du terrain d'aventure et mourait d'envie de se joindre à eux. Il faisait chaud et humide ce jour-là, et sa chemise collait à sa peau et le gênait. Apparemment, chacune des structures de jeux était la chasse gardée d'un ou deux grands qui n'accordaient la permission d'y jouer qu'à ceux qu'ils connaissaient. Tommy les entendait rire et crier, et bien qu'il pût reconnaître un mot par-ci, par-là, il aurait tout aussi bien pu se croire sur une autre planète.

Cela ne faisait pas encore vingt-quatre heures que les Markham étaient arrivés et déjà Tommy regrettait la Californie et ses amis de Newbury. Et dire qu'ils allaient rester là si longtemps ! Des années ! Pourquoi diable les ingénieurs ne pouvaient-ils construire un barrage en quelques semaines ? Pourquoi leur fallait-il autant de temps ? Quand ils retourneraient sur Lincoln Avenue, à Newbury, tous ses amis auraient grandi et seraient partis, et il serait lui-même si grand qu'aucun des nouveaux ne voudrait lui adresser la parole.

Décidément, la vie au Brésil s'annonçait mal.

La mort dans l'âme, il quitta les abords ombragés du terrain de jeux et traversa timidement le dallage de béton. Il mourait d'envie de participer aux jeux de ces gamins bronzés, de comprendre leurs cris et leurs conversations. L'un d'entre eux vint vers lui, le fixa d'un air effronté et avec un sourire plein d'assurance lui dit :

— *Que cabelo louro !*

Puis il se mit à rire, et tandis que Tommy continuait son chemin, le terrain de jeux se mit à résonner de cris moqueurs :

— *Estrangeiro ! Estrangeiro louro !*

C'était vrai qu'il était différent. Même les petits Américains qu'il avait aperçus au marché voisin où sa mère était allée faire ses courses avaient le teint bronzé et basané. Tommy, lui, avait une peau laiteuse et la masse désordonnée des boucles blondes qui atteignaient ses épaules ne faisait qu'accentuer la différence. Au regard sombre des enfants du village venus l'observer, il répondait par le regard le plus beau et le plus limpide qui fût.

Belore, la ville où il venait d'arriver, avait été construite à deux cent cinquante kilomètres des côtes brésiliennes, au creux d'une courbe nonchalante de la Yuruan, un affluent de la gigantesque Amazone. Dans ce coin reculé de l'Amérique du Sud, la rivière était la principale voie de communication entre Belore et les villes voisines. Il y avait également trois autoroutes qui dessinaient dans le paysage gris-vert d'immenses zébrures rouges que Tommy avait aperçues de l'avion.

De l'autre côté de la rivière, la forêt commençait. Ce

n'était pas la *vraie* forêt, et Tommy le savait. Il y avait là des paysans, des bûcherons, des tribus qui faisaient du commerce avec la ville, et puis des missionnaires, des ouvriers du pétrole...

Mais si l'on s'enfonçait dans la forêt, on rencontrait alors des Indiens...

Des Indiens !

En un sens, Tommy avait l'impression d'avoir été berné. Son père l'avait hypnotisé à coups d'histoires de vrais Indiens, honnêtes et purs, qui vivaient encore dans la forêt vierge. Si bien qu'au lieu de se préparer en apprenant le portugais, il avait passé ses soirées à se demander à quoi ils ressembleraient, comment l'air retentirait au son de leurs tambours et serait lourd des fumées de leurs calumets. Il avait « étudié » les Indiens du Bassin amazonien à la manière nonchalante et hâtive d'un enfant, qui s'attache moins à analyser la réalité qu'à laisser vagabonder son imagination.

Il était venu à Belore en s'attendant à y trouver quelque chose qui lui rappelât le Far West. Mais les seuls Indiens qu'il ait vus jusqu'alors étaient édentés et tout ridés et portaient des chemises et des pantalons bien trop grands pour eux. Et quand la famille Markham avait traversé les bidonvilles de la banlieue, ils l'avaient regardé avec une indifférence qui n'avait d'égale que sa propre déception.

Son père lui avait donc menti.

— Tu verras, Tommy, Belore est une belle ville. Une ville si colorée qu'à côté d'elle, Newbury a l'air d'un sinistre trou. Tu vas adorer l'endroit. Il y fait chaud, on peut se baigner dans la rivière, on y mange bien, les enfants sont gentils, les filles merveilleuses, lui avait-il expliqué avec un coup de coude complice et un gros clin d'œil. Et en plus de ça, il y a des Indiens. A cent cinquante kilomètres de la ville, c'est comme si tu faisais un voyage de plusieurs siècles en arrière. Tommy, je suis sûr que tu vas t'y plaire.

— Est-ce qu'ils ont l'électricité, à Belore ?

— Bien sûr qu'ils l'ont ! Et ils en auront encore plus après la construction du barrage.

— Ils ont la télé ?

— Evidemment ! Où crois-tu qu'on va ? Au Pôle Sud ?

— Et des MacDonalds, ils en ont ?

— Bon sang, fiston, j'espère bien !

Après un léger temps de réflexion, Tommy avait fini par acquiescer :

— D'accord. Je te crois.

## 2

Leur premier jour à Belore fut passablement mouvementé. Jean passa plus d'une heure à tenter d'entrer en contact avec la Fondation pour les Enfants de Belore et de la Région, où elle devait enseigner, mais personne ne répondait au téléphone. Elle se rendit ensuite au marché avec Heather et Tommy et crut mourir d'inquiétude lorsqu'elle perdit de vue le petit garçon — parti faire un tour sur le terrain de jeux. Quand ils rentrèrent, Heather eut mal aux dents, une de ces rages de dents qu'elle s'infligeait chaque fois qu'on lui interdisait de jouer avec des choses qu'elle trouvait irrésistibles comme ce gros insecte au dos rouge qui se dorait au soleil sur les plantes du balcon de l'appartement.

Bill Markham avait espéré bénéficier d'un répit de quelques jours pour emménager avant de rencontrer les gens de l'Amazco, l'entreprise chargée de la construction du barrage. Mais Enrico Costa, son supérieur hiérarchique, avait insisté pour le voir.

— Rien qu'une heure, avait-il précisé.

Et Joseph Perrera, le chef de projet, peu soucieux des préoccupations de Markham, l'avait retenu pendant six heures, durant lesquelles il lui avait fait part dans le détail de ses exigences. Quand enfin il regagna la maison, si du moins on pouvait appeler ainsi un appartement encombré de caisses, il sentit qu'une sourde révolte couvait parmi les siens.

C'était la fin de l'après-midi et Jean essayait toujours d'entrer en contact avec la Fondation. Elle avait préparé le dîner, pour qu'ils n'aient plus qu'à le faire cuire. Heather était assise devant une valise, l'air absorbé, le visage dans les mains, un gros livre sur les insectes exotiques ouvert devant elle.

— Où est Tommy ?

Jean raccrocha le combiné et secoua la tête, l'air exaspéré. Elle semblait épuisée, ses cheveux blonds étaient en désordre et les traits de son visage mince étaient plus tirés que d'habitude.

— Tommy ? Il est sur le balcon. Qu'est-ce qui t'a retenu si longtemps ?

— Ils sont contents que je sois là. Pas eu moyen de me défiler.

Il ôta sa veste d'un haussement d'épaules et desserra sa cravate. Les complets élégants n'étaient pas faits pour cet homme musclé, toujours bronzé, nettement plus à son aise en vêtements de sport ou de chasse.

— Tu aurais pu emmener les enfants, dit Jean.

— Je sais. Je suis désolé. Je n'ai vraiment pas pensé qu'ils me garderaient plus de quelques minutes. Je dois jouer serré, avec ces types. Ils ne sont pas faciles.

— Rien n'est facile ici, répliqua Jean.

Bill sourit et la prit dans ses bras.

Ils étaient fatigués du voyage, découragés à l'idée de défaire tous les bagages, et désespéraient d'avoir enfin un moment pour se retrouver et parler tranquillement.

— Ta première journée a été dure aussi, à ce que je vois, fit remarquer Bill.

— C'est le moins qu'on puisse dire. Personne ne répond jamais au téléphone. Tout le monde essaye de te voler, au marché. Quant à Tommy, ce n'est vraiment pas un cadeau en ce moment.

— Il finira par s'habituer à Belore, comme nous tous d'ailleurs.

Jean se dégagea.

— Tu devrais aller lui parler. Tu lui as manqué, tu sais.

Tommy était agenouillé devant la balustrade du balcon, les grosses jumelles Zeiss de la famille entre les mains. Il avait beau les tenir fermement, elles n'en penchaient pas moins dangereusement au-dessus du vide, aussi Bill fit-il passer la courroie par-dessus la tête de son fils.

— Qu'est-ce que tu vois ?

— La rivière, répondit Tommy.

Bill s'accroupit près de l'enfant.

— Et encore ?

— La forêt. Mais on ne distingue pas grand-chose. Rien que des arbres.

— Pas d'Indiens ?

— Pas encore.

Markham laissa son regard errer sur la ville. C'était le crépuscule, mais jamais encore il n'avait vu pareille lumière. Il regardait vers l'ouest, après les bidonvilles qui avaient poussé le long de la rivière, loin du port principal. La ville, plus près, était aussi animée et aussi moderne que n'importe quelle ville, avec des jardins sur les toits des maisons, de grandes statues et de hauts immeubles administratifs aux façades de marbre noir. Et bien sûr, un quartier à touristes qui, la nuit, déversait ses flots de lumière.

Les bidonvilles apparaissaient comme un repaire de

fantômes, une bande sombre et menaçante où brillaient des lumières sans éclat. Au-delà, on voyait déjà monter de la rivière la brume qui si souvent l'enveloppait du crépuscule à l'aube et l'orée de la jungle n'était au loin qu'une mince ligne grise, comme décolorée.

Bill prit les jumelles des mains de son fils et fit la mise au point sur la berge la plus éloignée de la rivière. On y voyait scintiller les lumières des huttes et des cabanes. Plus au sud, la terre était défrichée et la jungle qu'il contemplait abritait en réalité des paysans, des bûcherons, et des ouvriers agricoles qui se satisfaisaient de cette existence à mi-chemin entre deux mondes. Il n'en était pas moins étonné de voir à quel point la forêt avait l'air menaçant. Comme si, occupée et exploitée par les Portugais, par les Mestizos et par les Indiens en chemise, qui jamais n'iraient vivre dans les villes ou les villages, comme si, malgré tous ces gens, elle n'en conservait pas moins une identité propre, qui se dévoilait au crépuscule dans toute sa sombre splendeur.

Il fit ensuite tourner les lentilles des jumelles pour scruter les hauts immeubles du centre-ville. L'immeuble de l'Amazco pointé vers le ciel, pareil à un doigt mince, dépassait en hauteur les constructions voisines et se signalait par son enseigne au néon rouge.

Bill tendit les jumelles à son fils et l'aida à faire le réglage sur l'immeuble.

— C'est là que je travaillerai une bonne partie du temps, lui dit-il.

— Je pourrai te regarder alors, répondit l'enfant.

— Oui, mais la plupart du temps, c'est là-bas que je serai, de l'autre côté de la ligne des arbres.

Tommy fixa la ligne grise. Bill l'observait, et sentait que l'intérêt de l'enfant allait croissant. D'ici quelques jours, il se serait complètement habitué à sa nouvelle vie. Tommy était si mûr pour son âge, et Heather aussi. Les enfants d'aujourd'hui semblaient plus éveillés, plus vite informés, sans doute grâce à la télé dont on les gavait. A Newbury, Tommy avait établi avec les gamins de son âge des relations que la génération précédente n'avait pu nouer que vers dix ou onze ans.

Bill Markham s'aperçut soudain que son fils avait les yeux fermés et murmurait des paroles inaudibles.

— Qu'est-ce que tu fabriques ?

— Je les appelle, répondit Tommy, les yeux toujours fermés.

— Qui ?

— Les Indiens. Les Indiens qui vivent dans la forêt, comme tu m'as dit. Je fais comme Charlie X.

— Charlie X ?

— Le personnage du *Chemin des Etoiles.* Il peut appeler mentalement les gens.

Cette remarque fit sourire Markham.

— Ne les appelle quand même pas trop fort. — Il passa un bras autour des épaules de l'enfant et l'étreignit. — Ils pourraient t'entendre et venir jusqu'ici.

Tommy poussa un cri et éclata de rire, puis tenta de se dégager de l'étreinte de son père, qui s'était mis à le chatouiller.

Soudain un bruit étrange se fit entendre au-dessus d'eux, les contraignant à lever les yeux. Un immense oiseau, les ailes largement déployées, décrivait des cercles dans le ciel crépusculaire, la tête dressée, comme pour mieux scruter le balcon.

— Un aigle, cria Markham, Heather ! Viens voir ! Vite !

Il courut chercher dans l'appartement l'appareil-photo à infrarouge qu'il s'était acheté, à grands frais, pour des occasions de ce genre. Heather se précipita sur le balcon. Tommy et elle se mirent à observer l'aigle, qui tournoya à deux reprises au-dessus d'eux avant de passer au ras de l'immeuble. Heather, ravie, se mit à battre des mains. Tommy cria en direction de l'oiseau, et celui-ci vint alors si près d'eux qu'ils purent sentir sur leurs visages l'air que déplaçaient ses puissants battements d'ailes.

Puis il s'éloigna.

Bill, émergeant de l'appartement, fit irruption sur le balcon, tenant son appareil-photo armé. Mais leur visiteur nocturne avait disparu sans laisser de trace.

— Bon sang ! s'écria-t-il, ajoutant avec un sourire : Bah ! Il y en aura des tas d'autres dans la forêt.

— Il nous observait, dit Tommy d'une voix grave.

— Sans doute, oui, répondit son père. Venez, maintenant, il est temps d'aller dîner.

Il leur fallut près d'une semaine pour s'installer et commencer à se sentir chez eux dans leur petit appartement et dans leur nouvelle ville. Bill passa une journée sur le chantier du nouveau barrage et Jean parvint enfin à joindre l'organisation pour laquelle elle devait travailler. Le reste de la semaine leur appartenait, et ils en profitèrent largement. Mais pour Tommy et Heather, il y avait une ombre au tableau : la rentrée des classes était proche. La veille de ce jour fatidique, les Markham se rendirent au bord de la forêt avec l'intention d'y pique-niquer.

Le chantier du barrage était au creux d'un des méandres les plus larges de la Yuruan. On avait déboisé sur un rayon de près de deux kilomètres tout autour de l'emplacement prévu pour la construction du barrage. La terre était rouge et il s'en dégageait une impression de désolation et d'aridité.

Tout autour, la forêt d'émeraude semblait observer en silence et attendre l'occasion de regagner furtivement du terrain sur ce monde désolé.

Lorsqu'on arrivait par la large piste rouge, on avait l'impression d'émerger brutalement d'un tunnel de végétation pour déboucher sur une étendue de terre en friche. Un nuage orangé de poussière brûlante planait continuellement au-dessus de la vaste clairière. L'air était chargé de la vibration des générateurs, des scies à chaînettes, des bulldozers, des pelleteuses et des sirènes qui envoyaient les équipes défricher ou creuser.

L'endroit débordait d'une activité confuse. D'énormes bulldozers jaunes, avec sur le côté l'emblème de l'Amazco, avançaient le long des pistes grossièrement tracées, ou labouraient la terre de leurs griffes et la mettaient en pièces, pour creuser les fondations des bâtiments que l'on allait bientôt y ériger. Jusque-là, l'endroit n'avait été qu'un campement provisoire. Des voitures couvertes de poussière venaient se garer autour de petites cabanes sommaires. Des hommes en manches de chemise, coiffés de casques, s'y pressaient, le son de leur voix couvert par le rugissement des machines.

— Tu vas devenir fou à travailler ici ! cria Jean à Bill.

Mais il ne put entendre ce qu'elle disait. Une pelleteuse de quarante tonnes venait de débouler devant la voiture et il dut brusquement freiner. Tommy considéra l'énorme machine avec un regard d'admiration mêlée d'effroi.

Ils garèrent la voiture et Bill, affrontant la chaleur et le bruit, alla signaler leur arrivée au baraquement de l'ingénieur en chef. Il en ressortit escorté de deux Portugais qui allèrent saluer Jean et les enfants. Jean crut entendre Bill lui présenter l'un d'eux comme Enrico Carlos, son supérieur hiérarchique direct. L'homme sourit à Jean qui lui rendit son sourire, puis ils échangèrent quelques mots qui furent immédiatement couverts par le hurlement rauque d'une scie à chaîne.

Comme sous l'effet d'une onde de choc, l'air se mit à vibrer. Tommy sursauta. Une fraction de seconde plus tard, le grondement fracassant d'une explosion les fit tous se retourner en direction de la ligne des arbres la plus proche d'eux.

Quatre arbres énormes chancelaient lentement sur la portion de terrain déjà défriché. Le plus grand devait avoir au moins une soixantaine de mètres de haut et toute la famille Markham réunie n'aurait pas suffi à faire le tour de son tronc.

— C'est un arbre ancêtre ! cria Bill à l'oreille de Jean. Impossible de le déplacer, même avec un bulldozer. Une fois qu'ils ont commencé, ces engins-là vous nettoient mille mètres carrés de forêt en dix minutes.

Jean, Tommy et Heather contemplaient la fin majestueuse des grands végétaux. Le plus grand resta un instant penché en équilibre, tandis que les autres allaient s'écraser sur le sol. Puis il se mit lui aussi à s'incliner de plus en plus et, dans un immense nuage de poussière rouge, finit par aller embrasser la terre sèche. Une douzaine d'hommes s'approchèrent alors pour l'entourer de chaînes. Deux bulldozers se mirent en branle avec des rugissements, puis s'éloignèrent de la forêt en remorquant le monstre.

Après leur passage, des pelleteuses commencèrent à déboiser les quelques mètres de forêt dont on venait d'arracher les arbres. La terre, les fougères, les taillis, tout fut enlevé à la vitesse à laquelle on écorche un lapin.

Heather retourna à la voiture en se bouchant les oreilles. Comme Tommy, naturellement, voulait à tout prix faire un tour de bulldozer, Bill le souleva de terre et l'assit dans la cabine. Le chauffeur, un Mestizo plein d'indulgence, laissa l'enfant prendre les commandes et faire décrire à l'engin un cercle étroit sur une trentaine de mètres. Tommy était ravi. Lorsque son père l'aida à redescendre, la joie éclatait dans ses yeux bleus et ses cheveux blonds étaient couverts d'une fine poussière rouge.

— Maintenant, viens, Tommy. Allons voir la forêt vierge, cria Bill.

Jean avait sorti de la voiture le panier du pique-nique. Bill saisit son fusil et le tapis de sol et tous quatre s'éloignèrent du vacarme du chantier pour se diriger vers un endroit plus calme en bordure de forêt.

Le terrain grimpait légèrement lorsqu'on approchait de la ligne des arbres. L'air était maintenant plus transparent, plus propre, quoique toujours aussi chaud. Brusquement le vacarme du chantier s'estompa. le bruit des moteurs et le vrombissement continu des scies à chaînes se perdirent soudain dans le lointain. Une paix magique et bienvenue venait les remplacer.

Ils purent enfin percevoir les bruits de la forêt. A la limite des grands arbres, la végétation était comme tranchée net et formait une sorte de mur. Vue de près, la lisière laissait voir les balafres sur les troncs des arbres et tout l'enchevêtrement confus du vert et du rouge des sous-bois. Ici, un buisson avait été coupé en deux et, sur le vert du feuillage, ses baies rouges étaient comme des gouttes de sang. Là, un fouillis de racines grises se hérissait pareilles à des pattes d'araignées et s'aplatissait sur le sol qu'elles cherchaient à pénétrer comme pour s'y cacher.

La forêt exsudait une étrange fraîcheur mêlée d'odeurs tenaces. Les arbres bruissaient et faisaient entendre leur murmure. Dans l'obscurité, loin des regards, parfois le craquement ou le grincement du bois sec parvenait.

Pénétrer dans la forêt de cette façon, c'était pénétrer dans un monde à demi obscur, embaumant, que seuls perçaient quelques minces rayons de soleil, luisant à travers un feuillage agité de mille tremblements. Un monde qui exhalait les fleurs, les mousses et la terre dans sa forme vivante et humide. Sortir de cette obscurité verte et de sa fraîcheur pour se tourner vers la sécheresse rouge et cuisante de la friche, c'était contempler le royaume désolé et aventureux de l'enfer depuis une forme primitive du paradis. Dans cette forêt encombrée, dans l'effleurement léger des fougères et des toiles d'araignées et même dans ces épines qui vous retenaient, on éprouvait un certain réconfort, une certaine sécurité. Vu de l'extérieur, tout cela paraissait terrifiant. Mais une fois à l'intérieur, tout devenait soudain rassurant, comme si la forêt essayait de les retenir, en leur montrant la stérilité qui se cachait sous les apparences, la terrible désolation qu'était le monde du progrès.

La forêt les suppliait de rester, mais peut-être avec trop de douceur, car Bill Markham était un homme de progrès, un réaliste, pour qui la valeur de la forêt ne se mesurait qu'en fonction de sa beauté et de son degré de sauvagerie. Selon lui, elle tenait à la fois du zoo et d'une émission télévisée. Il ne jugeait ni ne percevait cette forêt qu'à travers les associations qu'il faisait avec ces images nées de la technologie et vues à l'écran, ou dans les magazines en couleurs qu'il lisait. La beauté de la nature, la protection de la nature, étaient des thèmes qu'il approuvait lorsqu'il les trouvait imprimés sur les restes de la nature, après avoir été broyés puis réduits à l'état de pâte à papier.

Quand Jean Markham jeta un regard par-delà le vide créé par l'ingéniosité de ses semblables, elle ne put s'empêcher de voir la forêt telle qu'elle avait été avant sa destruction. Là où ils avaient posé leurs pieds, là où la terre effritée portait encore leurs empreintes, se trouvait quelques jours auparavant une végétation moite que pendant des millions d'années rien ni personne n'était venu troubler, un endroit à la fois si éloigné de tout et si près des origines de la vie que sa mort était un peu la mort de la terre entière.

Son mari regardait lui aussi cette étendue de terre

nue, avec la rivière qui serpentait au loin. Mais il ne voyait que le barrage de l'Amazco tel qu'il se dresserait bientôt. Il envisageait la ville que l'on construirait tout autour, et les routes, et les pylônes, et le mur de béton brut auprès duquel les énormes pelleteuses ressemblaient à des jouets d'enfant. Il imaginait comment ce mur de sable et de mortier maîtriserait les plus grandes forces de la nature, les vagues et le flux inexorable de l'eau. Il voyait les mille scintillements des lumières d'une ville, et c'était pour lui l'image même de la manière dont cette puissance serait un jour domptée pour alimenter un futur marqué par la faim et l'inquiétude de l'humanité.

Pourtant Bill Markham ne trouvait aucune grandeur à cette vision du barrage. Certes, il y avait quelque art architectural dans les lignes de tension, dans la forme et la solidité du mur, dans la manière dont le barrage dominerait les emportements de la nature et ferait de la géologie et de l'évolution des sciences mortes, des vestiges du passé, car il serait capable de résister à n'importe quelle force. Il serait l'impénétrable barrière, capable d'arrêter ce qui ne s'arrête pas, et l'eau ne passerait, pour aller rejoindre la mer, que lorsque les maîtres du barrage le lui permettraient.

Pendant une vingtaine de minutes, ils explorèrent l'orée de la forêt. Heather se mit à cueillir des feuilles, des champignons, des fleurs qui pour la plupart allèrent échouer dans les poches de sa mère. Tommy s'aventura plus profondément dans la jungle, un peu trop d'ailleurs au goût de ses parents, si bien que Bill finit par lui défendre formellement de s'éloigner hors de portée de voix.

— Il y a un animal par ici, dit soudain le jeune garçon.

Bill avait déjà aperçu un serpent, un petit rongeur et une araignée qui ne lui avaient guère inspiré confiance, mais il avait jugé plus sage de n'en rien dire aux enfants. A Heather surtout, car la petite fille aurait commencé à fureter partout dans les fourrés à leur recherche.

— C'est probablement un ara macao, ou bien un hurleur, dit-il à l'enfant.

— Un hurleur ?

— Oui. C'est une espèce de singe qui se tient dans le haut des arbres et s'amuse à laisser tomber des choses sur les gens qui se trouvent en dessous.

— Des choses ? Quelles choses ?

— Devine... Il y a quelques siècles, les singes hurleurs ont mené une vie impossible aux Conquistadores. — Et il ajouta avec un large sourire : — Une averse continue, si tu préfères.

— Tu veux dire qu'ils leur pissaient dessus ?

Tommy rit aux éclats en se rappelant cette émission de télévision consacrée à l'extermination des Incas par les Espagnols. Il se rappela aussi la fois où, au Zoo de Red Park, Heather s'était un peu trop approchée d'un primate — une autre espèce de singe — qui se tenait accroché aux barreaux de sa cage. L'accueil n'avait pas manqué de chaleur, ni d'humidité et de précision d'ailleurs. Heather, trempée, avait trouvé cela tout à fait hilarant.

A la lisière même de la forêt, déjà balafré par une machine, un arbre ancêtre se tenait encore debout, ses racines à demi déchaussées, sa vie se comptant désormais *en heures*. De l'une des plus hautes branches pendaient des lianes, de ces plantes filamenteuses qui rappelaient la vigne vierge et parasitaient la plupart des arbres tropicaux. Se souvenant des parties de balançoire qu'il faisait lorsqu'il était enfant, Markham s'assura que la plus grosse des lianes supporterait le poids de Tommy.

Ce fut d'abord le tour de Heather, puis celui de

Tommy de se faire pousser par Bill. Ils décrivaient en se balançant un grand arc de cercle. Une vingtaine de mètres dans la lumière du soleil, une vingtaine de mètres dans la forêt... Heather se brûla légèrement la main mais n'osa pas se plaindre. Tommy, quant à lui, n'avait qu'un désir : continuer. Tout cela était tellement *excitant* !

— Pousse-moi plus fort. Encore plus fort ! criait-il.

Et Bill levait les bras vers l'enfant qui volait, petite silhouette aux jambes brinquebalantes, puis il le repoussait vers le sous-bois humide, et attendait que, fou de joie, il traverse à nouveau le feuillage pour faire irruption dans la lumière du soleil.

Il savait exactement ce que Tommy pouvait ressentir, l'exaltation que provoquait le contraste entre la lumineuse chaleur et la fraîcheur de l'ombre, l'impression d'espace qui précédait la brusque plongée dans les profondeurs sombres et secrètes. L'oscillation entre deux mondes.

## 3

Jean avait étendu la grande couverture de pique-nique et disposait avec soin assiettes et gobelets. On n'entendait ni ne voyait un seul insecte alentour. C'était comme si toutes les créatures vivantes avaient été chassées de l'endroit et qu'aucune n'osait passer le seuil de la forêt de crainte d'être immédiatement consumée par le soleil.

Bill se mit à beurrer quelques tartines, puis tourna la salade, tandis que Heather réussissait à s'enduire les mains d'une épaisse couche de beurre de cacahuètes en essayant de couper des sandwiches. Pendant ce temps, Tommy, muni d'un bâton, creusait un trou dans la terre.

Une fourmi en surgit et s'éloigna en trottinant sur la

nappe de laine, où elle contourna les fourchettes et les assiettes, autant d'obstacles dans son nouveau paysage. Heather, fascinée, tendit le bras au-dessus de la nappe pour attraper l'insecte d'une main collante, en faisant mine de ne pas voir le regard sévère que lui lançait son père.

— J'aime bien les fourmis, moi ! dit-elle.

— Pas moi ! dit Tommy.

— Pose cette fourmi, ma chérie. Il y a des fourmis venimeuses, tu sais.

— Mais il y a aussi des fourmis qui aiment les gens ! dit la fillette, l'air déconfit.

— Bien sûr, ma puce. Mais maintenant pose cette fourmi.

Libérée par décret paternel, la fourmi, perdue sur cette terre sèche, entreprit la seconde étape d'un voyage cauchemardesque qui ne prendrait fin qu'une fois qu'elle serait à nouveau chez elle.

Le repas se composait de poulet froid et de tartines de beurre de cacahuètes. Bill décida de faire réviser à ses enfants les règles de base de la conduite à tenir dans leur nouvel environnement.

— Quelle est la règle numéro un quand on est dans la nature ?

— Ne jamais se fier aux apparences, répondit Tommy.

— Vingt sur vingt, dit Jean. — Elle se pencha en avant pour pointer le doigt sur la poitrine de l'enfant. — Tu gagnes en prime l'autorisation de lécher le beurre de cacahuètes que tu as répandu sur ta chemise !

— Règle numéro deux ? Allons, les enfants, vous avez séché la géographie et le portugais, mais pas question de sécher les cours de *survie !* poursuivit Bill, la bouche pleine de poulet.

— Ne jamais toucher un serpent, même avec un bâton, dit Heather.

— Absolument. Eloignez-vous à tout prix des serpents.

Avec un petit froncement de sourcils inquiet, la fillette demanda :

— Même des petits ? J'aime bien les petits, moi.

— Pas moi, dit Tommy.

— Même des petits, ma puce. A petite morsure, gros ennuis... On continue. Quoi encore ?

— Ne jamais toucher un animal mort, même avec un bâton, dit Tommy.

— Exact ! Car il peut toujours faire semblant d'être mort ! — Bill se pencha vers les enfants. — Est-ce que je vous ai jamais raconté l'histoire du Terrible Tamanoir ? Oui ? Mais ça vaut la peine que je la raconte encore...

L'histoire du Terrible Tamanoir était maintenant devenue drôle, simplement parce que Bill ne ratait pas une occasion de la raconter, malgré les cris de protestation et de frayeur que poussait le reste de la famille. Mais c'était une histoire vraie et qui, à l'époque où elle s'était passée, n'avait rien eu de drôle.

Bill était venu en Amérique du Sud bien des fois déjà. La première fois — il avait à peu près l'âge de son fils —, il avait accompagné son père au Venezuela. Ils avaient habité là-bas une grande maison, avec de luxuriants jardins à l'arrière et une route de goudron qui partait en lambeaux par-devant.

Un jour, tandis que le jardinier espagnol taillait les rosiers, un tamanoir avait traversé la pelouse. Le seul outil que l'homme avait en main était une machette qu'il avait coutume de porter accrochée à sa ceinture. C'était un instrument utile pour le jardinage, qui pouvait aussi être une arme précieuse. (Un animal qui quitte la forêt à l'aveuglette annonce généralement que des ennuis se préparent ; l'animal peut être malade, ou blessé, ou simplement atteint d'une de ces crises de folie qui parfois s'emparent des animaux. Il n'y a alors que deux solutions : s'enfuir à toutes jambes ou le tuer. Un fourmilier apparemment inoffensif peut, s'il est devenu fou, tuer un enfant sans difficulté.) Le jardinier ne trouva rien de mieux à faire que de frapper la bête à trois reprises avec sa machette. Il était sûr de l'avoir tuée. Puis il traîna le cadavre et le laissa sur un tas de compost. Quelques heures plus tard, le corps du tamanoir se retrouvait sur la pelouse, à une cinquantaine de mètre du tas de déchets. En le voyant, le jardinier s'imagina qu'un chien l'y avait traîné, ou que, seulement blessé, l'animal avait rampé jusque-là. Il le toucha du bout de sa machette et, pour faire bonne mesure, lui fracassa le crâne. Puis il se retourna. En une seconde, fou de rage et de douleur, l'animal, qui avait simulé la mort, le déchira de ses griffes. Comme les griffes d'un tamanoir lui servent à creuser le sol, elles sont aiguisées comme de l'acier. Il éventra le jardinier, des cuisses jusqu'à la taille. Ni l'homme ni la bête ne survécurent à cette mémorable journée.

Bill Markham répéta la leçon qu'il fallait tirer de l'horrible incident.

— On ne doit *jamais* tourner le dos à un animal. Ne croyez pas que, parce qu'un animal est beau, il est forcément inoffensif. Prenez Heather, par exemple. C'est ce qu'on a de plus redoutable dans la famille. — Ils éclatèrent tous de rire. — C'est pareil pour la forêt. Elle a l'air paisible comme ça, non ? Elle dégage un tel calme, une telle fraîcheur. Mais on doit *toujours* rester sur ses gardes.

— On ne peut même pas jouer avec les araignées ? demanda Heather d'une voix plaintive. Même pas les *petites ?*

— Surtout pas les petites, répondit Bill en échangeant un regard découragé avec Jean.

Tommy regarda sa sœur fixement, puis marmonna au bout d'un moment.

— Pour une fille, t'es quand même bizarre.

— Y a rien de bizarre à vouloir jouer avec des animaux ! protesta la fillette d'un air indigné.

## 4

Quand ils eurent fini de manger, Bill s'allongea et Jean vint s'installer près de lui pour se reposer. Ils se mirent à regarder le chantier et la rivière qui brillait au loin.

Tommy et Heather retournèrent vers le grand rideau de végétation et entreprirent d'explorer, chacun de son côté, la lisière de la jungle.

— Restez là où on peut vous voir, d'accord ? leur cria Jean.

Et comme Bill ramenait son fusil contre lui, elle lui demanda :

— Crois-tu qu'il y ait des jaguars, si près de la lisière ?

— Non, je ne pense pas, les explosions leur font peur. Ce qui m'inquiète davantage, c'est cette manie qu'a Heather de toucher les insectes.

Mais les enfants se contentaient de marcher du côté où la forêt avait été coupée en ramassant çà et là des feuilles et des brindilles et en jouant avec les lianes.

— Quand il sera construit, ce sera vraiment quelque chose... Je parle du barrage. Jusqu'où comptent-ils déboiser ? demanda Jean.

— Il ne reste plus grand-chose à enlever. Juste quelques centaines d'hectares pour construire la piste d'atterrissage et le centre de loisirs. D'ici quelques années, tu ne verras plus ici que des fermes et des pâturages.

— Quel dommage ! La forêt est si belle...

Bill eut un petit sourire.

— Comme dit Costa : « De la forêt, il y en a partout ! »

— Oui, et il y a partout des gens pour la détruire et forcer les Indiens à s'en aller.

Pour tout commentaire, Markham se contenta d'émettre un grognement. Il ne savait toujours que penser de la forêt et des populations indigènes. Costa l'avait déjà présenté comme « notre jeune Américain libéral ». De toute évidence, bien peu parmi les ingénieurs et les entrepreneurs qui travaillaient au barrage, voire aucun, avaient vraiment réfléchi à quel point et à quelle effroyable vitesse on détruisait la forêt tropicale. Costa ne cessait de répéter :

— Bon sang, de la forêt il y en a en veux-tu en voilà. En un an, elle repousse sur des kilomètres. Ne vous inquiétez pas pour elle !

— Et les Indiens ? avait demandé Bill.

— Il n'existe que deux sortes d'Indiens, mon cher ami libéral,avait répliqué Costa d'une voix sèche. Ceux qui vivent sous l'autorité brésilienne, et ceux qui quittent la forêt pour venir vivre sous l'autorité brésilienne.

— Et ceux qui restent cachés ?

— Il n'y en a pas, avait répondu Costa.

— Mais ce n'est absolument pas vrai ! J'ai entendu dire qu'il existe au moins quatre groupes tribaux qui n'ont jamais eu aucun contact avec l'extérieur !

Costa s'était contenté de le dévisager avec un air où se mêlaient l'irritation et la pitié. Puis il avait souri.

— De tels Indiens n'existent pas. — Il s'était approché de Markham. — Je me suis laissé dire que vous êtes un brillant ingénieur, Bill. Si j'ai un conseil à vous donner, c'est de faire votre travail, et de repartir ensuite chez vous le plus vite possible, car un trop long séjour au Brésil pourrait vous briser le cœur...

Tommy jeta un coup d'œil coupable du côté de ses parents. Etendus sur la couverture, ils regardaient au loin, l'air pensif et désenchanté. L'enfant passa par-dessus l'énorme racine d'un arbre et pénétra en rampant dans la fraîcheur de la forêt. Il se retrouva dans un enchevêtrement exubérant de troncs, de branches et de lianes. Il se serait cru dans une caverne dans laquelle on aurait suspendu des cordes. Il sentait de temps en temps le bois s'effriter sous ses doigts et ses pas s'enfonçaient dans un tapis moelleux de matières en putréfaction. Là-haut, loin au-dessus de lui, il pouvait voir les rayons du soleil traverser çà et là le feuillage. Alors seulement il perçut les couleurs dans tout leur éclat et les mouvements qui se produisaient autour de lui, furtifs et légèrement inquiétants.

Tout près de lui, un oiseau se mit à chanter. C'était un chant qu'il n'avait jamais entendu auparavant, fait de trilles très brefs. Plus loin dans la forêt, un autre lui répondit. Tommy commençait à grelotter de froid. Une feuille humide, de la largeur d'une main, lui effleura la joue et il eut un geste de recul. Soudain un rayon de soleil éclaira une plante sombre, dont les contours lisses lui parurent striés de blanc. Elle ressemblait étrangement à une face humaine aux yeux fermés.

Une nouvelle fois, l'oiseau se mit à chanter. L'autre lui répondit, plus proche cette fois. Tommy crut percevoir un déplacement furtif dans l'épaisseur des sous-bois, il fit demi-tour et se dirigea vers la lumière du soleil, qu'il apercevait vaguement à l'extérieur de la forêt. Il avait l'impression d'être observé et commençait à avoir un peu peur. Cette partie de la jungle était plus sombre et plus oppressante que la clairière où sa sœur et lui avaient joué quelques minutes auparavant.

Tandis qu'il progressait vers la lumière du soleil, il s'arrêta brusquement et sentit son cœur tressaillir. A environ une trentaine de centimètres devant lui, un serpent pendait d'une branche, immobile, lui barrant le passage. Il lui fallut quelques secondes pour réaliser qu'il ne s'agissait nullement d'un serpent, mais d'un bras d'homme. Il vit l'extrémité du membre se déployer, laisser apparaître des doigts, puis les doigts avancer vers lui, effleurer ses cheveux blonds encore couverts de l'humidité de la forêt. Levant les yeux, il aperçut juste au-dessus du bras un visage qui le regardait. C'était un visage noir et blanc, aux joues dessinées de motifs rouges en forme de losanges. Un faible rayon de soleil faisait briller les yeux. La peau était ridée. C'était le visage d'un vieillard.

Tandis que Tommy le regardait, celui-ci sourit puis fit entendre un bref trille : le même que celui de l'oiseau mystérieux.

Bill, allongé sur sa couverture, était assoupi par la chaleur. Il sentit brusquement une ombre au-dessus de lui et sursauta. Ouvrant les yeux, il vit l'enfant et fronça les sourcils en s'apercevant qu'il tremblait.

— Qu'y a-t-il ? Que s'est-il passé ? demanda Jean qui s'était également réveillé.

— Il y a des hommes là-bas, dans la forêt, dit Tommy d'une voix plaintive, son regard allant de l'un à l'autre de ses parents. Ils m'ont fait peur.

Bill saisit son fusil, échangea un bref coup d'œil avec Jean.

— Des hommes ? Comment étaient-ils ?

— C'était des Hommes Souriants.

Bill n'était guère renseigné par cette réponse et il ne voyait rien d'effrayant dans la description que lui faisait l'enfant. Qu'avait pu voir Tommy ? Des ombres ? Un ouvrier qui l'avait surpris et s'était amusé à lui faire peur ? Peut-être avait-il été le jouet de son imagination ? Il était si impatient de voir de vrais Indiens qu'il n'aurait pas été étonnant qu'il en « découvre » dès son premier passage dans la forêt...

Bill se leva, vérifia que son fusil était bien chargé, puis, posant une main sur l'épaule de son fils, se dirigea avec lui vers la ligne des arbres. Il gravit le talus à quatre pattes, puis tendit une main à l'enfant et l'aida à le franchir. Ils se trouvaient dans la partie la plus éclairée de la lisière de la forêt, mais Tommy s'avança prudemment vers la masse sombre située à quelques mètres d'eux.

— Où étaient-ils ? demanda Bill.

— Par là...

Ils pénétrèrent plus avant dans l'épais sous-bois. S'aidant de son fusil, Bill leur frayait un chemin à travers les lianes et les plantes grimpantes. Il écartait les larges feuilles et scrutait attentivement les cachettes qu'elles dissimulaient, d'où s'exhalait à chaque fois une puissante odeur de moisi.

Il ne découvrit rien de suspect.

Tommy le suivait de près, agrippé à la ceinture de son jean.

— Eh bien, fiston, je ne vois rien !

— Ils étaient là, je te jure ! Ils me souriaient !

— Ils ne devaient pas être bien méchants, alors !

Quelques mètres plus loin, dans les profondeurs de la forêt, un oiseau fit entendre un trille bref et strident qui déchira le lourd silence. Les yeux soudain agrandis par la peur, Tommy sursauta. Bill s'en aperçut.

— Ce n'est qu'un perroquet, dit-il avec un large sourire.

— Non ! C'est eux !

— Voyons, Tommy, c'est un oiseau. Tu sais bien que les oiseaux vivent dans les arbres, non ? Il n'y a pas de quoi s'inquiéter. Viens.

Il replia les canons de son fusil de chasse, caressa les cheveux de l'enfant et reprit le chemin de la clairière. Heather avait gravi le talus derrière eux et les attendait, les yeux fixés sur la pénombre de la forêt. La prenant par la main, Markham l'aida à franchir l'enchevêtrement de racines que les machines avaient laissées sur le terrain en friche.

— Dépêche-toi, Tommy !

— J'arrive !

Tommy les suivait d'un pas lent. Une fois encore, l'oiseau chanta, et l'enfant se retourna pour le chercher des yeux. Juste au-dessus de lui, il entendit bouger quelque chose dans l'épais feuillage. Levant les yeux, il ne vit que le vert des feuilles, les rayons du soleil, les lianes qui pendaient. Il saisit alors les branches du buisson le plus proche et les secoua en faisant bruisser les feuilles, puis les écarta et se pencha pour voir ce qu'il y avait derrière. Il sursauta violemment, mais sa curiosité l'emporta rapidement sur sa peur et il fit un pas en avant pour regarder le masque de plus près. Celui-ci avait la forme d'un visage humain, avec des cheveux teints en rouge, des cercles blancs dessinés sur les joues, les lèvres soulignées de bleu. Ses yeux étaient clos et ses paupières tachetées de vert.

Tandis que Tommy le regardait fixement, ses paupières se soulevèrent. Puis ses lèvres s'entrouvrirent et murmurèrent un nom.

— Tom... Mé...

Il entendit distinctement, au loin, la voix de Bill qui l'appelait.

— Tommy ! Dépêche-toi ! On s'en va !

Il fit quelques pas vers la lumière du soleil.

— Tom... mé... murmura à nouveau le masque.

Un instant, l'enfant hésita. Puis il revint sur ses pas...

Jean avait presque fini de ranger les affaires du pique-nique. Comme Bill approchait, elle leva les yeux et lui demanda :

— Tu as trouvé quelque chose ?

— Bien sûr que non ! Un chant d'oiseau, quelques

ombres. C'est tout. Les Indiens ne viennent jamais aussi près.

— Et Tommy ? Où est-il ?

— Il arrive.

Bill se retourna et resta frappé de stupeur. Heather se balançait sur une liane à l'orée du sous-bois. Mais Tommy était invisible. Et pourtant, il aurait juré que le garçonnet était sorti en courant de la forêt...

Il se tourna vers Jean qui se redressait lentement, des gobelets de plastique à la main, et le regardait fixement. Soudain, dans le long regard qu'ils échangèrent, Bill sentit monter la peur. Il fronça les sourcils. Il lui sembla que les battements de son cœur se précipitaient. La friche et la forêt se mirent à tournoyer devant ses yeux.

Jean, livide, s'avança vers lui. Les gobelets lui tombèrent des mains...

— Tommy..., laissa échapper Bill. Mon Dieu...

Ils se mirent alors à courir. Bill saisit son fusil. Jean cria le nom de l'enfant. Voyant soudain la panique et la terreur apparaître sur le visage de ses parents, Heather fondit en larmes. Ils se jetèrent dans les fourrés, jouant des pieds et des mains, rampant dans l'obscurité.

— Tommy ! Tommy ! Réponds-moi !

— Mon Dieu ! Qu'est-ce qui a pu lui arriver ?

— Tommy !

Ils n'étaient plus que deux silhouettes affolées qui se jetaient éperdument dans les sous-bois, plongeaient au mépris de la douleur dans les épines et les touffes de karata, repoussaient fébrilement les lianes qui traînaient jusqu'à terre, se frayaient un chemin entre les sombres troncs d'arbres. Tout autour d'eux, les oiseaux et les animaux prenaient la fuite. Ils entendirent le chant d'un oiseau, celui qui avait fait dire à Tommy : « C'est eux ! »

Jean sanglotait. Elle appelait son fils d'une voix

stridente, presque hystérique. Bill criait, lui aussi, au point que sa gorge finit par s'enrouer. Il se rendit compte qu'il était trop tard et sentit soudain une violente bouffée de désespoir l'envahir. Il tira en l'air, vidant le chargeur de son fusil, le chargea à nouveau et retourna en courant vers l'orée de la forêt.

Dans sa course, quelque chose accrocha soudain son regard. Derrière lui, dans l'obscurité, Jean continuait à pousser des cris stridents, courant dans tous les sens, écrasant la végétation sous ses pas, franchissant l'un après l'autre les innombrables rideaux de lianes.

Ce que Bill avait vu était une paire de plumes, une blanche et une noire, fixées à l'extrémité d'une longue flèche plantée dans un tronc d'arbre. Il voulut examiner la fine pointe de pierre et arracha la flèche d'un geste si violent que la hampe, très mince, se brisa entre ses mains. Furieux, il laissa échapper un juron.

Puis il reprit sa marche vers la lisière du monde d'émeraude. Là, à deux reprises, il tira encore en l'air. Des hommes, alertés par les premières détonations, arrivaient déjà au pas de course, suivis de quatre bulldozers.

Au crépuscule, les derniers chercheurs émergèrent des profondeurs de la forêt, en essuyant d'un revers de main l'humidité et le pollen qui ne manquaient jamais de s'accumuler sur les vêtements à cette heure tardive de la journée. Certains secouèrent la tête, d'autres haussèrent les épaules, l'un d'eux exprima sa tristesse en portugais.

Parmi les derniers à apparaître se trouvaient deux Indiens qui n'avaient quitté que depuis deux ans le monde de verdure où leurs ancêtres avaient vécu pendant des millénaires. L'un d'eux s'adressa à Enrico Costa, désigna les bois et fit deux ou trois gestes compliqués avant de s'éloigner. Costa hocha la tête, et alla rejoindre les malheureux parents qui se tenaient à l'écart, prostrés et misérables.

— Je suis vraiment navré. Le Brésil vous a réservé un terrible accueil !

— Qu'avez-vous trouvé ? demanda Bill d'une voix rocailleuse.

— Quelques traces. Les Indiens ont dû vous observer pendant un certain temps. Malheureusement, la piste s'interrompt très vite. Personne ne peut les suivre là-dedans.

— Vous êtes sûr que ce sont des Indiens ? demanda Jean. Ce n'est pas une bête sauvage ?

Costa, voulant exprimer sa compassion, acquiesça d'un hochement de tête.

— Alors il nous reste un espoir. Ils le ramèneront peut-être, dit Jean en se tournant vers Bill.

Il la serra plus fort contre lui et regarda le Portugais qui, presque imperceptiblement, secoua la tête.

— Je le retrouverai, Jean, murmura Bill. Je jure devant Dieu que je le retrouverai !

Jean leva sur lui des yeux noyés de larmes.

— Nous le retrouverons. Nous le retrouverons ensemble. — Elle était agitée de violents tremblements, qu'elle semblait avoir de la peine à maîtriser. — Il le faut, Bill. Rien n'est plus important, rien, ni le barrage, ni nous, ni rien. Rien d'autre que Tommy... Il *faut* que nous le retrouvions ! Il faut nous mettre à sa recherche dès *maintenant !*

Derrière eux, les bulldozers firent rugir leurs moteurs, tandis qu'hommes et machines repartaient lentement vers le camp de base, les laissant seuls en face de la forêt qui venait de leur voler leur fils.

# DEUXIÈME PARTIE

## *Le Monde Vert*

# 1

De son bureau spacieux situé dans les baraquements qui entouraient le barrage, Bill Markham entendit arriver l'hélicoptère qui venait le chercher pour le ramener à Belore. Il n'avait pas tout à fait fini de ranger son bureau. Il devait encore mettre en lieu sûr les plans des stations d'épuisement, pratiquement les derniers équipements qui restaient à construire, mais il préféra en laisser le soin à Harry Margolis. Prenant son sac, il jeta un dernier coup d'œil à la pièce avant de sortir. Accrochée au mur au-dessus de sa table de travail, la photo de Tommy commençait à avoir les bords légèrement cornés. Pris d'une impulsion soudaine, il l'arracha et la glissa dans la poche intérieure de son veston.

Dix années s'étaient écoulées depuis que les Hommes Souriants avaient enlevé son fils, et pourtant Bill Markham avait très peu changé. Il n'avait pas pris un seul cheveu blanc, ses traits ne s'étaient nullement affaissés, aucune modification notable ne s'était produite chez cet homme qui était passé de la trentaine à la quarantaine dans un pays qui lui restait étranger, avec une famille qui ne s'était jamais remise de la perte brutale d'un de ses membres. Seul son regard n'était plus le même. L'étincelle d'humour qu'il avait contenue autrefois — avant la tragédie — avait complètement disparu. La plupart du temps il demeurait vide, et, lorsqu'il s'animait, c'était presque toujours pour exprimer la tristesse ou la colère.

L'hélicoptère s'était posé sur la piste d'atterrissage aménagée au pied de l'immense rampe du barrage. Serrant contre lui les pans de son anorak, Markham courut rapidement dans sa direction. Il faisait étonnamment froid ce jour-là et une pluie fine tombait sans discontinuer sur l'énorme coulée de béton entourée de baraques, sur les carrières, les mines à ciel ouvert, les terrains défrichés, accentuant le caractère désolé et inhospitalier du paysage.

L'hélicoptère obliqua vers l'est, survola le barrage et longea la rivière. Ici, la vallée était encore couverte d'arbres, à l'exception d'une bande défrichée d'une centaine de mètres de large qui s'avançait de chaque côté du cours d'eau. Le pilote mit le cap sur la ville en volant au ras des arbres, ce qui permit à Markham d'apercevoir une fois de plus les minces volutes de fumée qui, comme souvent à cette époque de l'année, s'élevaient à proximité de la lisière de la forêt. Même du sommet du barrage, il était parfois possible de les observer. L'année précédente, Markham avait dénombré une dizaine de ces feux, tous cachés sous les arbres, mais très proches de la ligne d'avancée des bulldozers. Chaque fois, les équipes envoyées à leur recherche n'avaient trouvé que des tas de cendres.

Les hommes qui allumaient ces feux étaient indubitablement des Indiens. Peut-être l'endroit était-il un de leurs lieux de pèlerinage depuis l'aube des temps ? Cachés dans le sous-bois, ils observaient sans doute le barrage, surveillant la progression des travaux, et s'enfuyaient dès qu'un intrus s'approchait de leur campement.

Bientôt les colonnes de fumée se perdirent au loin et Markham, silencieux, contempla le monde sauvage qui s'étendait sous lui, en songeant à la randonnée qu'il allait bientôt entreprendre : sa neuvième expédition au cœur de la forêt vierge...

Ce ne fut que lorsque la ligne d'horizon commença à s'estomper parmi les tours et les immeubles de Belore qu'il se permit de repenser au « problème » que le satellite Landsat, survolant l'Amazone à vingt mille kilomètres d'altitude, avait récemment fait apparaître.

## 2

Markham détestait profondément le siège de l'Amazco et y passait le moins de temps possible. Lorsqu'il quittait le grand air et les bruits du chantier pour retrouver ces pièces insonorisées, cloisonnées, à l'air frais et ionisé, il sentait monter en lui de violentes bouffées de claustrophobie. Il avait fini, au cours des dix années qu'il avait passées au service de l'Amazco, par obtenir un bureau avec balcon et vue sur la forêt. Mais lorsqu'il se trouvait à Belore, il était toujours très nerveux et son travail comme son humeur ne manquaient pas de s'en ressentir.

L'hélicoptère se posa sur le toit de l'immeuble.

Enrico Costa vint à sa rencontre et le conduisit rapidement, à travers un dédale de couloirs, vers la salle de contrôle du projet. Le petit Portugais avait l'air nerveux, mais soulagé de le voir.

— Dites-moi ce qu'a révélé le Landsat.

— Un transfert d'inondation, répondit Costa en poussant la double porte vitrée. Inutile de vous dire que Perrera est plutôt à cran.

— Il est toujours énervé.

— Cette fois, c'est sérieux. On parle d'erreurs de calcul — Costa jeta un regard circonspect à l'Américain avant de poursuivre —, certains vont jusqu'à dire que la conception du barrage...

Markham esquissa un sourire. En dix ans, ses plans d'ingénierie avaient essuyé bien souvent le feu des critiques. Il y était habitué, mais jamais encore on ne l'avait ramené du chantier avec autant de précipitation.

Ils entrèrent dans une vaste pièce à plan ouvert dont les murs étaient couverts d'écrans d'ordinateurs et de tableaux de contrôle. Joseph Perrera et deux hommes en costume sombre conversaient au milieu de la salle. Costa enchaîna rapidement :

— Il est question de reporter votre départ.

— C'est impossible, répliqua fermement Markham. Je pars demain. Mes affaires sont prêtes.

— C'est pourquoi je me suis permis de vous faire appeler. Cela nous permettra peut-être de tirer les choses au clair.

— Quelles choses ?

— Ils pensent que le barrage ne tiendra pas, souffla Costa, l'air consterné.

Les deux étrangers, des administrateurs de l'Amazco, échangèrent une poignée de main avec Markham. Perrera lui réserva un accueil glacial. C'était le chef du projet, et pour Bill Markham il représentait une source d'irritation permanente. Il paniquait au moindre signe de retard ou de difficulté, alors qu'il faisait merveille pour ce qui touchait à la coordination entre les divers aspects du travail ou les différents corps de métier chargés de les assurer. C'était un homme de petite taille, trapu, au visage glabre et rougeaud dont la bouche semblait, par sa forme même, incapable du moindre sourire.

Il conduisit les nouveaux arrivants jusqu'à l'écran qui était relié au Landsat. Enrico Costa s'assit et appuya sur un bouton pour faire apparaître la dernière photo-satellite du bassin amazonien. Il intensifia la couleur, puis fit monter les détails en agrandissant la courbe familière de la Yuruan jusqu'à ce que le barrage apparaisse. Il balaya l'écran vers le nord et l'ouest, en remontant le fleuve depuis le barrage, puis agrandit à nouveau l'image et mit au point sur une DFR, une double faiblesse de réseau. Markham se pencha sur l'écran et vit deux cours d'eau sinuer à quelques dizaines de mètres l'un de l'autre, séparés par une mince crête boisée. Ils appartenaient à des réseaux fluviaux différents, l'un à la Yuruan et l'autre vraisemblablement à la Pirikatu, qui se jetaient toutes les deux dans l'Amazone après avoir drainé une petite partie de son bassin.

— Une DFR, dit Costa. — Perrera poussa un soupir, comme pour lui signifier qu'il devait être plus direct dans ses explications. — Il existe deux cent neuf points faibles de ce genre en amont de notre barrage.

— Deux cent dix, corrigea Markham.

Costa secoua la tête. Il déplaça légèrement l'image vers l'ouest. Markham, regardant de plus près, distingua un léger scintillement sur la crête qui séparait les deux rivières : elle était à demi submergée.

— C'est arrivé hier à six heures du matin, à la suite d'un orage dans la région d'Arucur, expliqua Costa. Le réseau de la Pirikatu est venu se déverser dans le nôtre, celui de la Yuruan, pendant près de vingt minutes. Ce que vous voyez là est l'humidité qui est restée sur la crête. Le niveau du réseau de la Pirikatu est redescendu depuis, mais il n'empêche que l'eau n'aurait jamais dû passer. Du coup, nous avons examiné l'ensemble du réseau fluvial.

— Le problème, Bill, intervint Perrera, est que cela s'est produit alors que la rivière n'était même pas en crue. Si des pluies torrentielles se mettaient à tomber, entraînant une véritable crue, nous avons établi que l'eau passerait par-dessus au moins la moitié des DFR.

Markham jura à voix basse, mais garda un visage impassible, ne laissant rien paraître du trouble qui venait d'accélérer brusquement les battements de son cœur.

— Qu'est-ce qui a fait monter le niveau de la Pirikatu ?

— Voilà une question judicieuse, dit Costa en se balançant légèrement sur sa chaise. Il est possible qu'il y ait eu une baisse du niveau d'eau fixe de la forêt. C'est un point sur lequel les écologistes ne cessent de nous harceler depuis des années. La réduction progressive de la forêt provoque une modification de sa nature. Une chute de un pour cent de la quantité d'eau fixe dans la forêt entraînerait une augmentation considérable du niveau d'eau dans l'ensemble du réseau fluvial.

— Il est plus probable, dit sèchement Perrera, qu'il y ait un envasement en aval de la rivière, ou un trop-plein de déchets dû à l'érosion des régions où l'on a déboisé trop hâtivement. Ou encore, des déblais issus de chantiers de construction. Prenez Eumaka, par exemple. La rivière y sert d'égout pour une mine à ciel ouvert. Cela fait vingt ans que cela dure. Une modification de la topographie en aval pourrait augmenter la pression dans tout le système de drainage. A l'heure actuelle, le niveau d'eau monte régulièrement, et cela se produit si lentement que l'on ne s'est aperçu de rien jusqu'à aujourd'hui.

Costa se tourna vers l'écran.

— Nous avons calculé qu'en cas de raccordement accidentel des réseaux, ce sont quinze à trente kilomètres d'eau par rivière qui viendraient s'ajouter au complexe de la Yuruan.

— C'est énorme, murmura Markham.

— Comme vous dites, c'est énorme, dit Perrera d'une voix irritée. C'est la raison pour laquelle nous vous avons convoqué. Dans quelle mesure avez-vous tenu compte de cette possibilité dans vos plans ?

Markham fixa froidement l'homme qui doutait aussi ouvertement de sa compétence.

— Jetons-y un coup d'œil, voulez-vous ?

Il se sentait moins sûr de lui qu'il ne voulait le paraître. Costa, bien sûr, le savait, mais le sang-froid du jeune ingénieur lui redonnait courage. Markham s'assit devant un écran d'ordinateur et se mit à jongler avec les chiffres.

Il choisit d'emblée le pire scénario qu'il pouvait imaginer : une averse prolongée qui entraînerait un débordement à chacun des deux cent dix points faibles qui existaient entre les deux réseaux d'affluents. Six mille kilomètres du réseau de la Pirikatu se déverseraient dans la Yuruan, créant une inondation de deux mille cinq cents kilomètres de large, avec un front d'onde qui chevaucherait la crue à grande vitesse et pourrait atteindre la moitié de la hauteur du barrage. Mais il fallait compter aussi sur le relief, les vallées où l'eau se perdrait, les collines qu'elle submergerait — autant d'éléments qui contribueraient à amoindrir le flux central.

Markham écarta délibérément tous les éléments favorables de l'équation. Il calcula la force d'impact et observa attentivement les résultats chiffrés. La vérité était que le barrage serait dangereusement près du seuil critique. Il s'en faudrait de peu pour que le flux soit impossible à maîtriser. Mais Perrera n'avait pas besoin de le savoir.

— Il tiendra, dit-il. Mon barrage tiendra, même avec la pire crue que l'on puisse envisager.

Perrera garda un air circonspect, tandis que les trois autres laissaient échapper de bruyants soupirs de soulagement. Costa alla même jusqu'à applaudir.

— *Votre* barrage, Bill ?

Markham réagit à la remarque du Brésilien avec un léger sourire et corrigea :

— Notre barrage. — Puis il donna à Costa une tape sur l'épaule. — Bien joué, Enrico. Vous êtes presque arrivé à me faire peur, cette fois-ci.

Costa sourit de toutes ses dents.

— Sachez que je n'étais pas très rassuré, moi non plus. Devrons-nous ouvrir les vannes ?

— Bien sûr. A la moindre menace de crue, faites évacuer toute la zone du barrage, les hommes et le matériel, le plus rapidement possible.

Tandis qu'ils se dirigeaient vers la sortie, Perrera tendit soudain la main à Bill.

— Je vous laisse, j'ai quelque chose à aller vérifier. C'est du bon boulot, Bill, bravo.

Markham lui serra maladroitement la main et répéta avec un sourire assuré :

— Le barrage tiendra.

— Vous pouvez partir en vacances, Markham. Vous allez passer six semaines dans la forêt, c'est cela ?

— C'est cela.

— Eh bien... cette petite expédition vous fera sans doute le plus grand bien. Je sais que vous ne vous amuserez pas. Tout ce que je vous souhaite, c'est... d'avoir de la chance.

— Merci.

Enrico Costa raccompagna Markham jusqu'à l'entrée principale.

— Espérons que vous et votre famille pourrez aller en vacances en Europe l'année prochaine, dit-il avec un sourire. En d'autres termes, bonne chasse.

— Merci, Rico.

— Soyez prudent, Bill. On ne tourne jamais le dos...

Markham éclata de rire.

— Soyez tranquille. Je vous reverrai dans six semaines.

## 3

Markham arrêta sa voiture devant le portail de l'orphelinat San Verona et fit un signe de la main à Jean. Une soixantaine d'enfants attendaient d'être vaccinés contre la rougeole et Jean n'en avait encore fait passer que la moitié. Elle se redressa pour répondre à son salut, puis lui fit comprendre par gestes qu'elle en avait encore pour une bonne heure. Bill, qui avait revêtu sa tenue de brousse, lui fit signe qu'il l'attendrait et lui envoya un baiser, qu'elle lui rendit aussitôt. Assis sur le siège du passager de la Range-Rover des Markham, maintenant bien usée, Uwe Werner, l'anthropologue, acquiesça d'un rictus qui déforma les traits de son visage taciturne. Jean, qui détestait cordialement l'Allemand, fit mine de ne pas le voir.

La soixantaine d'enfants qui attendaient d'être vaccinés étaient arrivés le matin même du centre de secours débordé de Maenosa. La plupart avaient entre cinq et six ans, certains étaient plus âgés — dix ou douze ans — mais on ne savait jamais exactement. Leurs visages aux traits tirés, leurs petits membres décharnés et leurs grands yeux implorants en quête d'un peu d'attention inspiraient la pitié. Presque tous étaient des métis, rejetés par leur famille ou leur tribu. Ils avaient généralement du sang européen, mais certains présentaient des traits négroïdes et d'autres, moins nombreux, un air étrangement japonais. Ces derniers avaient un charme irrésistible, mais se montraient généralement plus timides et moins coopérants que les autres.

A chaque enfant qui passait près d'elle, Jean souriait et disait quelques mots. Elle palpait des bras où les os étaient plus gros sur la chair et faisait pénétrer la fine aiguille dans ce qui pouvait passer pour des muscles. Certains enfants étaient si émaciés qu'on les écartait du rang. D'autres montraient des signes évidents de malaria ou de tuberculose, et on s'empressait de les emmener à l'intérieur de la grande bâtisse délabrée où une petite infirmerie, débordée, elle aussi, essayait de les prendre en charge.

Au cours des cinq années qu'elle avait passées à l'orphelinat, Jean avait obtenu son diplôme d'infirmière et avait maintenant son projet d'étudier la médecine. Mais ce qui la retenait d'aller plus loin, était l'idée d'avoir à passer trois ans sans travailler sur le terrain. Car les enfants faisaient maintenant partie de sa vie, comme elle faisait partie de la leur. Elle était parfaitement consciente du fait que cette passion grandissante pour l'aide aux orphelins était une forme de compensation pour la perte de Tommy, mais cette conviction intime restait pour elle du domaine du non-dit. Du non-dit, sauf pour un type insupportable comme Uwe Werner. Elle ne lui avait jamais pardonné la remarque méchante et brutale qu'il lui avait faite trois ans auparavant.

— Quand on peut faire si peu, madame Markham, avait-il dit, peut-être vaudrait-il mieux ne rien faire du tout. Néanmoins, je vous admire. Vous vous occupez des enfants que d'autres ont perdus, qui sait, peut-être en espérant que quelqu'un s'occupe du garçon que vous-même avez perdu...

Mais Werner faisait maintenant partie intégrante de l'équipe de Markham. Lors des premières expéditions lancées à la recherche de Tommy, ses conseils et sa connaissance des Indiens de la forêt avaient représenté une aide précieuse. Et quand Jean avait finalement décidé de ne plus participer aux recherches, Werner avait pris sa place. Il travaillait au Venezuela, mais s'arrangeait pour faire coïncider ses congés avec ceux des Markham et arrivait toujours à temps pour le long et périlleux voyage annuel de Bill au cœur de la forêt.

Jean, pour sa part, n'avait pas la nostalgie de ces terribles semaines passées à fouiller les marais, les rivières et l'obscurité humide et froide de la forêt. Ce qu'elle regrettait, en revanche, c'était cet espoir qui n'avait jamais manqué de les accompagner pendant la première semaine de chaque voyage, et parfois pendant plus longtemps. C'était aussi cette intimité que vers le milieu de l'expédition Bill et elle venaient à partager. Mais elle n'avait certainement pas de regrets pour la cruelle déception des dernières semaines, lorsqu'il leur fallait renoncer et se résigner à entamer la longue marche de retour.

C'est à la solitude et à la souffrance que tous deux avaient partagées comme un fardeau qu'ils devaient d'avoir réussi à rester fermement déterminés. Si, comme d'autres couples, ils étaient partis faire les recherches chacun de son côté, ils auraient, elle le savait, abandonné tout espoir depuis longtemps.

Car, au bout de dix ans de recherches, Bill et Jean continuaient à avoir la certitude que Tommy était en vie. C'était pour eux une évidence. Tommy n'était pas mort, il n'était pas non plus perdu à jamais. Cette certitude était l'axe autour duquel tournait toute leur vie.

Ainsi, chaque année, six semaines durant, Bill et Werner pénétraient dans la forêt pour tenter d'y rencontrer des tribus encore sauvages, d'y interroger interminablement les gens sur ces mystérieux Hommes Souriants dont les flèches ne portaient que deux plumes, l'une blanche et l'autre noire. Quant à Jean, elle parcourait en voiture la lisière de la forêt, entrait en relation avec des missions, des camps de bûcherons, des réserves d'Indiens, toujours à l'affût du mot ou du signe qui laisserait entendre qu'un contact avait été établi avec une tribu inconnue... ou qu'on avait aperçu quelque part un jeune Indien avec des cheveux blonds.

La dernière petite réfugiée se soumit, non sans réticence, à la piqûre, puis sourit à Jean et lui dit quelques mots dans une langue qui aurait pu tout aussi bien être du portugais que du xingu, étant donné que l'enfant zézayait effroyablement et que de toute manière il lui manquait deux dents de devant. La frêle bambine, qui devait avoir dans les cinq ans, semblait exprimer un besoin pressant. C'est alors que Jean comprit. L'enfant tendait sa grossière poupée de bois à la femme en blouse blanche.

Elle prononça les mêmes mots, eut le même air suppliant. Et cette fois, Jean n'eut aucun doute. La petite voulait que sa poupée, elle aussi, soit protégée par une piqûre. Avec un sourire, elle fit mine de pincer le bras de la poupée et y porta la pointe de l'aiguille. Tout en tenant la poupée, elle se prit à en regarder attentivement la tête anguleuse. Les traits en étaient grossièrement peints et les cheveux faits de plumes noires. Elle laissait vagabonder le cours de ses pensées quand elle fut soudain interrompue par la petite, qui ramena sa poupée contre elle, lui fit un grand sourire et courut rejoindre les autres qui faisaient docilement la queue pour obtenir un peu de nourriture.

— Voilà, j'ai fini. Je m'en vais.

Elle commençait à ranger, quand son assistant, un Brésilien d'une quarantaine d'années, qui était l'homme de peine de l'orphelinat et excellait à toutes les tâches, y compris la chirurgie, l'interrompit.

— Partez, je m'en occupe. Et passez de bonnes vacances.

— Merci, Milos. — L'homme sourit. Jean l'étreignit et l'embrassa. — A bientôt.

# 4

Les Markham vivaient toujours dans le même appartement depuis leur arrivée à Belore. Ils n'avaient jamais eu le temps de chercher un logement plus luxueux et plus spacieux. De plus, ils étaient découragés d'avance par l'effort que cela représentait. Enfin, c'était la seule maison que Tommy avait connue au Brésil (même si ce n'avait été que pendant quelques jours) et s'il devait par miracle leur revenir, ce serait le seul endroit dont il se souviendrait.

Mais reconnaîtrait-il les lieux ? La maison des Markham n'avait maintenant rien à envier à un musée. Il n'y avait pas un pan de mur qui ne fût presque entièrement recouvert d'images ou d'objets collectés au cours de leurs neuf longues expéditions. On trouvait là des boucliers, des coiffures, des têtes réduites, des lances et des flèches, des paniers entiers d'empennages de flèches, des masques et d'innombrables photographies et cartes de la forêt tropicale et de migrations de ses peuplades.

Depuis l'enlèvement de Tommy, la forêt vierge avait été l'idée fixe de tous les membres de la famille, en même temps que l'objet de leurs recherches approfondies. Chacun s'était spécialisé dans un domaine. Heather, du fait de sa fascination pour les sciences naturelles, était la spécialiste en biologie. Elle savait ce que l'on pouvait manger, où le trouver, de quelle façon l'attraper, comment éviter de s'empoisonner et faisait part à son père de toutes ses connaissances. C'était maintenant une très jolie jeune fille de quinze ans, intelligente et brillante élève, qui hésitait entre la médecine et les sciences naturelles. Mais elle ne partageait pas vraiment l'obsession de ses parents. Lorsqu'elle évoquait Tommy, elle faisait un étrange amalgame entre l'enfant qu'il avait été et le frère aîné qu'elle continuait à imaginer. Elle voyait une sorte d'homme-adolescent qui n'existait que dans sa tête, et dont elle se satisfaisait.

Jean, de son côté, s'était spécialisée en anthropologie des peuplades de la forêt. Elle possédait toutes les informations réunies à ce jour sur les terrains de chasse de chaque tribu, les migrations des groupes, les peintures corporelles des diverses populations et leur absence relative d' « agressivité » dans les contacts qu'elles pouvaient avoir avec le monde extérieur. Si le cannibalisme n'était pas généralisé, il n'en existait pas moins. Le *curare* aussi, dont certains chasseurs enduisaient largement le bout de leurs flèches. Nombreux étaient les explorateurs et les missionnaires qui avaient été tués par des peuplades qui les avaient observés à leur insu. Telle était la capricieuse nature de la forêt, sa dangereuse ambiguïté : quelques kilomètres seulement pouvaient séparer des groupes dont l'attitude avec les étrangers différait du tout au tout.

A eux trois, Jean, Markham et Werner parlaient un grand nombre de langues indiennes, mais Bill s'était fait un point d'honneur de se familiariser avec le plus grand nombre possible d'entre elles. Il parlait de fait une quinzaine de langues indigènes (sans compter le portugais) et maîtrisait quatre ou cinq dialectes issus de ces langues. Il connaissait plus d'une centaine de mots pour désigner les différentes sortes de brises qui soufflaient dans la forêt, du *yakara,* ou « souffle de jeune fille », qui en kura-wai désignait la brise presque imperceptible qui bruissait dans les sous-bois en milieu de journée, au *juwaka-wak* des Muru, qui tirait son nom des impressionnantes flatulences des cochons sauvages élevés par ceux-ci. Le mot désignait la brise qui balayait la forêt au petit matin, amenant avec elle toutes les odeurs lourdes et fétides de la litière forestière.

La veille du départ de la neuvième expédition, le repas fut des plus simples et des plus rapides. Les convives s'empressèrent de débarrasser la table pour y déplier le plan détaillé du voyage. Jean resta en compagnie d'Uwe Werner pour lui montrer l'itinéraire que Bill avait choisi et l'informer des tribus qu'ils seraient amenés à rencontrer. Pendant ce temps, Heather aidait son père à boucler son sac à dos, un sac de montagne maintenant très usé.

Werner avait l'air fatigué. Il se montrait moins provocant que dans le souvenir de Jean et elle éprouva quelque remords pour la froideur qu'elle lui avait manifestée en de précédentes occasions. Il paraissait aussi plus vieux, tout en ayant gardé une allure qui tenait à la fois du hippy et du mercenaire. Très grand et très maigre, Uwe Werner avait des cheveux noirs, longs et gras, qui lui tombaient jusqu'aux épaules.

Il les tenait le plus souvent noués en queue de cheval mais ce soir-là il les avait gardés pendants et, pendant qu'il s'absorbait dans l'étude de la carte de l'Amazonie et de ses peuplades, il ne cessait de les ramener en arrière pour se dégager le front. Il avait des sourcils noirs qui se rejoignaient pour former une épaisse barre velue qui lui balafrait le front d'une tempe à l'autre. Cette particularité lui avait valu d'être surnommé « le loup-garou » par Heather.

— Voilà un bon plan, dit-il, en posant le doigt sur la nouvelle carte. Il nous amène à proximité de quelques missions importantes et nous laisse une large portion de forêt vierge à explorer.

Jean se réjouit de ce qu'il n'y ait pas eu pour une fois de ces débats et de ces controverses où chacun n'exprimait son opinion qu'à seule fin de contredire les autres. Bill et elle avaient soigneusement préparé l'itinéraire qui devait leur faire très rapidement remonter la rivière et leur permettre des contacts épisodiques avec une vingtaine de missions et de « postes de secours », qui étaient généralement les premiers avant-postes à entrer en relation avec des tribus inconnues et à être informés d'éventuelles rencontres dans la forêt vierge. Il leur restait ensuite à explorer toute la zone, récemment baptisée du nom de *makira aku,* mais ils n'auraient le temps de faire qu'une rapide incursion dans la vaste région de la forêt qui recouvrait ce terrain accidenté, encore inexploré.

— On a maintenant la preuve, dit Jean, qu'il existe deux ou trois groupes ethniques, dans le *makira aku,* qui n'ont jamais eu aucun contact avec le monde extérieur. Certaines tribus connaissent leur existence, mais dès qu'un Indien s'installe hors de la forêt, il semble oublier tout ce qu'il y a vécu.

— J'ai effectivement déjà vu ce phénomène se produire, affirma Werner. Il ne nous reste qu'à espérer que nous établirons de bons contacts avec une mission. Ou encore avec un de ces postes de livraison du latex, qui sont à mi-chemin entre notre monde et l'autre.

— Ce qui est particulièrement intéressant dans cette région, continua Jean, c'est qu'elle est de toute *évidence* reliée au chantier du barrage de l'Amazco. Il existe toute une série de seuils et de chutes d'eau peu profonds entre les deux endroits. C'est le genre de terrain qui sert souvent de piste de chasse aux tribus.

Werner se frotta la mâchoire, l'air pensif.

— Une piste de chasse de plusieurs centaines de kilomètres carrés, voilà qui laisse rêveur.

— Ce n'est certes pas chose courante, mais plus nous avons d'informations sur les différents groupes, plus nous sommes surpris par certains aspects de leur vie...

— Voilà qui est bien, répéta Werner, s'adossant à son fauteuil et croisant les mains derrière la tête. Voilà un excellent plan. Et cette fois, j'ai le sentiment que... nous sommes sur une bonne piste.

Jean eut un léger sourire.

— C'est ce que vous dites tous les ans, monsieur Werner.

— Cette année, les choses sont différentes. J'ai fait des rêves. J'ai rêvé de la forêt. J'ai rêvé de gens étranges, avec de drôles de motifs peints sur le corps. Mes rêves semblent indiquer que nous allons entrer en contact avec un groupe jusque-là inconnu. Comme anthropologue, je trouve cela plutôt excitant. Peut-être même s'agit-il des gens qui ont enlevé Tommy.

— Ce qui m'étonne, c'est qu'un homme comme vous puisse ajouter foi à ces rêves, dit Jean en repliant soigneusement la carte.

Elle avait voulu dire qu'on pouvait s'attendre, de la part d'un savant, à plus de pragmatisme. Mais elle se rendit compte que sa remarque pouvait passer pour un sarcasme.

Avant même qu'elle ait pu formuler des excuses, Werner avait ironiquement répondu :

— Venant de quelqu'un comme vous, qui vit dans un rêve, cette critique est pour le moins inattendue.

— C'est que l'espoir qui est le nôtre, monsieur Werner, n'a rien d'irrationnel. Il s'agit d'une conviction.

En entendant les propos critiques de Werner, Heather projeta violemment l'un des sacs sur le plancher du salon. Bill eut un geste d'apaisement en direction de sa fille et, voyant cela, l'Allemand sourit maladroitement. Il posa légèrement la main sur le bras de Jean.

— Je suis désolé, je ne cherchais pas à vous blesser.

— Je vous crois, dit Jean. — Elle inspira profondément et laissa échapper un soupir de soulagement. — J'aurais aimé vous accompagner.

— Votre compagnie m'aurait fait plaisir, dit Werner en la jaugeant du regard, ses épais sourcils froncés.

— On en revient toujours à la même chose, poursuivit Jean. Ne pas savoir. C'est vivre sans rien savoir qui est dur. Cette incertitude permanente.

— Je comprends. Je comprends tout à fait cela.

— Certains jours, continua Jean, je suis prise d'une sorte de panique. Si seulement on pouvait savoir... si seulement on pouvait savoir que Tommy est...

Elle s'interrompit brusquement, car elle n'aimait pas le son que sa voix avait pris, la faiblesse qu'elle trahissait. Elle avait été sur le point de dire que s'ils avaient été certains que Tommy était bien vivant, ils auraient trouvé plus d'appuis et une plus grande détermination autour d'eux. Mais Uwe Werner avait mal interprété sa sortie.

— Si seulement, dit-il tout de go, vous pouviez être sûrs qu'il était mort, vous continueriez à vivre comme avant. Cela vous libérerait, en quelque sorte. Oui, cela aussi, c'est quelque chose que je peux comprendre.

Jean sentit son visage s'empourprer sous l'effet de la colère. Derrière elle, Heather et Bill, le visage livide, fixaient Werner d'un regard furibond. Celui-ci, soit qu'il fût inconscient de l'hostilité qu'il avait provoquée, soit qu'il fît mine de ne s'apercevoir de rien, se mit à fouiller ses poches en quête d'une cigarette, qu'il alluma en craquant une allumette.

— Vous n'avez rien compris, monsieur Werner. Rien compris du tout, dit sèchement Jean.

Werner se contenta de hausser les épaules.

— C'est possible. Qui peut savoir ?

# 5

La dernière chose que Bill Markham plaça dans ses affaires fut une boîte de feux d'artifice. Il l'emballa soigneusement dans un étui étanche avant de la glisser dans l'une des petites poches marquées « Indiens ». Il devait porter dans son sac à dos treize de ces petites poches et quand il les vit, toutes étalées autour de son fusil, un M 16, et de sa machette dont il avait protégé la lame, il se demanda comment il allait s'y prendre pour tout emporter.

Le sac le plus important était marqué d'une croix : c'était la trousse de secours. Il en vérifia à nouveau le contenu : pansements et bandages en quantité, cachets de Paracétamol et de quinine contre la malaria, et bien sûr des remontants pour lutter contre la fatigue. Dans le même sac se trouvaient des noix, des raisins secs, de l'ail et du sucre, ce qu'il appelait « ses friandises ».

Il ne prenait qu'une tenue de rechange légère, un hamac, un sac de couchage et une moustiquaire. Il vérifia une fois encore les boîtes d'antimoustiques et d'antimycosique. Puis, après réflexion, il prit une corde de nylon supplémentaire, d'une cinquantaine de mètres de long, pour la traversée des rivières.

— Tu devrais arrêter maintenant, dit Jean.

Heather était allée se coucher et Uwe Werner dormait sur le canapé. Il avait le sommeil agité et respirait avec difficulté.

— Tu sais que j'ai horreur d'oublier quelque chose. L'an dernier, j'avais oublié mon dentifrice...

— Je sais, tu me l'as déjà raconté.

— C'est incroyable comme il y a des gens qui peuvent être avares de leur dentifrice. Uwe me laissait me servir du sien une fois tous les deux jours.

Jean sourit et jeta un dernier coup d'œil sur les petits

sacs bourrés, qu'il ne restait plus qu'à entasser dans le grand sac à dos.

— As-tu pris suffisamment de cadeaux ?

Bill acquiesça.

— Des miroirs, des ciseaux, des couteaux, six bols émaillés...

— Pas de perles ?

— Si, quelques-unes. On ne sait jamais.

— Où as-tu mis tes chargeurs de rechange ?

— Pour le M 16 ? Ils sont déjà dans le sac. J'en ai pris six.

— Espérons que tu les rapporteras tous.

Dans son sommeil, Werner se mit à remuer et à bredouiller des mots incompréhensibles. Tous deux se retournèrent pour le regarder.

— Finalement j'aurais dû lui casser la figure pour ce qu'il a dit au sujet de Tommy, dit Jean.

— Vas-y, maintenant. Tu peux.

— Il ne se réveillerait probablement même pas. Peut-être que je devrais l'étrangler ?

— Ah non ! Ne fais pas ça ! dit Bill en souriant. Peut-être qu'il est en train de faire un de ses rêves porte-bonheur.

Soudain, comme s'il les avait entendus, Werner se mit à crier dans son sommeil et à se contorsionner sur le sofa. Il porta brusquement une main à sa gorge, et ses sourcils broussailleux se contractèrent.

Jean eut un petit rire. Bill passa son bras autour de ses épaules et ils sortirent sur le balcon. Il était minuit passé et le départ était prévu pour l'aube, afin qu'ils puissent prendre le *Vulcao,* un petit bateau de fret qui remontait la rivière jusqu'à Grey's Landing. Mais Bill ne se sentait nullement fatigué. Il resterait six semaines sans voir Jean et tenait absolument à savourer les derniers moments qu'ils passaient ensemble. Tous deux ne pouvaient s'empêcher de garder présente à l'esprit l'idée du danger — et, avec elle, la possibilité que Bill ne revienne pas.

La ville brillait de tous ses feux et le clair de lune se reflétait dans l'eau de la rivière. C'était une soirée sans brume. Une drague descendait lentement la rivière et, du roof central, le faisceau d'un projecteur jetait un trait de lumière jaune sur les bidonvilles du bord de la rivière.

Bill avait passé de longues heures sur ce balcon, pendant que Jean dormait. Jamais il ne lui avait parlé de l'appel silencieux de Tommy aux Indiens, de cette « télépathie » empruntée à un feuilleton de science-fiction qu'il avait vue à l'œuvre sur le balcon. Il ne lui en avait jamais parlé parce que, bien sûr, tout cela n'avait été qu'un innocent jeu d'enfant. Et pourtant, il ne parvenait pas à oublier l'ironie tragique de ce jeu et au fil des années il s'était lui-même pris au piège d'un rituel, d'un bref exorcisme de son invention.

A la veille de chacune de ses expéditions dans la forêt, il s'était tenu sur le balcon, les yeux fermés, et avait de toutes ses forces appelé mentalement Tommy. C'est ce qu'à nouveau il fit cette nuit-là, sans que Jean s'en aperçût. Il appela son fils en imaginant que sa voix portait loin dans le sombre silence de la forêt et réveillait le jeune garçon qui par-delà la distance fixait sur lui ses grands yeux bleus. *Oui, père, je rentre à la maison...*

— Allons nous coucher, dit Jean, interrompant le cours des pensées de Bill.

Aux premières lueurs de l'aube, Markham entra dans la chambre de Heather et la secoua gentiment pour la réveiller. Encore assoupie, elle lui passa un bras autour du cou.

— Bonne chance, Pa ! dit-elle avec une pointe de tristesse dans la voix.

— Range bien ta chambre. Et ne reste pas suspendue au téléphone afin que je puisse vous joindre si jamais je devais appeler.

— Ne t'inquiète pas.

— Alors, au revoir, ma chérie.

— Au revoir...

## 6

Ils parcoururent en voiture les sept kilomètres qui les séparaient de l'embarcadère où était amarré le *Vulcao*. C'était un petit bateau de fret, beaucoup plus petit encore que Werner ne l'avait imaginé. Le roof supérieur semblait avoir été construit par morceaux, au fil des années. La peinture grise de la coque s'effritait. Quand on approchait du bateau, l'air était surchargé de vapeurs de Diesel, car les moteurs trop poussifs devaient être mis en marche longtemps avant le départ.

Markham monta à bord, aidé du second maître, un Mestizo d'âge mûr, au visage grave plus indien qu'européen, qui leur désigna l'avant d'un geste vague en grommelant quelques mots que Markham devina plus qu'il ne les comprit.

— Voici notre chambre, je pense, dit-il d'une voix ironique à Werner qui avait fait le tour du bateau derrière lui.

— J'ai connu pire, rétorqua l'Allemand.

Pendant toute la durée du voyage, ils devraient vivre dans l'espace étroit situé à l'avant de la timonerie. Ils fixèrent leurs moustiquaires entre le bastingage du pont inférieur et la timonerie, puis Werner installa ses bagages, s'allongea dessus et couvrit son visage avec son chapeau de brousse.

— Réveillez-moi quand on partira, dit-il à Markham.

Markham alla à l'arrière et s'appuya au bastingage. Il regarda les allées et venues sur le quai, les rangées de cabanes de tôle ondulée et de bois construites sur pilotis, qui s'avançaient d'une cinquantaine de mètres dans la rivière, puis, plus loin, les lueurs de la ville. Il était encore tôt, mais l'air était déjà alourdi par les brumes de l'aube et le bâtiment de l'Amazco n'était qu'un doigt gris pointé vers le ciel, qui se profilait au-delà des bidonvilles avec son enseigne rouge clignotante au sommet. Aux vapeurs étouffantes du Diesel en combustion se mêlait l'odeur âcre du *chile* brûlé. Markham ne ressentait pas la moindre faim, du moins pas encore. Il se mit à observer les premiers bateaux qui s'éloignaient dans le petit matin, des pirogues basses et grossièrement taillées qui partaient pêcher au milieu de la rivière. Elles se balancèrent sur l'eau au passage d'un radeau de bois flottant, puis disparurent dans les vaguelettes que le soleil faisait miroiter.

Le *Vulcao* ne partit pas à l'heure prévue, comme il aurait pu s'en douter. Trois heures après qu'ils furent montés à bord, l'embarcation était encore à quai. Une conversation des plus animées se déroulait sur l'embarcadère, accompagnée d'éclats de voix et de claques sur les cuisses, en signe d'exaspération. Les fumées de Diesel s'étaient maintenant estompées et l'air embaumait le poisson fumé. Markham finit par avoir des gargouillements d'estomac et alla à l'avant chercher des biscuits dans son sac.

— On aurait dû prendre l'avion du soir qui remonte la rivière, dit Werner sans soulever son chapeau. Aller jusqu'à Koume Point et prendre le bateau là-bas.

— J'avais pensé que ça serait plus rapide par ici, grommela Markham.

— Il n'est pas trop tard pour changer d'avis.

Avant même que Markham ait eu le temps de répondre, la vive discussion qui se déroulait sur le quai prit fin. Le capitaine du *Vulcao* sauta à bord de son bateau, cria quelque chose à son équipage et courut à l'avant larguer les amarres.

— Il y a un problème ? demanda Markham.

Sans même le regarder, le Brésilien se contenta de crier, d'un air renfrogné :

— Pas de whisky ! Pas de whisky pour les Kanata ! Rien pour le village !

Markham n'en demanda pas plus. Il comprenait ce qui s'était passé. Dans l'un ou l'autre des villages qui se trouvaient sur les premiers kilomètres de rivière, les capitaines avaient l'habitude de se fournir en Coca en échange d'une caisse d'alcool bon marché, vraisemblablement coupé d'eau. Quelqu'un avait oublié l'alcool. Le voyage devrait cette fois se faire sans drogue.

Le *Vulcao* gagna le milieu du courant et prit de la vitesse. Au bout d'une demi-heure, il avait passé le premier méandre et la ville avait disparu. La rive droite était en majeure partie défrichée. Des usines et des manufactures s'élevaient au-dessus du sol aride. Sur la rive gauche, des îlots de forêt alternaient avec des villages, des campements, quelques entrepôts entourés de barbelés, des camps de bûcherons et des commerces spécialisés, dont les plus nombreux étaient les bars et les boîtes à prostituées.

Vers le milieu de l'après-midi, tous les bâtiments avaient disparu. La rivière s'était rétrécie et coulait plus lentement. La forêt poussait plus près de la rive et les arbres, plus grands, s'inclinaient davantage au-dessus de l'eau. Le bruit des moteurs du bateau résonnait dans le sous-bois proche avant d'être renvoyé comme un écho en direction de l'embarcation. Malgré leur retard, ils atteignirent Koume Point trois heures avant l'hydravion, ce qui donna raison à Markham d'avoir choisi la voie fluviale.

Koume Point était un comptoir équipé d'un petit service médical et d'une importante station radio.

C'était en quelque sorte le dernier maillon entre la civilisation et la silencieuse mélancolie du grand bassin amazonien. A partir de Koume Point, la rivière elle-même devenait un monde différent, et la forêt semblait le savoir, qui se montrait plus exubérante et plus vigoureuse, plus prenante aussi, plus inquiétante.

Markham et Werner profitèrent de cet arrêt pour manger. On leur servit un succulent plat de poisson avec des légumes frais, suivi de deux ou trois verres d'alcool de racines de manioc, le tout dans la nonchalance la plus totale. Le crépuscule les trouva détendus et satisfaits et ils eurent tôt fait de s'endormir.

Le lendemain, ils furent réveillés dès les premières lueurs de l'aube par un brouhaha de voix excitées. Aussitôt, Markham se dressa sous la moustiquaire et saisit son fusil. Mais il comprit très vite qu'il n'y avait aucun danger. La cause de toute cette agitation venait d'un anaconda qui, insensible aux vibrations du moteur, glissait dans l'eau parallèlement au *Vulcao*. Le serpent, qui devait mesurer dans les neuf mètres de long, faisait onduler son corps gris-vert quand, d'une brusque torsion, il prit la direction de la berge. Tandis que le bateau poursuivait sa course, Markham et Werner le suivirent des yeux. L'animal rampa dans la boue et entreprit de se faufiler dans la forêt qui surplombait la rive. Au-dessus de lui, des singes se mirent à caqueter hystériquement et les silhouettes sombres de quatre oiseaux s'élevèrent en tournoyant dans le ciel resplendissant.

Uwe Werner était maintenant dans son élément. La fatigue avait disparu et au fur et à mesure que le bateau s'enfonçait en glissant dans la forêt, il sentait croître son excitation. Il prit deux ou trois profondes inspirations, sourit et se frappa la poitrine avec ses deux poings fermés. Markham se jeta un seau d'eau froide sur le visage. L'eau et l'air avaient la même odeur : une odeur de végétaux pourris qui était loin de lui déplaire.

— Vous sentez l'odeur de l'oxygène, Bill ? demanda l'Allemand, qui s'était accoudé au bastingage pour saluer le lever du jour.

Markham éclata de rire.

— Allons, Uwe ! Vous savez bien que l'oxygène est inodore ! C'est la pourriture que nous sentons ! La forêt pue la mort !

Werner agita un doigt sous le nez de l'Américain et secoua la tête.

— Ne confondez pas une mauvaise odeur et un mauvais processus, Bill. C'est bien l'odeur de la forêt, oui. Mais ce n'est pas seulement une odeur de putréfaction. C'est aussi l'odeur de la création. Regardez autour de vous ! Regardez cette croissance, cette croissance aveugle ! Regardez-la ! Sentez-la !

Markham fut amusé par la remarque de l'anthropologue.

— Jamais je n'aurais cru que vous étiez si romantique, Uwe. Décidément, vous cachez bien votre jeu !

Deux heures plus tard, le cours d'eau se divisa en deux bras. Le bras le plus large descendait du nord. Le plus étroit, appelé la Rivière Grise, arrivait de l'ouest. Le petit bateau se mit à vibrer lorsqu'il força ses moteurs pour lutter contre le double courant, puis obliqua et s'engouffra dans le bras le plus étroit.

La Rivière Grise serpentait entre deux rideaux de végétation luxuriante. Markham, assis à la proue du bateau, les contemplait en songeant qu'au-delà de ce qu'il pouvait voir s'étendaient l'immensité, le calme, la majesté d'un monde encore inexploré. Peut-être le romantisme de Werner était-il contagieux, après tout... Mais à chaque méandre qui lui révélait un nouveau rideau végétal vert, jaune et rouge, c'était surtout vers Tommy que se tournaient ses pensées.

Il réalisait à quel point les Hommes Souriants avaient dû se tenir près de lui, pratiquement à portée de sa main, quand il avait cherché Tommy à l'orée de la forêt, dix années auparavant. Et dans un espace à peine plus grand qu'un jardin potager, il n'avait pas été capable de les voir. Comment pouvait-il maintenant espérer les retrouver dans un monde aussi vaste, qui s'étendait sur des centaines de milliers de kilomètres carrés de végétation serrée, enchevêtrée, luxuriante ? L'entreprise semblait totalement désespérée. Il sentit son estomac se nouer à cette seule idée. Son cœur se mit à battre plus vite et il dut se contraindre à rester calme. Il savait qu'il y avait de nombreuses façons de procéder. Il pouvait suivre les pistes de chasse, repérer les signaux de fumée, aller partout où on lui signalait la présence d'Indiens sauvages, essayer de discuter avec eux...

Mais pendant neuf longues années, toutes ses tentatives, tous ses efforts n'avaient abouti qu'à une seule chose : le retour dans un bateau de fret comme le *Vulcao,* qui lui faisait redescendre la rivière jusqu'à Belore, où il arrivait épuisé, la tête lourde et l'humeur sombre. Sans Tommy.

*Je ne m'arrêterai pas tant que je ne l'aurai pas trouvé. Tommy n'est pas mort. Il a seulement disparu, et nous le TROUVERONS. NOUS LE TROUVERONS.*

## 7

Vers la fin du deuxième jour de navigation, Markham, qui lisait allongé sur son sac de couchage, sentit une odeur de cuisine. Il se redressa et réveilla Werner.

— On approche de Grey's Landing.

— Enfin !

Ils rangèrent leurs affaires, puis se rendirent à l'avant pour regarder le *Vulcao* aborder le méandre avant le village. Le mur d'arbres s'éloignait peu à peu de la berge et l'on voyait apparaître des terrains en friche et de petites bâtisses surmontées de toit de chaume. Massée sur l'embarcadère, une foule d'enfants faisait des signes de bienvenue au petit bateau qui avançait lentement vers eux.

Grey's Landing était de loin le peuplement le plus important de la région. A la fois mission et comptoir, c'était un foyer d'activité qui rayonnait sur des dizaines de kilomètres à la ronde. Trois ans auparavant, on y avait installé une radio à longue portée, ce qui avait permis à Markham de contacter à l'avance le prêtre français qui dirigeait la mission et de le prévenir de leur arrivée. En réalité, Markham contactait le Père Leduc environ deux fois par an, en lui posant toujours les mêmes questions : « Quoi de neuf ? Aucun nouvel arrivant ? Rien de bizarre à signaler ? Toujours sans nouvelles des Hommes Souriants ? »

Les Indiens qui s'entassaient dans les maisons basses à toit de chaume regroupées autour de la mission changeaient aussi souvent que le vent qui soufflait près de la rivière. Grey's Landing était toujours surpeuplé. Chaque case abritait toute une communauté d'hommes, de femmes et d'enfants. Certaines de ces communautés vivaient là régulièrement, d'autres n'étaient que de passage, comme les membres des tribus qui regagnaient leurs villages après s'être approvisionnés en matériel, ou les collecteurs de latex, qui venaient parfois se reposer pendant quelques nuits à Grey's Landing.

La Mission était une case ronde, avec un toit en feuilles de palmier, doté d'un trou en son milieu pour laisser passer la fumée. Une grande croix de bois de cinq mètres de haut se dressait devant l'entrée. Sous le large auvent de la façade, une quinzaine d'Indiens assis sur leurs talons fumaient, comparaient les temps anciens et les temps nouveaux, mastiquaient des racines de manioc. Lorsque le *Vulcao* vint s'amarrer à l'embarcadère, un grand jeune homme maigre vêtu d'une chemise blanche et d'un pantalon de flanelle grise trop grand pour lui se leva brusquement. Il portait un chapeau de paille et un crucifix d'or soigneusement poli pendait à son cou. Sa barbe blonde et désordonnée cachait à moitié un visage rougeaud et enflé, dont les yeux larmoyants et injectés de sang révélaient la terrible maladie qui le rongeait : le Père Leduc était atteint de malaria.

Il aida Markham à descendre sur le ponton de bois branlant, puis serra la main que Werner lui tendait.

— Bienvenue à Grey's Landing.

— Content d'être arrivé ! s'écria Markham. Je vous présente Uwe Werner.

Leduc fit un léger signe de tête à l'Allemand, qui demeura impassible et dit avec un haussement d'épaules :

— Pour ne rien vous cacher, je dois vous dire que je suis un athée confirmé.

Leduc trouva la remarque fort drôle. Donnant à Werner une légère tape sur le bras, il fit un clin d'œil à Markham et répliqua :

— Tiens, on confirme aussi les athées, maintenant ? Vraiment, je suis complètement dépassé !

Markham, appréciant la boutade, se mit à rire de bon cœur. Le Père Leduc les précéda sur le ponton, leur fit longer la rive, puis les conduisit devant des pirogues en aluminium amarrées à un poteau de béton à quelques mètres de l'eau.

— J'ai bien reçu votre message, monsieur Markham, mais c'est tout ce que j'ai pu vous trouver, dit-il en désignant du pied une pirogue équipée d'un petit moteur hors-bord.

Markham regarda l'embarcation, qui avait l'air solide, et hocha la tête d'un air satisfait. Le Père Leduc n'avait aucune raison de s'excuser. Le petit bateau était parfait.

— Excellent ! Reste à régler le problème de la location. A qui dois-je m'adresser ?

— A moi.

— Nous aimerions passer la nuit ici et partir demain à l'aube, si cela ne vous dérange pas trop...

Le prêtre eut l'air déçu.

— J'avais espéré vous garder plus longtemps, mais je me réjouis quand même d'avoir de la compagnie pour ce soir. Vous pouvez dormir à l'intérieur de la mission, si vous le désirez.

Au crépuscule, l'air devint calme et immobile au bord de la rivière, mais un véritable concert, où prédominaient les chants d'oiseaux, s'éleva de la forêt. Le couchant n'était qu'un vaste tourbillon rouge et noir d'une beauté menaçante, et des nuages sombres annonciateurs d'orage s'amassaient au-dessus du cœur de la forêt. Le long du cours d'eau et à proximité des arbres, les feux, autour desquels étaient accroupis des groupes d'Indiens, crépitaient bruyamment. Des étincelles volaient dans la nuit comme des insectes incandescents. Du côté des Indiens, on entendait des murmures, entrecoupés parfois d'éclats de rire. Quelque part, un vieillard se mit à chanter, d'une voix profonde et plaintive qu'accompagnait le rythme troublant d'un tambour.

Markham allait de groupe en groupe, s'arrêtant devant chaque foyer, montrant la flèche qu'il avait trouvée dix ans plus tôt fichée dans un arbre près de l'endroit où Tommy avait disparu. Mais aucun des Indiens qu'il interrogea ne put l'identifier. Les hommes acceptaient les cigarettes qu'il leur tendait, jouaient avec la hampe brisée, passaient leurs doigts dessus, désignaient les anneaux gravés près de l'empenne, parlaient avec gravité en employant une langue chantante, presque flûtée par moments, puis rendaient la flèche à l'étranger avec un faible sourire et un haussement d'épaules fataliste. Deux vieillards semblèrent hésiter un instant, puis secouèrent la tête en dissimulant un sourire. Markham eut l'impression qu'ils lui cachaient quelque chose. Il insista. En vain. Ils le regardèrent en silence, leurs lèvres légèrement entrouvertes laissant voir une rangée de dents jaunes, jusqu'à ce qu'il se décide à se lever et à se diriger vers un autre groupe.

Il était découragé et abattu quand il retourna à la mission, où il retrouva Werner assis, les jambes croisées devant un petit feu, en compagnie du Père Leduc qui surveillait trois brochettes de viande en train de rôtir sur les braises.

Markham s'assit près du prêtre, les yeux fixés sur l'empenne noire et blanche de sa flèche.

Leduc retourna les brochettes et désigna la flèche.

— Vous avez trouvé quelque chose ?

— Rien. Ils ne savent pas de quelle tribu elle provient. Ou ils ne veulent pas me le dire.

— Cela ne m'étonne pas, dit Leduc.

Il souleva l'une des brochettes, examina la viande, puis la remit sur le gril. Markham remarqua qu'il tremblait légèrement et que sa peau était moite.

— Quand vous montrez à un Indien qui a abandonné la forêt une flèche qu'il n'a jamais vue, elle peut représenter deux choses à ses yeux. Elle peut être un signe de chance, car elle signifie que les esprits de la forêt sont toujours vivants. Dans un premier temps, cela les déprime et ils n'en parlent pas, ils ignorent de quels esprits il s'agit. Puis ils y réfléchissent, et n'ayant aucun moyen de savoir quelle tribu a fabriqué la flèche, ils en inventent carrément une, une tribu « perdue » qu'ils appellent « Les Hommes à la Plume » ou « Les Hommes à la Flèche Brisée » — Leduc soupira —. C'est alors que les anthropologues, les hommes comme vous, monsieur Werner, en entendent parler. Et quelque temps plus tard, les journaux annoncent : « Des tribus de l'Age de Pierre découvertes dans la jungle amazonienne ! Aucun Blanc ne les a encore vues ! Des anthropophages dévorent d'innocents missionnaires ! » — Leduc se mit à rire, en jetant un coup d'œil à Markham. — Cet endroit respire la « création », la genèse. Nous étions justement en train d'en parler, M. Werner et moi. Mais c'est aussi un endroit où se créent les mythes. Quand ces populations quittent leur forêt, elles commencent à fabuler sur ce qu'elles ont laissé derrière elles et se mettent à inventer une vie qui n'a jamais existé, une vie évidemment plus belle que la vie qu'elles ont connue.

Il retourna une nouvelle fois la viande, faisant tomber des gouttelettes de graisse sur les braises, et poursuivit :

— La flèche peut être également un signe de malheur. Un message envoyé par des Indiens sauvages, tout aussi imaginaires que les précédents, pour rappeler aux Indiens « civilisés » ce qu'ils ont abandonné. Votre flèche est d'autant plus inquiétante qu'elle est brisée. De là sans doute l'impression que vous avez eue qu'ils vous cachaient quelque chose. Pour eux, reconnaître l'existence de cette flèche, ce serait un peu comme reconnaître qu'ils ont trahi leurs ancêtres. Vous admettrez comme moi qu'ils peuvent avoir des réticences à le faire...

Werner écoutait le prêtre avec un vif intérêt.

— Ainsi, dit-il, la plupart des tribus dites inconnues seraient simplement imaginaires. Mais cela ne veut pas dire pour autant qu'il n'existe aucune peuplade qui ait jusqu'à présent échappé à la civilisation.

— Certainement pas, convint Leduc. Parfois, et même assez souvent, on découvre l'existence d'une tribu cachée grâce à ses pistes de chasse, à ses feux. Ce sont là des preuves matérielles indiscutables.

— A-t-on des preuves de ce genre dans le *makira aku ?* demanda Markham.

— Dans le quoi ?

— La région qui s'étend à l'ouest et au sud de celle-ci. Le *makira aku.*

— Ah, c'est comme ça qu'on l'appelle ! Je l'ignorais. — Il hocha la tête d'un air pensif, en remuant le feu avec un bâton. — C'est une zone forestière très étendue. Le relief y est accidenté. Oui, on a beaucoup parlé d'une tribu d'Indiens qui y vivrait et y chasserait sans avoir aucun contact avec nous. Certains les surnomment les « Crânes de Singe », parce qu'ils marquent leurs pistes avec des lances portant des crânes de singe. — Leduc se frotta les yeux et s'essuya le visage d'un revers de main. Il n'avait pas l'air d'aller très bien. — Ça, c'était ce qui se racontait il y a trois ans. Depuis, il n'y a pas eu d'autres nouvelles...

Markham s'étonna, expliquant que Jean avait établi qu'on avait des preuves de l'existence de *trois* tribus dans le *makira aku.* Mais Leduc se contenta de hausser les épaules.

— Je me demande quelles preuves on peut bien avoir ! Sans doute un Indien qui a voulu se faire un peu d'argent de poche en racontant de belles histoires aux « Americanos »... on ne peut jamais savoir, avec eux.

Ce n'était pas exactement ce que pensait Markham, mais avant qu'il ait pu répondre, on entendit une voix hésitante appeler du dehors. Les trois hommes se tournèrent vers la porte ouverte.

Un jeune Indien s'avança craintivement. Il appartenait à l'un des groupes dont Markham avec perçu le plus fortement la réticence à parler de la flèche. Il portait un T-shirt à l'effigie de Bob Dylan et un caleçon de bain. Son visage et ses bras étaient couverts de motifs de couleur peints avec les doigts et ses cheveux étaient coupés très court.

Leduc l'invita à s'approcher du feu. Il hésita, ses yeux sombres brillant à la lueur des flammes, apparemment aussi impressionné par le caractère sacré de l'endroit où il se trouvait que par la présence des trois hommes, et finit par s'accroupir à côté de Markham. Ramassant la flèche, il la fit tourner entre ses doigts.

— Comment t'appelles-tu ? lui demanda Leduc en dialecte *Huizinga*.

— Ujari, répondit l'Indien.

Regardant attentivement le prêtre, il secoua la flèche et se mit à parler si vite que Markham ne comprit pas un mot de ce qu'il disait. Puis il se tourna vers lui, brandit à nouveau la flèche, la secoua et désigna les plumes.

Cette fois-ci, Markham comprit. Ou crut comprendre. Ujari disait : « Qu'on ne voit pas. »

— Qu'on ne voit pas ? Qu'est-ce que ça veut dire ?

— Il affirme que cette flèche appartient au Peuple Invisible, expliqua Leduc.

Ujari, qui prenait peu à peu de l'assurance, continua de parler. Il désigna son bras droit et, à un certain moment, se montra très agité. Mais l'agitation qu'il manifestait n'était rien à côté de celle que Markham, lui, s'efforçait de ne pas laisser paraître. Son cœur battait de plus en plus vite et la lueur des flammes lui paraissait soudain éblouissante. Quand à la voix d'Ujari, elle résonnait à ses oreilles comme le plus doux des chants d'oiseau.

— Il dit, traduisit Leduc, que le Peuple Invisible part plusieurs mois par an chasser sur sa piste traditionnelle, mais il pense qu'ils sont maintenant retournés sur les terres de leurs ancêtres. Il dit que personne ne les voit jamais, car ils prennent l'apparence de singes ou d'aras macaos, si bien que la plupart du temps on ne peut que les entendre. Cette flèche n'est pas une flèche de guerre, mais une flèche d'avertissement qui dit : « N'approchez pas. » C'est par des flèches de ce genre que le Peuple Invisible signale sa présence. Ses membres sont comme des ombres dans la forêt, à ce que dit ce garçon. Des fantômes. Nul ne les a jamais vus.

— Alors comment connaît-on leur existence ? demanda Markham.

— Les vieux les ont entendus. Leur esprit gardien est celui d'un aigle, et les vieux ont vu l'aigle voler comme dans un rêve, répondit Ujari.

— Les « Crânes de Singe » et les « Hommes Invisibles » sont-ils la même tribu ?

Quand Leduc lui posa la question, Ujari fronça les sourcils, regarda fixement le feu et secoua la tête. Puis il parla, si lentement cette fois que Markham n'eut pas besoin de traduction :

— Les « Crânes de Singe », dit-il, sont les « Mangeurs d'Hommes ». Ils mangent le corps et l'âme des autres Indiens.

L'expression « Mangeurs d'Hommes » n'avait rien de spécifique, car c'était ainsi qu'étaient surnommées la plupart des tribus qui avaient eu autrefois coutume de manger leurs prisonniers. Et s'ils n'avaient dans leur voisinage aucune tribu de ce genre, les Indiens s'empressaient d'en inventer une. Aussi ce fut une déception pour Markham d'apprendre que les « Crânes de Singe » appartenaient à cette catégorie, car cela jetait un doute sérieux sur la réalité de leur existence.

— A-t-on entendu parler d'un garçon avec des cheveux jaunes qui vivrait avec le Peuple Invisible ? demanda Markham.

Ujari secoua la tête.

— Comment dois-je m'y prendre pour les trouver ?

L'Indien se mit à rire.

— Il te faudrait peut-être apprendre à voler comme un aigle...

Puis il haussa les épaules et, comme Markham insistait, il finit par ajouter que leur piste de chasse allait vers l'ouest et qu'ils vivaient de l'autre côté de la Rivière Grise.

Ujari quitta la case de la mission et descendit jusqu'à la rivière, où il s'accroupit et se mit à contempler les reflets violets du crépuscule dans l'eau. Markham le suivit dehors, mais resta sur le seuil, les yeux fixés sur l'oucst jusqu'à ce que s'éteigne la dernière lueur du long jour équatorial. Il était soudain très calme, comme lorsqu'on a traversé une grande crise. Et pourtant... pourtant tout ne faisait que commencer.

Le Père Leduc sortit de la case et posa doucement la main sur le bras de Markham.

— Sachez qu'il a fallu beaucoup de courage à Ujari pour venir nous parler.

— Je n'en doute pas, dit Markham, et je lui en suis reconnaissant.

— Cela fait longtemps que vous attendiez ce moment, n'est-ce pas ?

— Oui, reconnut Markham. Oui. Me voici maintenant plus près de Tommy que je ne l'ai jamais été. Et pourtant... Que peut bien signifier la notion de « distance » dans une forêt comme celle-ci ?

Leduc savait exactement ce que Bill Markham voulait dire. Il sourit, puis haussa légèrement les épaules.

— Elle signifie pour vous un changement de tactique. Une nouvelle façon d'aborder vos recherches. — Il jeta un regard intrigué à l'Américain. — Vous avez l'air un peu contrarié.

— Non, pas contrarié, corrigea Markham. Seulement abasourdi. Et plein d'appréhension. Etre si près du but... Cela ne rendra les choses que plus difficiles, très difficiles même, si d'ici cinq semaines nous n'avons pas réussi à entrer en contact avec ces fameux « Hommes Invisibles ».

## 8

Ils continuèrent à remonter la rivière en se relayant au moteur. Luttant sans cesse contre le puissant courant descendant, ils guidaient la fragile embarcation entre les débris de végétaux qui encombraient la rivière.

La forêt qui surplombait les berges et envahissait l'eau offrait à leurs regards des couleurs exquises. Ses parfums leur coupaient le souffle. Des mimosas en pleine floraison dispensaient leurs jaunes profonds parmi le miroitement vert et jaune des larges feuilles d'arbres. D'autres fleurs bleues, rouges, blanches composaient une tapisserie dont la profusion d'ombres et de nuances était une véritable splendeur.

Chaque fois que la forêt s'éloignait des berges de la sinueuse rivière pour laisser place à une étroite plage de sable, Markham accostait et cherchait sur le sol quelque indice d'une présence humaine. Ils découvrirent quantité d'empreintes d'animaux, mais jamais rien qui puisse les inciter à s'arrêter et à bivouaquer pour attirer à eux des hommes cachés dans les bois.

Rien, du moins jusqu'à la fin de l'après-midi du deuxième jour.

Les touffes de la plante aquatique rougeâtre que Uwe Werner appelait *herbe à paku* se faisaient de plus en plus nombreuses, ce qui annonçait généralement la proximité de rapides. Cette plante poussait en effet en abondance dans les eaux peu profondes, parmi les rochers dressés au milieu des tourbillons qui rendaient si dangereux les affluents de l'Amazone. Comme les deux hommes s'y étaient attendus, le rugissement du rapide se fit bientôt entendre distinctement, couvrant le ronronnement du moteur. Werner, qui était à la barre, ramena brusquement la pirogue près de la lisière de la forêt. Une fois franchie la dernière courbe, ils abordèrent la déclivité et Werner eut toutes les peines du monde à maintenir la pirogue parmi les tourbillons et les courants qui l'agitaient.

— On n'arrivera jamais à franchir tout ça ! cria-t-il dans le vacarme.

Markham lui jeta un regard tranquille, comme pour signifier « Je ne te le fais pas dire... », puis il désigna l'autre côté de la rivière, à peine visible derrière les nuages d'embruns et de vapeur, où la berge paraissait plus accessible. L'eau franchissait en cascades au moins trois rangées de rochers noirs et luisants et au milieu de la chute se dressait une vague qu'il leur serait pratiquement impossible de négocier. Werner laissa la pirogue redescendre le courant sur deux cents mètres, puis lui fit traverser le flux et se fraya prudemment un passage vers le sable humide de la rive.

Markham sauta dans l'eau peu profonde et tira l'embarcation pour la mettre en sûreté. Les deux hommes étaient trempés et assourdis par le grondement de l'eau. Ils durent faire passer la pirogue par-dessus des rochers rendus glissants par la mousse et la végétation, mais ils finirent par trouver pour eux et leur embarcation un endroit abrité, calme et presque sec.

Pendant près d'une heure il leur fallut haler le bateau sur toute la longueur de la cascade, se frayant un chemin à travers les sous-bois, ou soulevant le frêle esquif par-dessus les dangereux rochers. Ils franchirent ainsi les quelque cinq cents mètres de rapides et purent enfin s'asseoir, épuisés mais triomphants, sur l'étroite bande de sable qui bordait la portion de rivière calme où ils allaient pouvoir reprendre leur route.

Des traces de pas, des pieds nus de petite taille, traversaient la bande de sable et allaient se perdre dans l'eau.

Au bord de celle-ci, un creux marqué désignait l'emplacement où quelqu'un s'était longuement posté pour harponner les poissons qui vivaient dans les plantes rouges et vertes.

Uwe Werner eut un large sourire et s'efforça de cacher son excitation. Markham attira son attention sur les empreintes.

— Homme ou femme ? demanda-t-il.

— Je dirais jeune homme. — Werner regarda la dépression laissée dans le sable qui se remplissait rapidement d'eau. — Il était là il y a un instant. Nous l'avons fait fuir.

— S'il était là à l'instant, dans ce cas il ne doit pas être bien loin, fit remarquer Markham, et les deux hommes jetèrent un rapide coup d'œil vers la forêt qui s'étendait derrière eux.

— Exact, acquiesça Werner.

— Nous allons donc camper ici. Je vais tout de suite fabriquer un présentoir à cadeaux.

— Et moi, je vais pêcher, dit Werner avec un sourire. Le paku est un poisson délicieux et cette eau en regorge.

Markham venait à peine d'achever le présentoir à cadeaux que Werner revint avec deux petits poissons et entreprit de faire du feu. Le présentoir était un édifice sommaire de bambous et de lianes fines. Markham choisit une paire de ciseaux, un miroir, un gobelet, un collier et les fixa à la barre horizontale. Ils se mirent à tourner lentement en miroitant dans la lumière du crépuscule.

Une odeur délicieuse se dégageait du paku qui grillait

avec des crépitements. Avec la tombée de la nuit, les insectes devenaient plus agressifs. Uwe laissa échapper un juron en se donnant une claque sur la joue. Lorsqu'il accrocha les hamacs entre des arbres, il fit de son mieux pour faire de sa moustiquaire un véritable écran. Mais déjà les deux hommes étaient résignés à passer une mauvaise nuit de plus à la merci de la nature...

Les poissons herbivores de Werner se révélèrent excellents, celui-ci ne s'était pas trompé. Après qu'ils eurent fini de manger, ils se hissèrent dans les hamacs et ajustèrent leurs moustiquaires. La forêt résonnait de cris et de sifflements, et il leur semblait qu'avec ses mille bruissements et murmures, elle se refermait peu à peu sur eux. A chaque mouvement furtif qu'il percevait, Werner se redressait dans son hamac et à travers le voile de sa moustiquaire tentait de percer l'obscurité du regard. Cela dura un moment. Mais si c'était des Indiens qui approchaient, on n'entendrait pas un bruit... A cette seule pensée, il se détendit.

Les moustiques continuaient à le harceler.

— Comment arrivent-ils à passer sous la moustiquaire ? Comment s'y prennent-ils ? explosa-t-il en se donnant une violente claque sur le cou.

Markham, à moitié amusé, le regardait tandis que la lumière de sa lampe de poche vacillait et s'agitait dans tous les sens.

— On dirait qu'au bout de quelques années, ils se lassent de vous. A moins que ce ne soit vous qui vous lassiez de les écraser.

— Je les hais, dit Werner en geignant. — Il était maintenant nerveux et pressé de voir quelque chose se produire. — Et cette attente... C'est ça que vous faites depuis dix ans ? Simplement attendre au milieu de la forêt en contemplant le clair de lune ?

— Seriez-vous par hasard en train de perdre votre humour, Uwe ? demanda sèchement Markham.

Un des gobelets se mit à cliqueter sur le présentoir à cadeaux. Markham se redressa du mieux qu'il put et Werner éteignit sa lampe de poche. Ils pouvaient voir les reflets métalliques des objets qui continuaient à tourner. Soudain une petite silhouette sombre passa devant le présentoir et tenta de s'emparer du miroir.

— Ce n'est qu'un singe, dit Markham.

— Il va prendre les cadeaux.

— Je sais bien...

Il sortit ses jambes du hamac et lança une chaussure en direction de la petite silhouette, qui prit aussitôt la fuite et disparut dans la nuit. Markham retourna aux cadeaux, en interrompit le mouvement et récupéra sa chaussure. Il alla ensuite s'accroupir près de l'eau et, l'oreille aux aguets, scruta la forêt. Pris d'une impulsion soudaine, il alla à son sac et en extirpa l'une des fusées de feu d'artifice.

— Cela vaut la peine d'essayer, dit-il à Werner. Peut-être, après tout, que notre ami le pêcheur ne nous avait même pas remarqués.

La fusée lança un éclair dans la nuit et dans une gerbe d'étincelles jaunes monta vers le ciel où elle s'ouvrit majestueusement en une corolle bleu et rouge. La détonation fit sursauter Werner.

— Voilà qui devrait les rameuter à plusieurs lieues à la ronde, dit-il, tandis que la fusée retombait dans l'eau avec un léger clapotis.

Markham revint vers le petit bivouac, hésita, puis s'arrêta pour regarder un peu plus loin, derrière l'Allemand.

— Peut-être qu'ils ne viendront pas d'aussi loin que vous pensez. Peut-être qu'ils sont déjà tout près, dit-il à voix basse.

Werner secoua la tête.

— Les Indiens, on ne les voit pas, mais on sait

toujours quand ils sont là. Croyez-moi, Bill, quand ils seront là, on le saura.

— Uwe, jetez donc un coup d'œil derrière vous! murmura Markham.

Werner le regarda, puis se retourna lentement. L'obscurité était totale, et pourtant... Pourtant, dans cette masse noire, il y eut un mouvement. Le mouvement se répéta, légèrement plus faible. Werner braqua la lumière de sa lampe sur la forêt. Ce qu'il vit lui coupa le souffle.

Un, puis deux, puis plusieurs visages apparurent, noyés dans l'obscurité. Postés à l'orée de la petite clairière, les Indiens les observaient, ne cherchant ni à éviter la lumière, ni à avancer pour mieux se montrer. Markham compta rapidement ceux qu'il pouvait voir. Une quinzaine au moins. Leurs visages étaient peints et la blancheur de leurs maquillages les faisait ressembler à de sinistres spectres.

— Quand ils seront là, on le saura, hein? ironisa Markham.

Mais Uwe Werner ne prit pas la peine de relever.

— Bill, j'ai comme l'impression qu'on est dans de beaux draps, se contenta-t-il de répondre en désignant leurs visiteurs.

## 9

Cette nuit-là fut pour Bill Markham une des plus longues de son existence. La troupe des chasseurs ne bougeait pas d'un centimètre. Ils ne se faisaient pas plus menaçants, mais ne se retiraient pas non plus. Werner leur offrit les poteries et le miroir prévus à cet usage mais n'obtint pas de réponse et lorsque Markham s'adressa à eux en langue *tupi*, il n'eut guère plus de succès.

— Pensez-vous qu'ils comprennent ? demanda Werner.

Afin de s'en assurer, Markham posa aux chasseurs une autre question.

— Le ciel va-t-il bientôt changer de couleur ?

A ces mots, deux jeunes gens levèrent les yeux en direction du ciel.

— Ils nous comprennent, affirma Markham.

Werner s'avança vers la lisière de la jungle, mais s'arrêta brusquement : plusieurs lances à pointe d'os bien affûtée venaient de jaillir du feuillage derrière lequel elles étaient camouflées. Deux Indiens émirent un sifflement aigu, puis se turent. Tandis que, rapidement, Uwe Werner battait en retraite, deux autres chasseurs poussèrent une sorte de petit cri bref qui se répercuta dans la nuit et provoqua une certaine agitation au sein de la population animale nichée dans les arbres alentour.

Markham rassembla quelques petits morceaux de bois sec et à l'aide de son briquet ralluma le feu. Ils avaient été bien négligents de l'avoir laissé s'éteindre. Seules brillaient encore quelques braises incandescentes. A la lumière des grandes et belles flammes qui s'élevèrent alors, il distingua plus nettement les visages des chasseurs, mais ce ne fut qu'aux premières lueurs de l'aube que Markham put découvrir en entier la troupe de guerriers.

Jamais encore, il ne s'était trouvé face à des indigènes aussi colorés. Leurs cheveux, coupés court, étaient teints en rouge vif. Le maquillage blanc et rouge de leurs visages leur donnait l'aspect de squelettes. Des motifs en forme de losanges décoraient leurs torses nus. Autour des poignets, des chevilles et du cou, ils portaient des lanières de cuir ornées de plumes et de fragments d'os. Chaque guerrier était armé d'une lance à pointe blanche et quatre d'entre eux d'une sarbacane.

Au cou du chef pendait une sorte de machette en pierre et sur son visage la peinture blanche formant un cercle donnait l'impression qu'il regardait à travers un masque rond.

— Etonnant, vraiment étonnant, murmura Werner.

Markham savait pertinemment que l'Allemand avait peur. Werner avait tremblé une grande partie de la nuit, accroupi près du feu, sa petite carabine automatique à portée de la main. A plusieurs reprises, il avait répété à l'Américain qu'ils étaient tous les deux dans un drôle de guêpier. Markham lui avait demandé pourquoi.

— Parce qu'ils ne bougent pas et ne parlent pas.

— Peut-être ont-ils aussi peur que nous.

— Non, assura Werner. Ils savent qui nous sommes et d'où nous venons. Ils ont déjà rencontré des hommes comme nous avant ce jour. Leur attitude correspond plutôt à une sorte de rite.

— Quel genre ?

— Je ne sais pas. Ils observent une attente volontaire. Cela doit faire partie de leur manière de chasser. C'est sans aucun doute une tactique.

— Cela ne va pas arranger nos affaires, Uwe.

— Je sais. Que pensez-vous qu'il va se passer ? En ce qui me concerne, tout ce que je peux dire, c'est que je pressens un danger.

Markham aussi sentait le danger. La façon dont les chasseurs les regardaient, fixement et délibérément en silence, cette sorte de jeu inconnu dont ils semblaient appliquer les règles, lui faisaient éprouver un sentiment indéfinissable et prendre conscience que le conflit qui les opposait dépassait le cadre de l'affrontement de deux civilisations.

Cependant cette tribu pouvait être celle qui avait enlevé Tommy. Markham ne parvenait pas à chasser cette idée de son esprit, même si ces Indiens ne rappelaient en rien les Hommes Souriants dont avait parlé l'enfant. Mais dix années, c'était bien long et, dans la forêt comme partout ailleurs, bien des événements avaient pu se produire et effacer le sourire des hommes qui avaient kidnappé le petit Blanc.

Bill passa donc cette interminable nuit aussi patiemment et calmement qu'il le put, avec toute la prudence que lui conseillait son instinct.

— C'est bien ce que vous espériez rencontrer en venant ici, n'est-ce pas ? demanda-t-il à Werner, alors que les premières lueurs du jour commençaient à filtrer à travers le feuillage.

— Une tribu perdue ? Y croyez-vous vraiment ?

— Les seuls qui soient réellement perdus, c'est nous, murmura Markham. En ce qui les concerne, bien qu'ils parlent un dialecte *tupi* — ce dont je suis certain —, ils doivent faire partie d'un groupe que les Blancs n'ont encore jamais rencontré. Cette fois, Uwe, c'est pour vous le grand jour !

— Quelque chose me dit que ces hommes portent des peintures de guerre.

— C'est aussi mon avis, répondit Markham, accompagnant ces mots d'un signe de tête et d'une grimace.

Cinq fois, il s'adressa aux Indiens et leur parla du petit Blanc, nommé Tommy. Il leur en fit une description précise, essayant d'indiquer le nombre d'années écoulées depuis sa disparition. Mais les Indiens ne prêtèrent jamais une quelconque attention à ses paroles. Toutefois, avec l'arrivée de la brume chaude et humide du matin et l'éclosion des bruits de la forêt qui s'éveillait et se préparait à vivre un nouveau jour, l'attitude des guerriers changea. Ils se dispersèrent à travers la végétation et formèrent un cercle autour des deux étrangers. Puis ils se mirent à fredonner, suivant un certain rythme et, dans leur chant, plusieurs fois Markham entendit prononcer le mot *Jacareh* qu'il pensa être un nom propre. Il reconnut également une expression signifiant *féroce* que les chasseurs prononçaient en élevant quelque peu la voix, comme si, apparemment, ils tiraient une certaine fierté de ce qualificatif. L'angoisse s'empara de Markham qui comprit alors que cette troupe d'individus qui les encerclait n'était autre que celle connue sous le nom de Mangeurs d'Hommes.

Voyant le cercle se rétrécir, Markham et Werner tentèrent de saisir leurs armes avec précaution, prêts à tout pour essayer de fuir, lorsque le chef de la troupe leur fit signe de les suivre. Les chasseurs agitaient de plus en plus leurs lances, mais ces gestes semblaient exprimer des encouragements plutôt que de l'hostilité.

Markham ramassa son sac qui était très lourd, mais lorsqu'il voulut rassembler les hamacs et les moustiquaires, les Indiens montrèrent quelque impatience. D'eux d'entre eux s'emparèrent des cadeaux. Un autre tenta de toucher le fusil M 16, mais Markham découragea sa curiosité.

Peu après, Markham et Werner avançaient dans la forêt profonde, encadrés par les guerriers, copiant leur démarche sinueuse. Les chasseurs progressaient dans la forêt l'un derrière l'autre. Tous les vingt pas ils exécutaient un petit saut.

Avec leurs armes, ils faisaient des mouvements brusques, mimant une attaque, et continuaient à chanter sur ce rythme saccadé. Ils avaient placé Markham et Werner au milieu de la file et cheminaient en silence sans quitter des yeux les deux Blancs.

Ils marchèrent ainsi à travers la jungle une grande partie de la journée, suivant une piste qui serpentait parmi la végétation luxuriante. Uwe Werner, bien moins résistant physiquement que Markham, fut bientôt épuisé. Il souffrait beaucoup, mais était bien trop effrayé pour s'arrêter. Il continuait donc à avancer en trébuchant. La sueur ruisselait sur son visage et trempait ses vêtements.

En fin d'après-midi, ils entendirent des tam-tams dont le son à la fois caverneux et aigu leur parvenait de très loin. Les guerriers entonnèrent alors un autre chant, plus agressif que le précédent, alors que, paradoxalement, un sourire illuminait leurs visages. Pendant tout le trajet, Markham avait gardé la main sur son fusil, le cran de sécurité retiré, prêt à toute éventualité. A ce moment-là, lui aussi sourit et essaya de parler aux chasseurs. Ceux-ci lui répondirent plus volontiers, mais la plupart du temps, ce n'était que pour lui répéter inlassablement le même mot : *Jacareh*.

Des explications que put alors lui fournir Markham, Werner déduisit que *Jacareh* devait être le nom du chef de la tribu, un être étrange, mi-bête, mi-dieu, à forme humaine.

— Quelle sorte de bête ? demanda Markham.

— Un jaguar, je pense, lui murmura Werner dans un souffle, tant cette marche l'avait fatigué.

— C'est terrifiant.

Avant même qu'ils aient pu s'en rendre compte, ils étaient arrivés au village des Mangeurs d'Hommes. Ils n'avaient décelé jusque-là aucune fumée, pas même une odeur de feu ou de cuisine. Sans transition, ils étaient passés de la jungle luxuriante et envahissante à une clairière parsemée de petites habitations de bambous aux toits de roseaux. Le village avait été édifié sur un terrain gagné sur la forêt. Les huttes se dressaient dans les larges espaces aménagés entre les racines des arbres à lianes ou s'appuyaient contre leurs troncs énormes. Markham s'attendait à trouver un village classique : de forme circulaire avec ses huttes regroupées à l'intérieur d'une palissade. En fait, cet endroit se révélait aussi chaotique que la forêt environnante.

Des feux brûlaient un peu partout et les tambours continuaient, toujours sur le même rythme, tout à la fois horripilant et effrayant. Les femmes se pressèrent autour des deux étrangers, semblant tout particulièrement fascinées par la haute stature de l'Allemand. Werner avançait au milieu de cette cour d'admiratrices qui lui souriaient, quelque peu amusé, mais malgré tout inquiet. Markham, mal à l'aise, se sentit poussé afin de pénétrer plus avant dans le village, en direction d'un léger monticule de terre surmonté de trois statues de bois sculpté. Un homme, assez fort, au visage grave, siégeait au milieu de ces idoles. Il était vêtu d'une peau de jaguar, la tête de l'animal reposant sur la sienne. La bouche menaçante du fauve apparaissait juste au-dessus de la peinture rouge qui recouvrait le front et les joues de l'individu.

Markham se dirigea vers l'homme. Il était tout à fait conscient de la présence des lances braquées sur lui, mais essayait tout de même de repérer une voie par laquelle ils pourraient s'échapper. Il cria à Uwe Werner qu'au cas où les choses tourneraient mal, ils devraient s'enfuir par la gauche. Werner acquiesça. Il restait le point de mire des jeunes femmes de la tribu, qui ne cessaient de l'examiner avec curiosité.

Non loin de ce personnage menaçant nommé Jacareh, Markham aperçut de la viande infestée de mouches qui séchait accrochée sous un abri ouvert. Les carcasses avaient été retirées avec art, ce qui permit à Markham d'identifier la dépouille d'un cochon et celle d'un singe. En regardant mieux, il vit les débris calcinés des os qui avaient été brûlés.

« Nous sommes ici comme des agneaux à l'abattoir », pensa-t-il.

Son désir de retrouver Tommy, son insistance et sa

recherche du contact l'avaient rendu téméraire au point de fausser son appréciation du danger encouru.

Jacareh enjoignit sèchement à ses guerriers de s'éloigner de l'étranger. Markham posa à terre son lourd fardeau et sortit de son sac le petit sachet dans lequel il gardait son chocolat et ses raisins secs, puis s'accroupit en face du chef de la tribu.

— Je m'appelle Bill Markham et vous êtes le dieu Jaguar Jacareh. Je vous salue, dit-il dans la langue de son hôte.

— Nous avons déjà rencontré des hommes comme vous. Nous vous avons observés depuis l'orée de notre forêt, répondit Jacareh.

— Les Blancs vous appellent les Mangeurs d'Hommes, mais nul ne vous a jamais rencontrés.

Les yeux à demi fermés, Jacareh dévisageait Markham. Ce dernier soutint ce regard terrible. Soudain Jacareh sourit, puis éclata de rire. Ses dents étaient d'un blanc étincelant et il faisait mine de mordre. Puis il se remit à rire tandis qu'autour de lui, ses guerriers fredonnaient toujours ce même chant au rythme saccadé.

— S'il était dans leurs intentions de nous tuer, ne l'auraient-ils pas déjà fait ? cria Markham à Werner sans quitter des yeux l'homme-jaguar.

— Je n'ai guère d'expérience en ce domaine, répondit l'Allemand. Mais j'ai plutôt l'impression que l'hostilité qu'ils nous manifestent n'est, en fait, qu'un spectacle qu'ils nous offrent. Je pense qu'ils sont en train de tester notre courage de diverses façons.

« Quel courage essaient-ils donc de tester en nous », se demanda Markham silencieusement en songeant aux mains inquisitrices qui malmenaient le corps de Werner.

Jacareh prononça quelques paroles sur un ton hargneux. Markham ne saisit pas tout, mais seulement un mot signifiant *charabia* et comprit qu'il lui demandait de ne pas continuer à s'exprimer dans un langage diabolique.

— Je suis à la recherche des Mangeurs d'Hommes depuis plusieurs jours, dit Markham.

Cette réflexion parut amuser beaucoup Jacareh qui se tourna vers ses guerriers et émit un son curieux. Il porta à nouveau son regard sur Markham, appuya son menton dans sa main, affichant une indifférence quelque peu insolente en dépit de laquelle Markham poursuivit.

— Je suis à la recherche de mon fils, un enfant blanc aux cheveux blonds. Il s'appelle Tommy. Il y a quelques années, il a été enlevé par des Indiens et emmené dans le Monde Vert. Je veux le revoir. S'agissait-il d'hommes de votre tribu ? Les Mangeurs d'Hommes ont-ils enlevé mon petit Tommy ?

Jacareh fit la grimace.

— Tous les hommes de ma tribu sont blancs, dit-il.

A ces mots, Markham jeta un rapide coup d'œil, autour de lui, à ces nombreux visages effectivement peints en blanc. Les guerriers se mirent à rire et à agiter leurs lances en direction de l'étranger accroupi à leurs pieds.

— Mais nous, nous avons les cheveux rouges, ajouta Jacareh.

Cette réflexion sembla, elle aussi, beaucoup amuser les Mangeurs d'Hommes.

— Mais peut-être que Jacareh connaît les hommes qui ont enlevé le petit garçon ? Ils utilisent cette flèche…

Plongeant la main dans son sac, Markham en sortit la hampe brisée de la flèche des Hommes Souriants et la tendit au chef.

— Pouvez-vous me dire qui, dans le Monde Vert,

utilise de telles plumes ? demanda-t-il en désignant les plumes blanc et noir qui ornaient la flèche.

Jacareh éclata de rire, puis adressa rapidement quelques mots aux guerriers qui entouraient Markham. Tous les hommes se dirigèrent alors vers l'Américain, puis reculèrent en levant leurs lances et se mirent à rire, partageant l'hilarité de leur chef. Markham jeta un coup d'œil à Uwe Werner.

L'Allemand était debout. Les femmes et les vieillards qui s'étaient rassemblés autour de lui regardaient tous maintenant en direction de leur chef. Lentement, Werner leva les mains et Markham comprit ce qu'il voulait dire : je n'ai pas de carabine.

« Bon sang, Uwe, quelle négligence ! »

Jacareh se leva et regarda Markham, toujours accroupi. Il mit la main à la ceinture de cuir ornée de petits ossements qui ceignait sa taille et prononça quelques paroles.

— Cette flèche appartient aux Invisibles.

Cette révélation emplit Markham de joie. Enfin, il tenait une piste sérieuse.

— Les Invisibles vivent-ils loin d'ici ? demanda-t-il.

— Il y en a beaucoup moins aujourd'hui qu'hier, répondit Jacareh. Les Invisibles sont très bons à manger. Leur chair est très tendre, mais la vôtre paraît l'être encore davantage.

— Uwe ! Vite, fuyons !

En prononçant ces mots, Markham se releva d'un bond. Trois lances se plantèrent dans le sol non loin de lui. L'une d'elles passa même très près. Il roula sur la terre desséchée, se releva rapidement et lâcha une rafale sans viser. La hampe d'une autre lance l'atteignit à la jambe. Autour de lui, les guerriers poussaient des cris stridents et reculaient. Deux d'entre eux se tordaient de douleur sur le sol, portant leurs mains aux blessures faites par les balles. Un troisième gisait, mort, aux pieds de Jacareh.

Brusquement les Mangeurs d'Hommes observèrent un silence sinistre. Ils encerclèrent Markham, prêts à tuer, mais Bill sentit une hésitation. Jacareh lui-même leur cria de ne pas lui faire de mal, pas encore.

— Que se passe-t-il ? Pourquoi ont-ils attaqué, demanda Uwe Werner.

— Devinez, lui répondit Markham.

— Des Mangeurs d'Hommes ?

— Et de premier ordre. Pouvez-vous bouger ?

— Je suis un peu pris au piège. Deux flèches sont pointées sur moi.

« Désolé, Uwe, mais vous avez été un peu trop confiant », pensa Bill.

Un des hommes commença à taper sur son tam-tam, mais Jacareh lui cria de s'arrêter. Dans les arbres alentour, les oiseaux eux-mêmes s'étaient tus, pétrifiés par les claquements du M 16.

Jacareh regarda sans comprendre son guerrier mort. Il s'accroupit auprès du corps, trempa son doigt dans le sang, et le lécha d'un air pensif. Puis il nettoya le contour de la blessure et enfonça son doigt dedans. Il l'examina et fouilla plus profond. Soudain, il fronça les sourcils comme s'il sentait quelque chose. Etait-ce un morceau de côte cassée, ou bien la balle elle-même qui s'était logée là ?

Jacareth tira alors un couteau en os de sa ceinture et élargit la blessure. Il y introduisit deux doigts et au bout de quelques minutes en retira un morceau de métal tordu, couleur de rouille.

Il prit la balle entre deux doigts et la leva devant ses yeux. Il secoua la tête en murmurant des mots que Markham ne comprit pas. Puis il lécha le sang resté sur le métal et finalement avala le tout, portant la main à son cou alors que la balle descendait dans sa gorge.

Il utilisa de nouveau son couteau, à la recherche de la seconde balle, et lorsqu'il l'eut récupérée, il la montra comme un trophée aux autres chasseurs. Il se dirigea ensuite vers Markham et eut un mouvement de recul lorsque ce dernier braqua sur lui son M 16, mais se décida malgré tout à continuer d'avancer prudemment.

Il s'accroupit auprès de l'Américain. Rapprochant la balle du collier de dents qu'il portait autour du cou, il compara la brillance de celle-ci avec la luminosité de l'ivoire. Puis il s'adressa à Markham.

— Que dit-il ? questionna Werner de plus en plus inquiet.

— Il dit que je possède le courage d'un jaguar affamé. Que de ce côté-là, je lui ressemble et dois avoir comme lui de nobles ancêtres.

— Et pour moi, que dit-il ? demanda Werner d'un ton résigné.

Markham balaya du regard ce qui se passait autour de lui et comprit que la situation de l'Allemand était sans espoir. Epuisé, sans arme, il était littéralement encerclé par les femmes du village. Bien plus petites que l'anthropologue, elles étaient cependant très fortes et agrippaient ses jambes et ses bras, s'esclaffant de le voir se débattre. Il n'avait aucune chance de leur échapper, elles étaient aussi tenaces que des piranhas.

— Cessez de vous débattre, Uwe. Je vais vous sortir de là. J'ai réussi à impressionner l'homme-jaguar. Détendez-vous.

Puis à nouveau il se tourna vers Jacareh, qui cette fois avait assisté avec plus de tolérance à cette conversation dont il ne comprenait pas un mot.

L'homme-jaguar s'approcha un peu plus près de Markham et se pencha pour toucher le fusil que celui-ci avait dans les mains. Ce dernier se crispa un peu, mais permit au chef de poser la main sur le métal froid du M 16. Jacareh fit alors entendre un son bizarre. Il regarda ses doigts, la carabine, puis les deux guerriers qui se tordaient toujours de douleur sur le sol.

— Ce jaguar tue par son rugissement, dit-il à ses sujets.

— Le bruit en est inépuisable, rétorqua Markham.

Il secoua le fusil.

— Il y a encore de quoi tuer là-dedans, ajouta-t-il.

En prononçant ces mots, Markham avait en fait menti et trompé les Mangeurs d'Hommes, puisque la carabine ne pouvait tuer que tant qu'elle avait des munitions. Mais grâce à ce subterfuge, il avait réussi à impressionner Jacareh, qui ignorait jusqu'à l'existence des armes à feu, et gagné aux yeux de celui-ci le droit de tenter sa chance dans une chasse à l'homme. Il n'en était malheureusement pas de même pour Werner.

Jacareh s'adressa à Markham.

— Que dit-il ? Pour l'amour du ciel, Bill, que dit-il ? demanda Werner.

Markham était comme changé en statue de glace. Le froid et la peur l'envahissaient.

— Ils me donnent une chance, répondit-il à Werner. Je dois partir immédiatement et, à l'aube, ils commenceront leur chasse à l'homme.

— Et moi ? hurla Werner. Que vont-ils faire de moi, Bill ?

Markham sut instantanément quel sort était réservé à son compagnon. Brusquement, il leva sa carabine et se retourna pour faire face aux gardiens de Werner. Les guerriers qui l'entouraient s'avancèrent, poussant des cris et levant leurs lances.

Mais Markham resta pétrifié par le spectacle qu'il avait devant les yeux.

Uwe Werner le regardait comme un aveugle, bouche bée, la pointe ensanglantée d'une lance sortant de quelques centimètres de son adbomen.

— Bill... Bill... répétait-il.

Quatre femmes se tenaient debout entre Markham et l'Allemand. Elles le regardaient serrées les unes contre les autres pour former un écran entre les deux hommes. Markham appuya sur la détente du M 16. Le grondement d'un coup de feu troua le silence. Le chargeur se vida. Les femmes étaient toujours en vie et aussi impassibles, mais Werner était mort. Un vieil homme lui trancha la gorge et tandis que le corps de l'Allemand s'affaissait, une jeune fille recueillit le sang qui giclait dans un récipient d'argile.

Des pointes de lances s'enfoncèrent dans le corps de Markham, lui perçant douloureusement la peau. Du doigt, Jacareh désigna la forêt d'émeraude qui s'étendait autour d'eux en criant :

— Allez, cours, mon jaguar! La chasse va commencer.

Et prononçant ces paroles, il leva sa lance en grimaçant.

Markham sentit que quelqu'un, derrière lui, le poussait. Il se mit à courir, aveuglément, frénétiquement, trébuchant sur son sac qu'il négligea d'emporter avec lui.

A l'orée du village, il s'arrêta et se retourna, regardant dans la direction de l'endroit où se tenait Uwe Werner quelques instants plus tôt. Il ne vit qu'un groupe de femmes à genoux. Elles s'affairaient autour du cadavre de l'Allemand.

« Comment tout cela a-t-il pu arriver? Comment avons-nous pu être aussi aveugles, aussi stupides pour tomber dans un piège aussi grossier ? »

Il s'enfonça au hasard dans la jungle. Il butait contre des racines, trébuchait sur des pierres recouvertes de mousse, se cognait la tête contre des branches, s'empêtrait dans des lianes. Lorsque, à bout de forces, il tomba à genoux, il laissa couler ses larmes et exploser la rage qui l'habitait. Le souvenir du regard de Werner mourant le hantait et lui rappelait ce qu'il savait déjà.

Trop d'obstination ! Pas assez de prudence ! Trop d'arrogance d'homme blanc qui croit qu'innocence et gentillesse vont nécessairement de pair. Lui qui, si souvent, avait mis en garde ses enfants contre les revirements imprévisibles de la forêt, il avait négligé ses propres leçons. Il avait plongé trop vite dans l'inconnu et cela, Uwe Werner l'avait payé de sa vie.

Il fouilla dans sa saharienne, trouva un chargeur plein et l'inséra dans le M 16. Après celui-ci, il ne lui en restait plus qu'un. Les autres étaient restés dans son sac, au village de Jacareh.

Il courut aussi vite et aussi longtemps qu'il put pour s'éloigner des Mangeurs d'Hommes. Au crépuscule la jungle devint sauvage et chacun de ses gestes semblait déranger une centaine de créatures invisibles. La vie de la forêt gazouillait et trillait. Lorsqu'il trouva un bromélia (1) rempli d'eau, il fut heureux de pouvoir étancher sa soif. Il évita de manger les fruits tentants de la forêt. Dans les circonstances actuelles, il n'avait vraiment pas besoin d'être malade.

Une fois la nuit venue, il se rendit compte qu'il était vain de continuer à courir. Il était si maladroit, si ignorant des dangers de la forêt, qu'il laisserait trop facilement une trace que les guerriers de Jacareh, chasseurs avertis, auraient vite décelée et qu'ils n'auraient plus qu'à suivre. Il repéra un arbre au tronc énorme, se fit un chemin entre ses racines et se blottit dans la crevasse naturelle située entre l'une d'elles et le sol tapissé de mousse, en espérant que ce lit naturel ne serait pas déjà occupé par un serpent ou une araignée. Il remonta le col de sa saharienne, en boutonna les

---

(1) Plante des régions tropicales de la même famille que l'ananas. (NdT.)

poignets, coinça le fusil entre ses genoux et sombra dans un sommeil bienvenu, même s'il était froid et agité.

Il se réveilla toutes les heures. Il était transi et tenta de se blottir un peu plus profondément encore dans ses vêtements et dans les bras de la nature. Il arracha des poignées de feuilles et de broussailles pour s'en faire une couverture. Une faune minuscule grouillait autour de lui. A plusieurs reprises, il sentit le passage de pattes d'araignées sur ses membres et sur son visage.

Il fut réveillé avant l'aube. Habitué désormais à l'obscurité, il réussit avec d'infinies précautions à se frayer un chemin à travers la jungle épaisse. Il se sentait reposé et en forme. Il avait faim, mais pas au point d'en ressentir une quelconque faiblesse. Le problème le plus délicat pour l'instant lui était posé par ses intestins. Il lui fallait les vider. Finalement, il se décida à creuser un trou assez profond dans le sol, puis, après l'avoir utilisé, le recouvrit afin d'effacer toute trace de ce qu'il laissait derrière lui.

Au fond de lui-même, il était convaincu que n'importe quel guerrier, quel que fût son âge, aurait vite repéré les traces de son passage.

Il fallait qu'il trouve un cours d'eau... n'importe lequel. Malgré la présence des serpents d'eau et des piranhas, il aurait alors une faible chance. Dans la rivière, il pourrait nager très vite et réussir peut-être à se trouver, ainsi, hors de portée des Mangeurs d'Hommes. Il était persuadé que c'était là sa seule planche de salut. Malheureusement, Jacareh l'avait emmené loin de la rivière sur laquelle Werner et lui avaient rencontré tant de difficultés. De plus, lors de sa course éperdue de la nuit précédente, il avait perdu tout sens de l'orientation et ignorait quel chemin il devait emprunter pour retrouver le fleuve.

Les premiers rayons du soleil filtrant à travers le ciel

vert de la jungle lui donnèrent une idée approximative de la position de l'est. Mais ce ciel vert s'amusait parfois à un jeu bien étrange avec la lumière. L'endroit où se trouvait alors Markham était un lieu fétide, chaud et frais en même temps. C'était un royaume de jaunes et de verts qui se transformaient, scintillaient et parfois même l'aveuglaient s'ils renvoyaient le soleil dans sa direction.

Une heure après le lever du jour, il s'arrêta et prêta l'oreille. Devant lui, il perçut un son familier, un bruit d'eau...

Il se mit à courir aussi vite qu'il put dans cette direction et déboucha dans un espace planté de bambous qui vibraient et chantaient sous la brise de la forêt.

Il contourna le fourré. Le sol s'éclaircit quelque peu. Il comprit alors qu'il suivait la trace d'un animal. Les excréments étaient assez importants mais il était incapable de déceler de quel animal il s'agissait. Il fut satisfait de pouvoir suivre cette piste pendant quelque temps, mais finit cependant par la quitter pour se diriger vers l'ouest. Il se fit de nombreuses égratignures à un buisson d'épines qui se trouvait sur son chemin et dut lutter contre le soleil alors qu'il levait les yeux à la recherche d'un autre bulbe de bromélia rempli d'eau de pluie.

A nouveau, il s'arrêta pour écouter. Le bruit qu'il perçut alors le laissa perplexe. Cette fois, le son venait de derrière lui. Il s'agissait d'une sorte de sifflement régulier, un sifflement cadencé.

— Mon Dieu ! Déjà !

Il se remit à courir. Maintenant sa vie était réellement en danger. Tandis qu'il avançait au hasard dans la forêt en trébuchant sur les pierres et les racines, il ne sentait plus les blessures et les contusions qui déchiraient sa chair. Tout ce qu'il percevait était le bruit de sa respiration... et derrière lui le chant sifflant des chasseurs, et leur excitation croissante au fur et à mesure qu'ils se rapprochaient de lui.

Markham trébucha et tomba. Il se releva aussitôt et se retourna pour voir ce qui se passait derrière lui. Il aperçut des visages blancs et rouges qui l'observaient à travers les broussailles vertes. Devant ses yeux défilèrent des formes humaines décorées de couleurs vives, mais surtout de blanc. C'était cette peinture qui, en dessinant sur leur peau la forme des os, leur donnait une apparence de squelette.

Une flèche lui érafla le bras. Deux autres se plantèrent dans les branches d'un arbre tout proche. Il lâcha une rafale. Quelques feuilles tombèrent et des broussailles jaillirent des cris. De chaque côté de lui, il entendit bouger, mais ne vit rien.

Il reprit sa course éperdue et pensa soudain à Jean et à Heather. Elles l'attendaient et il ne reviendrait jamais. Elles apprendraient par le Père Leduc qu'il avait atteint Grey's Landing sans problème. Puis elles entendraient parler des Mangeurs d'Hommes et se douteraient de ce qui s'était passé. Mais elles ne le croiraient jamais tout à fait et continueraient à attendre et à espérer.

Alors qu'il sentait sa mort approcher parce qu'il se savait talonné de plus en plus près par ces démons, une grande tristesse s'empara de lui. En courant, il ne ressentait rien de la douleur physique qui meurtrissait son corps. Il avançait dans cette forêt terrible, tirant sur tout ce qui bougeait avec son M 16.

La peur de la mort s'empara de lui. Ses yeux étaient embués de larmes. Il se surprit à songer aux premiers instants de sa vie avec Jean. Elle était, à ce moment-là, très proche de lui par la pensée. Son souvenir lui était d'un grand réconfort et lui insufflait un courage considérable.

Il réussit à insérer le dernier chargeur dans la culasse

de la carabine. Il tira et entendit des cris d'hommes que la forêt répercuta.

Mais les chasseurs l'encerclaient toujours. Leurs visages paraissaient être les fleurs des buissons, leurs yeux, petits points brillants de soleil, observaient ses derniers instants.

Une flèche heurta son dos, mais ne parvint pas à percer son épaisse veste. Une autre s'écrasa sur la bretelle de cuir de son M 16 et il la repoussa d'un geste rapide. Autour de lui, la présence des chasseurs se manifestait par le bruit des lances et des arcs en bois qui s'entrechoquaient et par leur chant régulier et saccadé qui leur permettait à la fois de tromper et d'effrayer leur proie.

Soudain un chasseur surgit devant lui, son arc tendu, prêt à tirer. Rapide comme l'éclair, Markham fit feu : l'homme s'écroula. Quelques mètres plus loin, il sentit le sol se dérober sous ses pieds et glissa le long d'une pente abrupte et humide. Il tenta de s'agripper à une racine qui, trop fragile, se rompit. Il poursuivit donc sa descente vers l'eau, mais un peu plus bas, il resta quelques secondes suspendu dans le vide, la main droite crispée sur son arme, la gauche cramponnée à une racine ou à une branche. Brusquement, cette dernière céda et il se trouva précipité dans l'eau où il tomba les pieds en avant.

La petite rivière, dont le courant était puissant et rapide, coulait vers sa gauche, traversant des chutes avant d'amorcer une courbe. Les chutes étaient hautes, la cascade blanche et verte, magnifique. Ses eaux s'écrasaient en bas dans un bouillonnement d'écume et s'épanouissaient en une brume lourde et persistante.

Dans cette brume, une forme humaine était accroupie. Markham ne la remarqua pas tant il était occupé à ce moment-là à essayer d'escalader les rochers mouillés pour se cacher derrière le rideau que constituaient les eaux de la cascade, où il serait en sécurité.

Des flèches et des lances tombèrent dans la rivière non loin de lui. Levant les yeux, il entrevit un court instant les silhouettes sombres des Mangeurs d'Hommes. Il aperçut Jacareh, plus grand, plus terrifiant encore que les autres, qui certainement ricanait sous son masque de terreur rouge et blanc.

Markham tira sur lui sa dernière balle. Maintenant, le chargeur était vide. Malgré cela, il ne put se séparer de son arme. En titubant, il se dirigea vers les chutes. La silhouette qui y était accroupie se leva alors et cette fois, Markham la vit. C'était celle d'un jeune Indien entièrement nu. Ses bras s'ornaient de bracelets et son cou d'un collier d'ossements et de plumes. Son visage portait des spirales de couleur verte. Ses bras étaient rayés de rouge et ses cheveux teints en jaune.

L'homme et l'adolescent s'observèrent mutuellement pendant une seconde et, profitant de cet instant d'hésitation, Markham pointa sa carabine en direction de l'Indien et posa le doigt sur la détente. Ce geste simple mais agressif déclencha chez le jeune homme une réaction immédiate. Il décocha une flèche à l'étranger et celui-ci eut juste le temps de se déporter sur la droite pour l'éviter. Elle passa d'ailleurs si prêt qu'il l'entendit siffler à son oreille.

Lorsqu'il se retourna vers l'adolescent, l'Indien au visage vert et aux cheveux jaunes se ruait sur lui en courant dans l'eau. Poussant des cris, il plaçait déjà une autre flèche dans son arc.

Sans aucun secours, affaibli par la perte de sang qu'il avait subie, Bill Markham vit arriver sa dernière heure.

pour se cacher derrière le rideau que constituaient les eaux de la cascade, où il serait en sécurité.

Des flèches et des balles tombèrent dans la rivière non loin de lui. Levant les yeux, il entrevit un court instant les silhouettes sombres des Mangeurs d'hommes. Il aperçut Jacarei, plus grand, plus terrifiant encore que les autres, qu'il reconnut facilement sous son masque de terreur rouge et blanc.

Markham tenait toujours son fusil serré contre lui. Maintenant, le chargeur était vide. Malgré cela, il ne put se séparer de son arme. En titubant, il se dirigea vers les chutes. La silhouette qui y était accroupie se leva alors. Cette fois, Markham la vit. C'était celle d'un jeune Indien entièrement nu. Ses bras s'ornaient de bracelets et son cou d'un collier d'ossements et de plumes. Son visage portait des entailles de couleur verte. Ses bras étaient rayés de rouge et ses cheveux teints en jaune.

L'homme et l'adolescent s'observèrent mutuellement pendant une seconde et, profitant de cet instant d'hésitation, Markham pointa sa carabine en direction de l'Indien et posa le doigt sur la détente. Ce geste simple mais agressif déclencha chez le jeune homme une réaction immédiate: il décocha une flèche à l'étranger et celui-ci eut juste le temps de se déporter sur la droite pour l'éviter. Elle passa si près qu'il l'entendit siffler à son oreille.

Lorsqu'il se retourna vers l'adolescent, l'Indien au visage vert et aux cheveux jaunes se tenait sur un courant dans l'eau. Poussant des cris, il plaçait déjà une autre flèche dans son arc.

Sans aucun secours, affaibli par la perte de sang qu'il avait subie, Bill Markham vit arriver sa dernière heure.

# TROISIÈME PARTIE

## *La Lumière de la Forêt*

# 1

L'aigle était de retour. Dans le ciel, au-dessus du village, il dessinait de grands cercles, fendant l'air chaud qui montait des larges clairières. Parfois il se dirigeait assez loin vers le sud, puis soudain, en quelques coups d'ailes, revenait, la tête baissée, comme s'il observait les faits et gestes du Peuple Invisible.

Un vieil homme, nommé Wanadi, regardait l'aigle avec étonnement. C'était sa cinquième apparition en cinq jours et il ne faisait aucun doute pour Wanadi qu'il répondait à un appel. Dans les cendres de l'âtre, le vieil homme dessina la forme d'un aigle et à l'intérieur du contour de ses ailes plaça deux plumes, une blanche et une noire. Il saupoudra un peu des cendres de ses ancêtres dans le contour de la tête, puis se pencha pour être le plus près possible de son dessin, tendant l'oreille pour percevoir les murmures des Esprits qui pourraient lui permettre d'identifier la source de l'appel.

— Un enfant, répondirent les Esprits.

Un enfant ! Wanadi sourit. Bien sûr, c'était un enfant, un de ces jeunes garçons qui apprennent encore les chemins du Monde des Esprits et de la Forêt. Wanadi enfila son collier de plumes d'aigle et avec de la cendre se dessina des yeux sur la poitrine, ce qui lui permettait d'emporter avec lui le regard de ses ancêtres. Il traversa le village. A nouveau, il leva les yeux et contempla l'aigle.

« Quel oiseau étrange », pensa-t-il.

Son cou était couleur d'or et sa tête noire. Ses ailes grandes ouvertes étaient parsemées de plumes blanches. L'air semblait le porter, tout comme l'eau du torrent balance un canoë qui refuse de sombrer.

Quittant sa hutte, Wanadi pénétra dans l'enclos parmi les cochons et les poules qui cherchaient leur nourriture dans le sol. Quatre feux brûlaient autour du village et la plupart des femmes étaient groupées autour d'eux, préparant du pain ou de la soupe de manioc. Les hommes fabriquaient des flèches, des arcs et des lances ou appliquaient les différents poisons que la tribu utilisait pour les javelots de chasse ou de guerre.

Caya, la plus jeune épouse de Wanadi, revenait de la forêt les bras chargés de fruits. Elle avait le ventre rebondi car son enfant n'avait pas encore vu le jour. De loin, elle sourit à son mari. Elle avait de grands yeux lumineux, un sourire éclatant et de longs cheveux d'un noir d'ébène. En l'apercevant, Wanadi soupira et pensa immédiatement au hamac conjugal. Mais Caya, qui avait surpris l'éclair dans le regard de son époux, s'éloigna bien vite en se retournant et fit un clin d'œil à Wanadi, qui en connaissait bien la signification : plus tard !

Ce bref échange de regards n'avait pas échappé à Uluru, la première épouse de Wanadi. Son troisième enfant endormi dans ses bras, elle était accroupie en compagnie de Kura, la femme la plus âgée du village et aussi la plus sage. Elles mâchonnaient des racines de manioc, crachant la pulpe dans un grand plat en terre. Kura prononça quelques mots et les deux femmes se mirent à rire. Wanadi n'avait pas entendu le commentaire insolent, mais prit tout de même un air mauvais et eut à l'adresse de Kura un geste évocateur. Cette dernière se mit à rire de plus belle, dévoilant ainsi des gencives édentées blanchies par la pulpe de manioc.

A l'extérieur du village, dans un espace encore dégagé, juste avant que la forêt et sa végétation luxuriante ne reprennent leurs droits, d'autres animaux cherchaient librement leur nourriture, s'enfuyant à l'approche des femmes qui ramassaient du petit bois pour le feu. Cet emplacement était également le domaine des enfants dont les cris et les rires montaient dans l'air de cette chaude journée. Wanadi se dirigea vers l'enceinte du village jusqu'à ce qu'il aperçoive les trois garçons qu'il cherchait.

Ils étaient debout, la tête tournée vers le ciel, et observaient l'aigle. Le jeune Mapi, dont les cheveux étaient teints en rouge à la façon des chasseurs, soufflait dans une petite sarbacane pointée en direction de l'oiseau et poussait des cris imitant les hurlements de succès d'un chasseur. Mapi était plutôt petit pour son âge et un peu naïf. Il ne serait pas prêt à subir son initiation avant plusieurs années. Son frère Jani faisait de grands signes à l'aigle et l'appelait, comme si l'oiseau majestueux pouvait comprendre ses paroles et allait venir se poser sur son épaule. Wanadi sut instantanément qu'aucun des deux enfants n'était à l'origine de la venue de l'aigle.

Le troisième garçon était son propre fils, et Wanadi frissonna de joie, mais aussi de peur, lorsqu'il vit ce que faisait Tomme. Ce dernier était plus grand que ses amis, mais étrangement menu. Ses cheveux coupés court, d'un jaune brillant, étaient striés de vert sur le sommet de son crâne.. Il se tenait debout, les bras écartés, les agitant lentement pour suivre le mouvement des ailes de l'aigle qui volait au-dessus de lui. Wanadi s'aperçut que son fils avait les yeux fermés. Le garçon se balançait légèrement, puis soudain il pivota. Wanadi regarda le ciel : là-haut, l'aigle venait lui aussi de changer de direction.

Tomme pencha la tête, puis mima une descente en piqué. Au-dessus de lui, l'aigle vira brusquement et amorça une descente en piqué, fendant d'un trait, telle une flèche, l'air étouffant pour remonter aussitôt.

Abandonnant la position accroupie, Tomme se releva avec grâce, la bouche entrouverte, s'imaginant lui-même en plein vol.

A la vue de cette scène, deux sentiments contradictoires saisirent Wanadi : une grande fierté, mais aussi une profonde tristesse. C'était donc son fils qui avait appelé l'aigle. Quel grand homme il serait lorsqu'il aurait acquis un peu plus de maturité ! Quelle puissance il aurait dans les années à venir, après son initiation !

Le grand-père de Wanadi avait, lui aussi, appelé l'aigle. Depuis, Wanadi n'avait constaté une telle puissance que dans un seul autre enfant, celui qui, malheureusement, avait été, avant son initiation, capturé et dévoré par les Mangeurs d'Hommes. A dater de cet événement, la tribu tout entière avait connu une longue période de malheur. Peu après, un jour que Wanadi avait conduit ses guerriers jusqu'aux limites du Monde Vert, son fils Tomme lui était apparu.

En dépit des dix saisons de chasse qui s'étaient écoulées depuis ce jour mémorable, le jeune homme demeurait hanté par les Esprits venant de l'Univers des Blancs. Aussi, le fait que l'aigle ait répondu à son appel signifiait que les ancêtres de Wanadi avaient enfin accepté le garçon. Tomme était beaucoup plus sage que les autres enfants. Il excellait dans les domaines qui étaient habituellement réservés aux personnes très âgées. La couleur de ses cheveux rappelait celle des cendres qui, sous la lumière du soleil, paraissaient dorées.

— Tomme, Tomme, murmura Wanadi, en voyant l'aigle obéir à son fils, lorsque sera venu pour toi le temps de boire mes cendres dans ton lait, mon Esprit vivra pour l'Eternité.

## 2

La nuit venue, les feux brûlaient gaiement dans les neuf foyers du village. Tomme s'assit près de son père, observant le vieil homme qui semblait perdu dans un rêve. Les femmes de Wanadi discutaient tranquillement entre elles. Uluru, installée dans son hamac, jouait avec le bébé.

Après quelques instants de silence, Wanadi gagna son coin familier, près de l'âtre. D'une couverture roulée, il tira sa lance ornée de plumes. Tomme le regardait faire avec excitation. Il sentait qu'entre son père et lui quelque chose allait se passer. Depuis la venue de l'aigle, Wanadi se comportait d'une manière étrange vis-à-vis de son fils et l'observait attentivement. Il n'avait cessé de l'interroger au sujet des Esprits qui peuplaient ses rêves et Tomme en était resté perplexe.

— Ce sont mes trophées de chasse, dit Wanadi, en reprenant sa place près de son fils. Celui-ci fut mon premier, ajouta-t-il, en désignant une minuscule plume verte fixée au bout de la lance.

— Pourquoi cette plume est-elle si petite ?

Wanadi esquissa une petite grimace.

— C'était avant mon initiation, au cours d'une toute petite chasse. J'accompagnais mon père. Nous avons tué des singes, beaucoup de singes. Ensuite, je suis parti avec les chasseurs, sur les grandes pistes et chacune de ces plumes représente une de mes expéditions.

Puis il pinça entre ses doigts une plume noire qui

occupait le huitième rang en partant de l'extrémité de la lance.

— Celle-ci représente l'expédition au cours de laquelle je t'ai trouvé. J'étais tellement heureux de t'avoir découvert que j'ai accroché une plume blanche de l'autre côté de la lance.

En disant cela, il fit pivoter la fine hampe et le garçon put effectivement voir la deuxième plume. Puis, frôlant de ses doigts le vert et le rouge des plumes d'ara, il ajouta :

— Toutes les autres plumes figurent seulement des chasses particulièrement fructueuses. Il y en a vingt-quatre. Cela fait de moi le plus vieil homme que je connaisse.

Il rit de sa plaisanterie et fit un clin d'œil à Tomme.

— Mes ancêtres se sont lassés de m'attendre, ils m'ont rejoint près du foyer. Les vois-tu ?

Tomme, qui frissonnait à l'idée de la présence d'Esprits parmi eux, vit soudain la cendre former des spirales tout autour du feu. Il écarquilla les yeux et se mordit les lèvres, trahissant involontairement son inquiétude.

Wanadi le regarda en souriant.

— Personne ne doit avoir peur des Esprits, dit-il, et surtout pas un garçon qui a tant de fantômes dans sa tête.

Tout en parlant, il passa la main dans la chevelure blonde de Tomme, qui sourit à son tour.

— J'en ai un nouveau, dit-il. J'ai rêvé de lui cette nuit.

Dans son hamac, Uluru se retourna pour regarder son fils. Caya et Péqui, qui mangeaient de l'ananas, abandonnèrent leur occupation et se rapprochèrent pour écouter la nouvelle histoire qu'allait raconter Tomme.

Tomme était censé être leur fils, puisqu'il était celui

de leur mari, mais en fait il n'avait que quelques années de moins que Caya, la plus jeune des épouses, et Wanadi avait tendance à les traiter tous les deux, ainsi que Péqui, à égalité. Cette attitude irritait Péqui qui avait six ans de plus que le jeune homme, aussi ne lui adressait-elle que très rarement la parole. Malgré cela, les étranges souvenirs de Tomme l'intriguaient et l'amusaient tout autant que les autres habitants du village.

— J'ai rêvé que je me trouvais dans un lieu élevé, le même que celui où mon père et ma mère fantômes vivaient. Le Monde Vert était si loin que je n'apercevais qu'une mince ligne verte de l'autre côté d'une grande étendue couverte de singulières huttes de pierre. Soudain, je découvrais une étrange paire d'yeux. Ils étaient froids au toucher et semblaient appartenir à un animal géant. Lorsque je les appuyais sur les miens, le Monde Vert paraissait beaucoup plus près de moi. Avec ces yeux, je pouvais voyager au-dessus de cette grande étendue et regarder à l'intérieur des habitations.

Caya applaudit frénétiquement lorsque Tomme eut terminé son récit. Il sourit et reprit sa position accroupie. Péqui fit la moue et se détourna. Uluru se mit à chantonner en caressant les cheveux du nouveau-né. Pensivement, Wanadi secoua la tête en regardant son fils.

— Pansu aurait aimé cette histoire, dit-il.

Pansu était son troisième enfant, celui qui avait été enlevé et dévoré par les Mangeurs d'Hommes. Ses deux aînés, un garçon et une fille — tous les deux nés d'Uluru —, mangeaient à un autre foyer. Le premier enfant de Péqui était mort ; actuellement elle s'occupait de son second. Le foyer de Wanadi était quelque peu déserté ce soir-là et Tomme le déplorait. Il aurait souhaité que toute la famille soit réunie pour écouter le récit de son rêve étrange.

Tomme aimait raconter des histoires. La plupart des garçons de son âge étaient incapables de narrer le plus petit conte ou de relater les aventures qu'ils vivaient dans leurs rêves. Wanadi avait déjà expliqué à Tomme que le privilège d'être conteur appartenait traditionnellement aux personnes âgées, mais qu'étant donné ses origines, on ne pouvait pas, dans ce domaine, le contraindre à respecter la tradition.

Dans la majorité des cas, Tomme était soumis au même traitement que les autres jeunes de la tribu. S'il en enfreignait les lois, il était puni et ne bénéficiait d'aucun régime de faveur. Lors des deux premières expéditions de chasse auxquelles il avait participé avec les Hommes Invisibles, il avait effrayé les autres enfants. Avec ses yeux bleus et ses cheveux blonds, il incarnait pour eux un fantôme. En ajoutant à cela son langage insolite et ses souvenirs extravagants, ils l'identifiaient à un monstre débarqué d'une autre planète.

Mapi, qui depuis était devenu son ami, avait été, lors de leur première rencontre, terrifié et l'avait surnommé *singe blanc,* insulte qui avait fait rapidement le tour du village et lui avait rendu très pénibles les deux premières années qu'il avait passées chez le peuple de Wanadi.

Uluru avait été pour lui à la fois une mère et une amie. Elle l'avait soigné lorsqu'il souffrait de la fièvre, consolé quand il pleurait — et il avait beaucoup pleuré. Elle avait été la première à comprendre les mots bizarres qui constituaient son langage et à l'aider à apprendre la langue du Monde Vert.

Maintenant Tomme parlait couramment cette langue et avait presque complètement oublié sa langue maternelle. Il lui restait cependant assez de vocabulaire pour pouvoir taquiner ses amis. Il prétendait maîtriser les choses à l'aide de ces mots mystérieux. Il connaissait des noms étranges pour désigner les poissons, les arbres, les animaux et même les humains.

Lorsque, avec Mapi et les autres garçons, il allait à la pêche aux petits serpents, souvent Mapi lui demandait comment, dans sa langue d'origine, on appelait les choses et les êtres qu'ils rencontraient. Tomme ne se souvenait pas toujours et c'était inconsciemment que les mots lui revenaient. Une fois, alors qu'ils grimpaient à un arbre, les garçons entendirent dans le ciel une détonation qui les effraya beaucoup.

— Un avion, s'écria Tomme instinctivement, alors que, peu après, il s'étonna de l'étrangeté de ce mot.

Au fil des années, Wanadi enseigna à Tomme les mots importants du langage des Hommes Invisibles en les lui inscrivant sur le corps à l'aide de peinture, tels qu'un jour ils y seraient tatoués.

Il s'agissait des noms des animaux de la chasse — peints sur sa poitrine —, des lois du mariage et de la reproduction — marquées sur son abdomen — et des noms des divinités de la forêt dont la plus importante était le Grand Anaconda — dessinés sur ses bras sous forme de symboles...

Tomme apprit le symbole de chaque chose et s'entraîna à le reproduire dans la terre. Il cousit et peignit lui-même son premier cache-sexe, un vêtement plutôt disgracieux qui provoqua l'hilarité de la gent féminine du village.

Plus récemment encore, il avait appris à danser : danses de la tribu, danses de chasse, danses de séduction. Ces danses et ces chants étaient censés avoir une influence sur la vie quotidienne des hommes selon les caprices du destin.

Maintenant, il apprenait les chants silencieux, ces chants anciens ramenés à un murmure, qui avaient le pouvoir d'attirer non seulement toutes sortes d'animaux, mais aussi le vent, la pluie et même le soleil, chaleur du Monde Vert.

La seule chose qui restait insensible à tout appel était la pierre verte que Wanadi nommait *Lumière de la Forêt.*

Mystérieuse et insaisissable, elle faisait, depuis le commencement des temps, l'objet d'une guerre entre les humains et les spectres qui la dispensaient. Détenir cette *Lumière de la Forêt,* c'était posséder un fragment de l'Univers invisible des Ancêtres.

En réalité, chaque membre de la tribu gardait précieusement une de ces pierres que Tomme, dans sa langue maternelle, nommait *émeraude.* Sa présence matérialisait une belle légende et fournissait un but de quête aux jeunes gens qui avaient subi l'épreuve de l'initiation.

Wanadi prit la parole pour répondre au récit de Tomme.

— Le Grand Anaconda, venant du nord, pénétra lentement dans la forêt. Lorsque enfin il s'arrêta, il avait donné naissance au grand fleuve qui traverse notre Monde. Le serpent vit d'ailleurs toujours sous ses eaux. Plus tard, lorsqu'il eut des petits, ceux-ci s'élancèrent à leur tour à travers la forêt, chacun laissant derrière lui une autre rivière. Ce sont tous ces cours d'eau qu'empruntent les hommes d'aujourd'hui lors de leurs chasses.

— A cette époque, la forêt était-elle habitée par des humains ? demanda Tomme, intrigué.

— Oui, répondit Wanadi, après quelques instants de réflexion. Mais ils étaient beaucoup plus petits que nous. Ils vivaient là-haut, dans les arbres, et se déplaçaient dans la forêt en sautant de branche en branche. Ils se construisaient des maisons à partir des bulbes gonflés des bromélias et ne descendaient pratiquement jamais sur le sol de la forêt. Ce ne fut que plus tard, lorsque les êtres du Monde des Esprits eurent trouvé leur nouvelle place dans ce Monde, que les hommes quittèrent les arbres et commencèrent à grandir pour devenir ce que nous sommes maintenant. Au fur et à mesure que les hommes grandissaient, les autres créatures, serpents, singes, cochons, aras, jaguars, araignées, rapetissaient. Toutefois, si tu cherches bien...

Se penchant en avant, Wanadi tapota le genou de Tomme qui l'écoutait, subjugué, et poursuivit :

— Si tu cherches vraiment bien, tu retrouveras les premières créatures. Elles sont toujours présentes, sous forme de collines, de grands arbres ou de fleuves. En ce moment, elles sont endormies et vivent dans le Monde des Esprits. Toutefois, l'une d'entre elles s'éveillera quand sera venue pour toi l'heure de mourir et de revivre.

Tomme frissonna.

— Et ce sera laquelle ?

Wanadi haussa les épaules et fit un clin d'œil à Uluru.

— De la façon dont il mange, ce pourrait bien être le cochon...

— Oh non ! s'écria Tomme.

Wanadi, un doigt sur les lèvres, lui fit signe de se taire.

— Pour toi, Tomme, qui as appelé l'aigle, ce sera un animal puissant qui se réveillera pour te conduire de ta vie actuelle à ta vie d'homme.

## 3

Enfin vint le temps de sa première chasse. Son père le tira de son sommeil avant l'aube. Dans la grisaille et la brume, ils se dirigèrent vers le fleuve et le bassin profond où ils se baignèrent. En sortant de l'eau, en ce petit matin, ils frissonnèrent. Autour d'eux la forêt s'éveillait lentement et l'on entendait des chants d'oiseaux et des cris d'animaux. Petit à petit, la brume s'estompait. Lorsque les premiers rayons rouges commencèrent à filtrer au-dessus d'eux, Wanadi, qui était accroupi sur la rive du fleuve, se leva brusquement. L'eau dégoulinait encore de ses longs cheveux, alors que la crinière blonde et courte de Tomme était pratiquement sèche.

Il leva les bras et fixa les cieux. Tomme imita son père et prononça les mêmes paroles que lui.

— Nous sommes nus. Aujourd'hui nous allons chasser. Au nom de la chasse, Tomme va tuer pour la première fois. La mort sera rapide et sans douleur. Si malheureusement ce n'était pas le cas, puisse cette douleur être reportée sur Wanadi qui est responsable de l'éducation et de l'entraînement du garçon. Nous ne prendrons que ce dont nous avons besoin. Ce sera une petite chasse pour marquer la naissance de l'homme chez l'adolescent.

Puis ils retournèrent au village et s'accroupirent près du foyer éteint. Autour d'eux, la vie reprenait. A l'aide de quelques brindilles, Wanadi alluma un tout petit feu qui serait maintenu ainsi jusqu'au soir, où on lui donnerait alors beaucoup plus d'importance.

Ils se vêtirent d'un simple pagne fait d'écorce assouplie à l'huile. Puis Wanadi fixa des bracelets de plumes de couleurs vives autour des biceps menus de Tomme. Il lui mit autour du cou un collier de plumes et d'ossements et lui passa ses doigts, préalablement trempés dans de la peinture verte, dans la chevelure de sorte que les mèches blondes se retrouvèrent collées ensemble, raides et colorées.

Après s'être lui-même paré de plumes, Wanadi indiqua à Tomme comment il fallait s'y prendre pour peindre sur son corps les symboles de la chasse ainsi que les marques d'apaisement à l'égard de la forêt. Pour cela, on se servait également de ses doigts trempés dans de la peinture verte et l'on traçait sur son corps une série de spirales entrelacées de façon complexe. Lorsque Wanadi eut fini de peindre Tomme, ce fut au tour de Tomme de peindre son père. Mais le vieux chasseur critiquait et poussait des cris de mécontentement, tant et si bien que finalement il prit la décision de guider la main de Tomme. Non sans mal, l'ouvrage fut tout de même mené à bien. Enfin, après avoir dessiné des cercles noirs autour de leurs yeux afin de les dissimuler à l'animal qu'ils poursuivaient, ils s'emparèrent de leurs armes de chasse.

Lorsqu'il traversa le village, marchant quelques pas derrière son père, Tomme se sentait très fier. Il se retourna brièvement et vit Uluru, sa mère, qui les regardait partir. Elle lui fit un signe de la main, mais bien vite il détourna les yeux. De chez lui, Mapi émit une sorte de rugissement à la manière du jaguar. En l'entendant, Tomme sourit.

Mapi devrait attendre encore une saison de chasse avant de participer à sa première expédition et, pendant quelque temps, cela avait été une cause de conflit entre les deux garçons, mais maintenant Mapi avait surmonté sa déception.

Une harde de singes se déplaçait vers l'ouest, à travers le feuillage dense. Les mâles les plus âgés et les plus sages encadraient le groupe principal en faisant beaucoup de bruit afin de créer une diversion et de permettre aux jeunes et aux femelles d'avancer silencieusement et en cachette à l'abri des branches. Le stratagème aurait pu berner un gros serpent ou un petit félin, mais ne pouvait duper l'œil averti du chasseur qui, d'en bas, les guettait.

Immobiles, Wanadi et Tomme regardèrent le groupe passer au-dessus de leurs têtes. Wanadi demanda à Tomme quel singe serait, à son avis, une bonne prise.

— Le petit mâle, à l'arrière du groupe, murmura-t-il.

Wanadi acquiesça de la tête.

L'animal était adulte, mais ne semblait pas être très important aux yeux des autres. Il n'était pas accouplé et faisait certainement figure de marginal par rapport au reste de la troupe. De plus, sa chair devait être tendre, juste comme il le fallait.

Tomme tendit la fléchette empoisonnée à son père. Les ailerons de plume étaient vert et pourpre et Tomme les avait confectionnés lui-même. Wanadi fit non de la tête et, au lieu de prendre la fléchette, il tendit à Tomme la grande sarbacane. L'arme représentait une fois et demie la taille de l'Indien. Tomme la saisit, y introduisit la fléchette, puis, avec beaucoup de précautions, porta l'arme à ses lèvres. Il éprouva quelque difficulté à dresser la pesante sarbacane. Il visa le singe, souffla très fort et vit la fléchette empoisonnée atteindre l'animal au côté.

Le singe continua normalement sa course, traversant le feuillage épais des arbres. Soudain, il s'immobilisa et regarda vers le bas, mais ne paraissait pas avoir été touché.

Tomme fronça les sourcils pour exprimer sa déception, mais Wanadi lui sourit et pointa un doigt vers le ciel. Quelques instants plus tard, le singe s'arrêta de nouveau et commença à vaciller, comme s'il était ivre. Le reste de la troupe se dispersa rapidement, tandis que la victime se débattait dans le feuillage. Sa queue préhensile lui permit de s'accrocher à une branche, mais, une vingtaine de secondes plus tard, il touchait le sol. Il était mort.

Tomme s'en trouva transporté de joie. Il se précipita vers le cadavre du singe et se mit à l'insulter. Mais Wanadi le réprimanda sévèrement.

— On nargue un ennemi mort. Or le singe n'est pas notre ennemi.

Mortifié, Tomme regarda l'animal d'une façon différente.

— Pardon Père, pardon *Gorozu.*

A son tour, Wanadi prononça des mots d'excuse.

— *Gorozu,* c'est avec une grande tristesse que j'ai pris ta vie. Mais mon poison était bon et tu n'as pas souffert.

— *Gorozu,* reprit Tomme, je suis si triste. Je m'engage à faire de toi un bon usage. Avec ta peau, je confectionnerai mon premier carquois et dans tes os je taillerai les pointes de mes premières flèches.

Il leva les yeux vers Wanadi, ne sachant s'il devait en dire davantage.

Un soupir traduisit l'impatience de Wanadi qui, néanmoins, sourit à son fils.

— Et la chair, Tomme, qu'en ferons-nous ?

— *Gorozu,* nous te dégusterons à l'occasion d'une grande fête.

A présent, Wanadi était satisfait. Tomme se baissa, ramassa le corps du singe et le mit sur son épaule.

Il allait repartir avec confiance et fierté en direction de son village, situé à plusieurs heures de marche, lorsque Wanadi, d'un geste, lui imposa silence et immobilité. Le vieil homme posa sa main sur l'épaule de l'adolescent et appuya fermement, afin que Tomme s'accroupisse. Les yeux de Wanadi exprimaient son inquiétude. Tomme tendit l'oreille, mais ne perçut d'autres bruits que ceux des animaux dans les broussailles, le gazouillement d'un oiseau et des hurlements rauques provenant du ciel.

Silencieusement Wanadi entraîna son fils et, très vite, les deux hommes devinrent vraiment des Invisibles, se fondant dans l'environnement vert et pourpre, alors même qu'ils étaient presque à découvert.

C'est alors que Tomme décela le son qui avait alerté Wanadi. C'était un sifflement régulier et rythmé, le chant sinistre et menaçant des Mangeurs d'Hommes.

Ils étaient une douzaine, tous des chasseurs. Ils traversaient la forêt, les uns derrière les autres, escaladant les arbres couchés, contournant les taillis les plus denses et suivant, comme à leur habitude, un itinéraire sinueux.

La file de chasseurs passa si près de la cachette de Tomme qu'il lui aurait suffi d'allonger le bras pour les toucher. Le garçon se tint dans l'immobilité la plus totale, sans remuer ne fût-ce qu'un cil. Il put donc parfaitement distinguer tous les détails qui caractérisaient les Mangeurs d'Hommes : les motifs blancs et rouges peints sur leurs corps et leurs coiffures de plumes. Ils ne portaient pas d'armes de chasse, mais des armes de guerre. De toute évidence, ils étaient à la recherche de proies humaines.

Lorsqu'ils furent hors de vue et bien que l'on perçût encore leur chant, Wanadi fit signe à Tomme de sortir de sa cachette. Ils empruntèrent alors un itinéraire parallèle à celui suivi par les Mangeurs d'Hommes. Wanadi voulait s'assurer que leur cible n'était pas son propre village. Si tel était le cas, alors il y aurait un carnage avant la tombée de la nuit et, au petit matin, les feux brûleraient les os de beaucoup trop d'hommes.

Ils se mirent à courir très vite à travers la forêt. Les Mangeurs d'Hommes avançaient à une allure constante et Wanadi et son fils eurent tôt fait de les devancer. Ils firent alors le guet près des clairières formées par la chute d'un arbre et s'aperçurent que les chasseurs contournaient les obstacles sans toutefois changer le rythme. L'homme et l'adolescent longèrent les pistes laissées par les animaux et remarquèrent que les chasseurs les empruntaient aussi en répétant le nom de la bête qui y avait laissé ses empreintes.

Aucun doute n'était permis, les Mangeurs d'Hommes se dirigeaient bien vers le village de Wanadi. Bientôt, ils atteindraient le fleuve et de là ils n'auraient plus qu'une faible distance à couvrir pour arriver aux premières habitations. Et Wanadi ne se faisait aucune illusion. Une fois que les chasseurs l'auraient traversé, ils détecteraient très facilement la présence du Peuple Invisible. Par contre, il savait aussi que cette troupe ignorait l'existence du village. Ces hommes étaient un groupe de reconnaissance.

Ouvrant le chemin avec la rapidité et l'agilité d'un jeune homme, Wanadi atteignit la rivière. Tomme, hors d'haleine, s'accroupit un moment au bord de l'eau.

Lorsqu'il eut repris son souffle, il se leva et s'apprêtait à y entrer lorsque son père l'en empêcha. Du doigt, le vieil homme désigna un point du fleuve où, sous le soleil, la surface de l'eau miroitait comme de l'argent.

Tomme fronça les sourcils et ne comprit pas immédiatement. Wanadi saisit le singe mort que son fils portait sur son épaule, le prit par la queue et le plongea tête première dans l'eau.

Le miroir d'argent se déplaça rapidement d'une rive à l'autre. Lorsqu'il atteignit le cadavre du singe, la férocité et la soudaineté de l'attaque qui se produisit sous la surface faillirent compromettre l'équilibre de Wanadi. L'eau se mit à bouillonner et le miroir d'argent se disloqua en une myriade de petites silhouettes brillantes qui se ruèrent sur la pauvre créature.

— Des piranhas ! murmura Tomme, saisi d'une peur rétrospective en pensant qu'il avait frôlé de près une mort horrible.

Wanadi retira le singe de l'eau. La tête n'était plus qu'un crâne. Deux des poissons carnivores étaient encore accrochés au cou de l'animal, mais ils tombèrent bientôt, la mâchoire toujours en mouvement.

— Comment allons-nous traverser ? demanda Tomme, inquiet.

Il se retourna, sondant du regard la forêt. Rien encore ne signalait la présence des Mangeurs d'Hommes.

Wanadi lança le corps du singe quelques mètres plus bas, en aval du fleuve. Autour du cadavre, un remous se produisit. Un millier de minuscules tueurs déchiquetaient la chair morte et se disputaient la carcasse. Les deux membres du Peuple Invisible purent en toute sécurité traverser le fleuve et atteindre l'autre rive, vouant au pauvre singe une reconnaissance éternelle.

— Merci pour la diversion, *Gorozu,* susurra Tomme, en disparaissant à nouveau, avec son père, dans la forêt.

Il venait à peine de terminer sa phrase que déjà, en face d'eux, sur la rive qu'ils venaient de quitter, l'écran de végétation se déchirait, laissant apparaître les douze chasseurs.

Leur chef était un homme corpulent, à l'allure féroce, dont le nombre d'années atteignait à peine la moitié de celui de Wanadi. Il était armé de quatre lances et d'un grand arc. Un carquois garni de fines flèches était fixé sur son dos. Sa coiffure était un crâne de jaguar. Sa poitrine et son abdomen s'ornaient de marques rouges qui donnaient l'impression qu'il était couvert de blessures. C'était un motif spécialement provocant : « On m'a tailladé le corps et je suis toujours en vie. »

Apercevant les restes du singe toujours immergés dans les eaux turbulentes où les piranhas terminaient leur repas, il conduisit rapidement son groupe dans cette direction, observant avec attention, depuis la berge, cette carcasse emportée par le courant.

En agissant ainsi, ils s'éloignaient de Tomme et de son père de plusieurs centaines de mètres. Enfin, les chasseurs parurent rassurés : les piranhas étaient si occupés qu'ils pouvaient, à leur tour, traverser sans crainte la rivière.

Wanadi soupira de contrariété, puis plaça rapidement une flèche dans son arc. Il s'assura de la direction et de la force du vent, se pencha en arrière et tendit l'arc jusqu'à ce que la corde vibre sous la tension. Il libéra la flèche et en positionna immédiatement une seconde.

Des yeux, Tomme suivit le parcours de la flèche, qui monta très haut dans le ciel, au-dessus de la rivière. Sa trajectoire l'emporta bien loin derrière les chasseurs. Le vent s'en empara et la fit repartir dans l'autre sens. Elle toucha enfin la rive du fleuve, près du chef à la coiffure de jaguar, et le surprit beaucoup. La seconde flèche de Wanadi atteignit plus directement son but, heurtant la berge à quelques pas de la précédente. Les douze chasseurs lancèrent leur cri d'alerte et se dispersèrent, la moitié d'entre eux se cachant, l'autre moitié préparant ses propres arcs et scrutant l'océan de verdure pour connaître la position de l'ennemi.

Le chef se dirigea vers les deux flèches, examina attentivement chacune d'elles, les arracha du sol et les mit avec arrogance dans son propre carquois. Ensuite, il regarda avec insistance en direction de l'amont du fleuve, près de l'endroit où Tomme et son père se terraient.

— Pourquoi as-tu envoyé tes flèches de cette façon ? demanda Tomme dans un murmure.

— Les flèches ainsi tirées leur indiquent que nous sommes nombreux et prêts à combattre et qu'ils feraient mieux de faire demi-tour.

Tomme réalisa très vite ce que cela signifiait. Les deux flèches avaient été tirées de manière à faire croire qu'elles venaient de deux directions différentes, impliquant que plusieurs guerriers étaient là et attendaient les chasseurs de pied ferme.

Mais le chef des Mangeurs d'Hommes avait flairé le stratagème. La façon dont il s'était approprié les flèches montrait qu'il n'était pas convaincu d'avoir en face de lui une troupe nettement supérieure en nombre à la sienne. Malgré tout, il était inquiet et restait préoccupé parce qu'il ne parvenait pas à voir ses ennemis. Il n'y avait bien entendu rien à voir, mais cet Indien tentait de savoir si, oui ou non, il avait affaire à une armée d'Hommes Invisibles ou s'il se trouvait seulement face à un petit groupe qui essayait de l'intimider.

Wanadi sourit et fit signe à son fils de se taire.

— Nous allons faire une autre tentative, murmura-t-il.

Mettant ses mains en porte-voix, il poussa un cri fort et perçant. Ce n'était ni un grognement ni un gémissement. Ce son n'était pas inconnu de Tomme, mais il n'aurait su dire quand et dans quelles circonstances il l'avait déjà entendu.

Instantanément, les Mangeurs d'Hommes réagirent à son cri, puis se retournèrent en entendant la réponse qui venait d'un peu plus bas, en aval du fleuve. Wanadi sourit. A nouveau, il émit l'appel. Mais cette fois, la réponse jaillit de plusieurs côtés à la fois. D'un instant à l'autre, la jungle changea : très agitée durant quelques minutes, elle plongea brusquement dans le silence le plus absolu.

Les Mangeurs d'Hommes scrutèrent la forêt de l'autre côté de la rivière puis reculèrent lentement et allèrent se cacher dans les broussailles. Seul leur chef restait debout face à la forêt. Il leva les bras et prononça quelques mots en criant, tel un défi lancé à un ennemi invisible. Plaçant dans son arc une des flèches de Wanadi, il la renvoya. Puis il attendit, immobile, défiant la mort.

A nouveau, il lança son appel. Tomme ne comprit pas les paroles qu'il prononçait, mais son ton exprimait une profonde colère. Quoi qu'il en fût, le chef ne franchit pas le fleuve et ne rappela pas ses hommes. Bien au contraire, il s'enfonça derrière eux dans la jungle. Tomme, abasourdi, n'en croyait pas ses yeux.

— C'est fantastique, Père ! Tu les as bien eus ! Ils ont été convaincus que nous étions les plus nombreux. Tu connais une foule de secrets ; il faut que tu me les enseignes.

— Peut-être, répondit Wanadi.

Tomme était encore tout éberlué par la scène à laquelle il venait d'assister.

— Ce n'était pas notre cri de guerre que tu as lancé. On aurait dit celui d'une guenon.

— Plus exactement celui d'une guenon *en chaleur !*

Tomme prêta l'oreille à la cacophonie qui, maintenant, envahissait la forêt. Les cris des singes — que les Mangeurs d'Hommes avaient pris pour un signal de reconnaissance émis par les Hommes Invisibles — continuaient à se faire entendre, les mâles volant au secours de la femelle dans le besoin.

— Il est temps de partir, dit Wanadi.

— Nous pourrions en tuer un autre, suggéra Tomme.

— Nous pourrons chasser sur le chemin du retour. Si les singes arrivent en si grand nombre, qui d'autre à ton avis viendra aussi ?

Tomme ne saisit pas immédiatement la signification des paroles de son père, mais soudain il comprit et un frisson d'angoisse courut le long de sa colonne vertébrale.

— Des jaguars, des pumas, des anacondas, répondit-il.

— Exactement.

Wanadi se redressa et sourit à son fils.

— Reste si tu veux... Mais moi... je rentre... J'ai trois femmes...

Quelque part, non loin de là, un singe poussa un cri strident, comme s'il avait été attrapé par un félin. La peur planait maintenant sur la forêt tout entière.

— Montre-moi le chemin, Père. Allons-y.

## 4

Sur le chemin du retour, la chance leur avait souri. Tomme avait tué deux tatous et un cochon sauvage et la chair de ces deux animaux était excellente. Wanadi avait abattu trois oiseaux aux couleurs chatoyantes, dont un magnifique toucan. Leurs plumes serviraient à confectionner la première coiffure de Tomme. Wanadi avait également tué le puma qui avait mangé le singe dont ils avaient entendu le cri d'agonie. Il l'avait écorché. Sa peau ferait un cadeau somptueux.

Trois femmes qui ramassaient des fruits en deçà du village saluèrent de leurs cris l'arrivée des chasseurs. Wanadi les ignora, mais Tomme leur sourit en leur montrant ses prises. L'une de ces femmes était la fille de Samanpo. Elle était plus âgée que Tomme et n'était pas encore mariée. Sa peau cuivrée était plus claire que celle des autres jeunes filles du village et des rumeurs circulaient, laissant entendre que les deux *visages pâles* deviendraient un jour mari et femme.

En la regardant, Tomme sentit le feu lui monter aux joues. Il détourna les yeux et la jeune fille se mit à rire.

Au village, les hommes abandonnèrent momentanément la fabrication des flèches et des armes diverses pour se rendre, comme le voulait la tradition, au logis de Wanadi afin de féliciter Tomme pour sa première *petite* chasse. L'adolescent se sentait très fier. Il était très grand et dépassait de plusieurs centimètres la plupart des adultes du village et aujourd'hui il avait franchi le premier échelon, le plus facile, des rites de passage qui devaient lui conférer le statut de chasseur.

Ces félicitations ne durèrent que quelques minutes. Les cérémonies seraient beaucoup plus importantes après son initiation. Tandis que Wanadi s'asseyait dans son hamac, son frère et un autre homme âgé accroupis devant lui, Tomme partit à la recherche de ses amis.

Mapi courut à sa rencontre et toucha le cochon sauvage. Il arborait un large sourire, mais semblait préoccupé. Tous les enfants étaient autorisés à tuer des cochons sauvages s'ils en rencontraient, ainsi que des tatous. Les animaux les plus gros et les singes leur étaient interdits.

— Mais j'ai aussi tué un singe, dit Tomme. C'était un gros singe, un des vieux mâles de la troupe. J'aurais voulu que tu voies. Il était presque de ta taille, Mapi...

Mapi regarda son ami d'un air perplexe.

— Si tu as tué un singe, où est-il ? Personne n'abandonnerait une prise pareille dans la forêt...

— Je l'ai sacrifié au fleuve. Les piranhas se sont jetés sur sa dépouille et ainsi nous avons pu, mon père et moi, atteindre sans danger l'autre rive.

— Tu veux dire que tu l'as laissé tomber dans l'eau ! dit Mapi en se moquant de son ami.

Tomme en colère saisit Mapi par les épaules et le secoua.

— Nous avons combattu les Mangeurs d'Hommes ! Ils étaient douze, à la recherche d'un terrain de chasse. Nous leur avons décoché deux flèches pour les intimider et le singe a été remis en offrande aux piranhas afin que les Mangeurs d'Hommes ne franchissent pas la rivière !

Cette fois Mapi parut impressionné.

— Tu as vraiment vu les Mangeurs d'Hommes, et tu es encore vivant ! s'écria-t-il.

Tomme secoua la tête.

— Nous avons mené un rude combat. Nous avons réussi à leur faire croire que nous étions très nombreux et ils ont reculé. Maintenant ils resteront de l'autre côté de l'eau.

— Assez parlé des Mangeurs d'Hommes pour l'instant, Tomme ! Plus tard, nous discuterons de tout cela en mâchonnant du tabac. N'as-tu pas un présent à offrir ?

Tomme avait presque oublié. Vivement, il saisit le petit sac fait de feuilles qui pendait à sa ceinture et qui maintenant collait à ses doigts et, d'un pas alerte, se dirigea vers son foyer. Uluru le regardait approcher, le visage éclairé de joie, car elle avait compris que le cadeau lui était destiné.

— Nous l'avons trouvé pas très loin d'ici, dit Tomme en lui tendant le sac de feuilles.

— Du miel ! s'écria Uluru, folle de joie.

Elle lécha ses doigts, puis minutieusement commença à écarter les feuilles pour manger le miel. Ce miel sauvage n'était pas facile à trouver ni à atteindre dans cette partie de la forêt. Les essaims d'abeilles étaient, en général, accrochés à la cime des arbres les plus hauts. Celui-ci était malgré tout plus accessible, mais Tomme s'était néanmoins fait piquer trois fois en allant le chercher.

Wanadi regardait sa plus jeune épouse Caya approcher de la hutte. Tomme vit Uluru froncer les sourcils et comprit alors que Péqui était là, le plus jeune enfant de Wanadi accroché sur sa poitrine, et avait plutôt l'air mécontente. La jeune femme n'avait pas la meilleure place au foyer. En effet, Uluru, la plus âgée des trois, était la confidente privilégiée du chef, et Caya le seul objet de son affection.

Lorsque Caya arriva, après avoir contourné la pile de plumes posées sur le sol en attendant d'être cousues sur les costumes ou transformées en coiffures, Wanadi ramassa la peau de puma et la lui tendit. Il lui sourit et la jeune femme parut ravie de ce présent.

— Elle te plaît ? questionna le vieil homme.

— Oh, oui ! Elle est magnifique, répondit Caya très satisfaite.

Uluru fit alors entendre une sorte de sifflement et les deux femmes échangèrent un bref regard chargé de haine. Tomme ne saisit pas exactement ce qui se passa à ce moment-là mais Caya reçut parfaitement le message. Le visage triste, exprimant toute sa déception, elle se tourna vers Péqui et offrit la peau de puma à son aînée.

— Péqui, regarde ce que notre époux a rapporté pour toi, dit-elle.

A ces mots, le visage de Péqui s'illumina. Elle s'empara de la peau et la caressa avec délectation.

Wanadi secoua la tête, amusé par la façon dont il s'était fait réprimander. Cette leçon ne serait pas perdue. Il s'en souviendrait. Il plongea un doigt dans ce qui restait du miel offert à Uluru et s'en alla rendre visite à son frère. De loin, il cria à celui-ci qu'il leur fallait parler des Mangeurs d'Hommes. Tomme voulut participer à la discussion mais s'entendit rétorquer qu'il ne pourrait le faire que lorsqu'il serait un homme.

Il se tourna vers Mapi et Jani et, le temps d'un éclair, les deux garçons lui apparurent comme des enfants naïfs et stupides.

— Nous allons nous baigner au plan d'eau, Jani a dit que les filles du village de Tokowaya y étaient.

Tomme considéra que, finalement, ses deux amis n'étaient pas si stupides que cela.

Le plan d'eau était profond, et l'eau y avait la transparence du cristal. Il était alimenté par une rivière qui, avant d'arriver là, passait sur des rochers gris et lisses où la pêche était bonne. Ce bras d'eau avait un lit si étroit sur la majeure partie de son cours qu'il était recouvert par la végétation, qui en faisait la rivière secrète de la tribu des Invisibles. Trois villages étaient établis non loin de ses rives. Celui de Wanadi était le plus proche, puis venait celui de Tokowaya et enfin celui de Chékéma, à environ un jour de marche.

A leur arrivée au bord de l'eau, les trois amis ne virent pas la moindre jeune fille, mais la fraîcheur de l'eau compensa considérablement leur déception. Mapi et Jani plongèrent immédiatement et s'efforcèrent d'atteindre le fond à la recherche d'émeraudes. Ils n'en trouvaient jamais mais c'était un rituel auquel ils prenaient beaucoup de plaisir. Tomme quitta son pagne, puis retira avec précaution les bracelets de plumes qu'il portait aux bras et aux chevilles. Il déposa également sur le sol les plumes qui le coiffaient, ne voulant pas les abîmer, même s'il devait bientôt arborer une coiffure plus imposante et plus éclatante.

Nu, mais toujours couvert de peinture verte, il plongea à son tour dans l'eau fraîche et, comme ses amis, descendit lui aussi jusqu'au fond. La peinture demeura quelques minutes sur son corps puis se dilua, laissant dans l'eau des traces de couleur. La surface du bassin prit une belle teinte vert émeraude qu'elle conserva jusqu'à ce que le courant emporte plus loin ces eaux couleur de la forêt.

Soudain, Jani siffla pour imposer le silence à ses deux amis. Aussitôt ils quittèrent le centre du bassin pour gagner les eaux moins profondes, près de la rive, où ils se mirent à plat ventre pour écouter.

— Je vous l'avais bien dit, murmura Jani.

En effet, au-delà des rochers, ils entendirent le bruit de deux ou trois personnes entrant dans l'eau avec précaution. Tomme se mit à ramper dans les eaux peu profondes et se hissa de quelques centimètres en s'agrippant aux rochers humides.

Trois jeunes filles avançaient lentement dans l'onde. Chacune d'elles portait un petit arc de bois décoré de plumes pourpres et rouges aux deux extrémités. Chaque arc était tendu, armé d'une flèche à pointe d'os, prêt à tirer au cas où l'une des adolescentes apercevrait un poisson.

Pendant quelques instants, elles n'eurent pas conscience d'être observées depuis les rochers par des yeux pétillant d'intérêt. Soudain, l'une d'elles aperçut les cheveux blonds de Tomme et les trois jeunes filles se redressèrent, rejetant en arrière leurs longs cheveux noirs.

Elles regardaient les garçons du village de Wanadi.

Tomme restait muet d'admiration. L'émotion qui s'était emparée de tout son être était une sensation tout à fait nouvelle pour lui. Cet émoi comportait à la fois de l'appréhension et une certaine excitation. La vue de la plus grande des trois filles du village de Tokowaya avait fait vibrer intensément tous les muscles de son corps. Tout se bousculait dans sa tête et il avait beaucoup de mal à analyser ce qu'il ressentait.

— Qui est cette fille ? murmura-t-il enfin.

Installé près de lui, Mapi décocha à son ami un clin d'œil moqueur.

— C'est Kachiri, la fille cadette de Tokowaya, lui répondit-il avec un sourire taquin.

— Kachiri, répéta Tomme, se souvenant de sa dernière rencontre avec la jeune fille, il y avait deux ans de cela.

Ils s'étaient baignés tous ensemble dans le cours d'eau et les enfants du village de Wanadi avaient joué à la guerre avec ceux du village de Tokowaya. Quelle journée ! Tomme n'avait pas vraiment remarqué la jeune fille. Aujourd'hui, en étudiant attentivement son visage, il s'apercevait que ses traits n'avaient pas changé, et cependant ce n'était plus la même. Elle était tout simplement devenue une femme et de son corps souple et cuivré, sur lequel le soleil faisait scintiller chaque goutte d'eau, émanaient chaleur et amour. Elle se balançait légèrement. Ses yeux sombres piquetés de mille étoiles fixaient les garçons et Tomme en particulier. Celui-ci remarqua chaque détail du corps de Kachiri, tout au moins jusqu'à la taille, l'eau lui cachant le reste. Ses lèvres, joliment dessinées, semblaient lui parler. Son regard ne pouvait se détacher du sien, tout comme lui ne pouvait la quitter des yeux. Par chacun de ses gestes, soit en repoussant ses cheveux vers l'arrière, soit dans sa manière de redresser la tête sans sourire, elle semblait lui faire signe. A l'aide d'une flèche, elle s'amusait à faire naître de petites vagues à la surface du bassin. A chaque ondulation, l'eau venait ceindre ses hanches, comme Tomme pourrait, peut-être, enlacer bientôt son corps tout entier.

« Oui », pensa-t-il. « Kachari et Tomme. Si elle veut de moi, alors le fils de Wanadi épousera la fille cadette de Tokowaya. Dès que je serai un homme... »

Mais bientôt le charme fut rompu. Jani riait bêtement d'une sottise que son frère venait de dire. Maintenant les filles riaient elles aussi.

— Le fils de Wanadi ne sait-il plus marcher qu'il avance à plat ventre comme un poisson ? lança Kachiri.

En réponse à cette phrase, Tomme sourit et du rocher se laissa glisser dans l'eau. A l'adresse de Mapi, qui l'accompagnait, il prononça quelques mots suffisamment fort pour être entendu des filles.

— Veux-tu la plus grande ? A la façon dont elle tient son arc, je doute qu'elle sache s'occuper d'un homme...

— Non, tu peux la prendre, mais assure-toi d'avoir de nombreuses épouses, répondit Mapi.

La réplique de Kachiri ne se fit pas attendre. Elle aussi s'adressa à ses amies sur un ton assez élevé afin que tout le monde puisse entendre.

— Il aura effectivement besoin de plusieurs épouses, pour être sûr d'en avoir une qui acceptera dans son hamac un homme qui se déplace à la manière d'un poisson.

Les rires redoublèrent. Cependant le regard de la jeune fille et celui de Tomme ne pouvaient se détacher l'un de l'autre. Ils se taquinaient, se chamaillaient mutuellement, mais ni eux ni leurs amis n'étaient dupes de ce stratagème.

Kachiri jouait le mécontentement et l'impatience.

— Silence, les garçons ! Ne voyez-vous pas que nous sommes venues à la pêche ? Nous travaillons et n'avons pas le temps de jouer.

En quelques brasses, Tomme se trouva à moins de dix pas des jeunes filles.

— Tu ne prendras pas de poissons, dit-il. Au contraire, c'est un gros poisson qui va te prendre.

Disant cela, il tendit les bras vers Kachiri sous la surface de l'eau. Mapi éclata de rire. Il appréciait ce genre de plaisanterie un peu suggestive.

Les amies de Kachiri reculèrent de quelques pas. Kachiri elle-même resta un instant stupéfaite. Puis elle baissa les yeux vers l'eau, sursauta et poussa un cri comme si quelque chose l'avait touchée à un endroit sensible.

Tomme pensa que la jeune fille entrait dans son jeu. Mais Kachiri hurla à nouveau en frappant frénétiquement l'eau de ses mains. Tomme regarda autour de lui et se retourna vers Mapi et Jani qui l'observaient étonnés. Ils avaient déjà vu Wanadi exécuter des tours étranges mais ne savaient pas que son fils pouvait en faire autant.

Quelques secondes plus tard, Kachiri leur donna la raison de ses hurlements.

— Des piranhas ! Des piranhas ! cria-t-elle.

A son tour, Tomme se mit à hurler. La peur qui brusquement s'empara de lui eut tôt fait d'étouffer toutes velléités d'amour et de jeu. Il se leva d'un bond et en toute hâte gagna la berge, protégeant de ses mains ses organes génitaux encore bien après être sorti de l'eau. A ses côtés, Mapi et Jani couraient aussi vite qu'ils le pouvaient.

Une fois en sécurité sur la rive, les trois garçons s'arrêtèrent et se retournèrent pour connaître le sort des trois jeunes filles.

Elles étaient restées dans la rivière et pleuraient de rire. Kachiri avait trouvé la plaisanterie si drôle qu'en riant elle avait perdu l'équilibre et était tombée dans l'eau. Ses amies l'aidèrent à se relever et ramassèrent son arc, avant qu'il ne soit emporté par le courant.

Tomme, libérant enfin ses mains de leur tâche protectrice, fit signe à Kachiri. Elle cessa de rire et le regarda longuement, puis elle sourit brièvement, redressa la tête, se retourna et partit en direction de son village. Ses amies la suivirent, devisant ensemble tranquillement et jetant de rapides coups d'œil aux garçons demeurés près du bassin.

## 5

Accroupi à l'orée de la forêt, Wanadi, un sourire aux lèvres, avait assisté à toute la scène qui venait de se dérouler dans la rivière. S'il avait souri aux jeux de Tomme et de Kachiri, c'était de fierté : il était fier que son enfant, venu d'un monde pour lui sauvage, soit maintenant prêt à devenir un homme et montre un si bon goût en matière de beauté féminine. En effet, Kachiri était appétissante comme un beau fruit mûr et aussi forte moralement que physiquement. Mais si le vieil homme avait quelque peu froncé les sourcils, c'était de tristesse. En effet, le moment était venu où Tomme devait mourir et, après son initiation, il ne serait plus l'enfant particulier de Wanadi, l'enfant blanc, l'enfant fantôme...

En regardant jouer les jeunes gens, il avait souhaité que ce moment dure toute l'éternité. Pour toujours, il resterait accroupi ici et contemplerait la vitalité, la gaieté et l'innocence de ces deux enfants, face à face dans l'eau de cette rivière qu'il appelait *le petit serpent.*

« Quel merveilleux chemin à emprunter pour rejoindre les Esprits », pensa-t-il. « Si mon dernier souvenir pouvait être aussi beau que celui-là, une image de bonheur, de plaisir, d'amours adolescentes et de passion, comme j'entrerais heureux au royaume des Esprits. »

Tomme taquinait Kachiri et la jeune fille agile et gracieuse lui rendait coup pour coup, lui répondait du tac au tac. Wanadi la trouvait magnifique, plus belle même que sa jeune épouse Caya. Ses seins cuivrés faisaient penser à deux beaux fruits. A l'âge de Tomme, Wanadi ne s'intéressait qu'aux yeux et à la bouche des femmes, mais avec les années, il avait découvert chez elles d'autres centres d'intérêt.

Cette pensée le fit à nouveau sourire. Même après le passage de l'adolescence à l'âge adulte, les hommes et les femmes continuaient à changer plusieurs fois dans leur existence, tout comme un serpent qui ne mue pas qu'une seule fois dans sa vie, ou les guêpes et les abeilles qui déménagent continuellement à la recherche de nouveaux champs de fleurs.

Il imaginait cette adorable petite chose lui tenant compagnie dans son hamac. Il rejeta vivement une idée qui germa dans son esprit à ce moment-là. Si Tomme unissait sa vie à celle de Kachiri, alors lui, Wanadi, pourrait exiger de la jeune femme qu'elle partage son hamac. Mais il savait qu'il ne le ferait pas. Autrefois, cela aurait été certainement possible, mais les temps avaient changé et le Peuple Invisible était maintenant beaucoup plus civilisé que vingt ou trente ans plus tôt.

Si Kachiri fondait un foyer avec Tomme, il existerait

alors un lien entre la tribu de Wanadi et celle de Tokowaya. Ce serait une bonne chose. Cela signifierait une dot en cochons et en poisson suffisamment conséquente pour couvrir les besoins de la tribu de Wanadi pendant toute une saison de pluies. Cela permettrait également d'obtenir en plus grand nombre ces fameuses sarbacanes que fabriquait si bien le peuple de Tokowaya, à partir de bambous. Ils détenaient un secret pour brûler l'intérieur, ce qui les rendait plus droites et plus fiables que celles que façonnaient Wanadi et les siens.

Dans l'ensemble les choses se présentaient bien. Un petit détail cependant chagrinait le vieux guerrier. Tomme était un fantôme. Il venait du Monde Sauvage, d'au-delà les limites du Monde Vert. De plus, il n'était pas encore un homme ; il n'avait pas encore vaincu la mort. Tokowaya ne voudrait peut-être pas de cette union. Ce vieux grincheux serait bien capable de décider pour Kachiri d'un mariage avec un des petits coqs faméliques de Chékéma. Chékéma ! Wanadi cracha en pensant à cet arrogant chef de chasseurs qui descendait des mêmes Ancêtres que lui, avait bu les mêmes cendres d'ossements et dont le foyer abritait les mêmes Esprits que le sien. Wanadi comprit qu'il n'y avait qu'une solution : Tomme *devait* absolument épouser Kachiri parce que en ce moment une union entre le peuple de Tokowaya et celui de Chékéma ferait souffler un vent mauvais sur la forêt tout entière. Mais pour atteindre ce but, Tomme devait tout d'abord mourir. Ensuite, il faudrait lui enseigner avec beaucoup de soin la façon de courtiser la jeune fille. Il devrait également connaître la terrible vérité : en tant que fantôme, même *fantôme humain*, si Tokowaya n'était pas décidé à donner sa fille à Tomme-fils-de-Wanadi, en posant le pied dans le village de Tokowaya, Tomme serait tué. Ce serait là une véritable mort, la mort du corps, et son esprit ne pourrait même pas rester dans les cendres du foyer de son père.

Cette image provoqua chez Wanadi une véritable panique, qui était en contradiction totale avec le calme extérieur qu'il montrait. Il se rendait compte que ce *garçon fantôme,* qui lui avait été envoyé par le Grand Anaconda pour remplacer son fils mort, avait fini par devenir sa seule raison de vivre. Il reconnaissait qu'il tenait à voir Tomme lui succéder à la tête du village. Il souhaitait avoir le temps, avant de mourir, d'entendre les histoires de Tomme, de l'homme qu'il était devenu, ses histoires de chasse et de guerre, mais surtout les récits des rêves dans lesquels il revivait le temps qu'il avait passé parmi les êtres bizarres de ce monde étrange où les forêts étaient mortes. Soudain, il sentit près de lui la présence d'Uluru. Elle s'accroupit auprès de son mari et regarda, elle aussi, Tomme nager vers la belle Kachiri. Uluru passa son bras autour des épaules de Wanadi.

— Que regardes-tu ? Ce n'est pas la première fois que tu vois Tomme jouer.

— Pas de cette façon, répondit Wanadi en soupirant.

Il sentit que la vieille femme était tendue et qu'elle avait la gorge si serrée qu'elle semblait avoir du mal à respirer. Mais lorsqu'il jeta un coup d'œil dans sa direction, il la vit sourire, regardant droit devant elle comme si rien ne la préoccupait.

Elle était forte comme Kachiri le serait, comme l'avait été la propre mère de Wanadi. Lorsqu'elle était jeune fille, Uluru avait été courtisée par de nombreux fils de chefs et Wanadi avait dû mener un rude combat pour gagner son amour et l'obtenir comme épouse. Elle était la personne la plus sage qu'il connaissait. C'était elle, par ses conseils, qui avait fait de lui le grand chef qu'il était aujourd'hui. Elle l'avait aidé, secondé dans tous les domaines, sauf dans celui de la chasse. Il ne devait qu'à lui seul d'être devenu un chasseur remarquable.

Il comprit ce qu'elle devait ressentir. Peut-être la leçon qu'elle lui avait donnée quelques instants plus tôt l'avait-elle sensibilisé à la tristesse des autres.

A son tour, il passa son bras autour de ses épaules et l'attira contre lui. Elle posa sa main sur le genou de son mari et appuya sa tête contre la sienne.

— Est-ce vraiment indispensable maintenant ? Il est encore si jeune, suggéra-t-elle timidement.

— Il n'est pas trop jeune, répondit Wanadi. Il vient de là-bas, de l'autre côté de la forêt. Peut-être était-il plus âgé que nous le pensions. De toute façon, l'heure est venue pour lui : l'heure de mourir.

Uluru frissonna et ses yeux s'emplirent de larmes.

— Je voudrais prendre Tomme dans mes bras une dernière fois, murmura-t-elle.

Wanadi la regarda.

— Moi aussi, avoua-t-il, mais de tels gestes me sont désormais interdits.

Soudain les garçons sortirent de l'eau en courant. Le nom de piranhas crié par Kachiri abusa un instant Wanadi jusqu'à ce qu'il vît que les filles restaient dans l'eau, se moquant des garçons qui détalaient sous leurs yeux.

Tandis que de la berge Tomme faisait des signes à la jeune fille, Uluru et son époux s'approchèrent de lui. Il parut très surpris et même un peu penaud d'entendre Wanadi lui parler sur un ton sévère.

— Alors voici le fameux Tomme ! Celui qui combat les Mangeurs d'Hommes, qui chasse bien, qui parle comme un homme aux filles du village de Tokowaya, mais se laisse prendre comme un petit garçon à la plaisanterie la plus enfantine !

Sous son hâle, Tomme rougit, mais soutint néanmoins courageusement le regard de son père.

— Je suis désolé, je n'aurais pas dû fuir.

— Un homme n'aurait pas fui, rétorqua sèchement Wanadi.

Tomme regarda son père et attendit. Il paraissait nerveux et jeta un regard furtif à sa mère.

— Tomme, le moment est venu pour toi de mourir, reprit Wanadi plus lentement.

Ayant prononcé ces paroles, Wanadi se détourna de l'adolescent et alla chercher deux hommes du village. Le cœur de Tomme se mit à battre plus vite. Il voulait crier sa joie, mais il maîtrisa son émotion. Comme s'il perdait un ami très cher, Mapi le fixait d'un regard triste.

Uluru prit Tomme dans ses bras et le pressa sur son cœur. Ce dernier résista quelques instants ; il ne voulait pas que ses amis assistent à cette démonstration d'affection, mais il ne put lutter très longtemps. Il serra très fort sa mère dans ses bras et tous deux se mirent à pleurer doucement.

— Au revoir Tomme, murmura tendrement Uluru à travers ses larmes. Au revoir, *mon fils fantôme.*

## 6

La nuit venue, Wanadi et les hommes du village accompagnèrent Tomme dans la forêt, l'entourant de la lumière de leurs torches, alors qu'il se dirigeait vers le lieu de sa mort. Autour de lui, les ombres des grands arbres se faisaient menaçantes et il avait un peu peur, malgré la présence des guerriers. Des félins grognaient et des oiseaux diurnes, tirés de leur sommeil par la présence des humains, voletaient au-dessus de leurs têtes.

Le feu des torches enflamma quelques lianes sèches qui brûlèrent rapidement, fins serpentins de feu qui montaient se perdre dans la voûte sombre des cieux.

Un Esprit était venu dans la jungle et Tomme devait se présenter devant lui. Il n'avait aucune idée de la nature de la mâchoire qui se refermerait sur lui. Les guerriers, eux, savaient et se partageaient ce terrible secret. Ils marchaient en silence et Tomme se sentait seul au milieu d'eux.

Il était complètement nu, sans la moindre plume dans ses cheveux. Mais son corps tout entier s'ornait de motifs différents. Son père et sa mère y avaient peint eux-mêmes les symboles et les signes de protection. Un trait vert figurait le Grand Anaconda enroulé autour du corps de l'adolescent. Les taches blanches représentaient ses os qui, un jour, seraient brûlés et dont les gens du village avaleraient les cendres. Puis ils retourneraient à la forêt. Sur ses bras, des feuilles avaient été dessinées pour évoquer le temps où les hommes n'existaient encore que sous la forme de grands arbres. Sur ses jambes, des peintures en forme de rochers gris symbolisaient l'ère d'avant les arbres, c'est-à-dire la période où toute vie résidait dans les rochers. Enfin, sur son dos, deux couleurs se mêlaient : le jaune et le rouge évoquaient le feu qui, un jour, le brûlerait.

Son propre sang avait été mélangé à la peinture, Wanadi ayant pratiqué sur le corps de Tomme plusieurs incisions assez profondes : ainsi mêlés dans son dos, le sang et le feu le poussaient vers l'âge d'homme, vers la vie.

Bientôt, toute la troupe atteignit un grand étang dont la surface verte était envahie par les mauvaises herbes et la mousse. Il en émanait une odeur écœurante de pourriture et d'eaux stagnantes. C'était un lieu terrifiant. Aucune piste d'animal n'y conduisait. Les arbres eux-mêmes, rabougris et tordus, étendaient leurs branches jusque sur les eaux calmes et frémissaient légèrement comme s'ils craignaient d'en briser la surface.

Soudain, cette surface verte se rida et Tomme frissonna en apercevant une forme longue et mince qui glissait vers la rive toute proche. C'était un anaconda, d'environ sept mètres de long. Il fixa le feu des torches, puis se détourna et s'en alla, se frayant un chemin parmi les hautes herbes.

— Tu dois rester debout à cette place et lui faire face, dit Wanadi.

— Faire face à quoi ? murmura Tomme, les yeux rivés sur l'endroit où le serpent avait disparu.

Il redoutait ce que ce dernier pourrait lui faire.

Les hommes, qui faisaient cercle autour de lui, reculèrent en baissant leurs torches devant eux de sorte que l'adolescent se trouva cerné par un anneau de feu, les silhouettes des guerriers s'étant fondues dans l'obscurité. Trois fois de suite, Wanadi s'approcha de Tomme et repartit pour revenir enfin se placer face à son fils. Il lui passa alors une plume d'aigle sur les paupières et sur les lèvres et enfin traça un symbole sur son corps.

Tout en faisant ces gestes, Wanadi prononçait les incantations d'usage et les mots de protection. Tomme tenta vainement de les comprendre, mais il y avait trop de bruit autour de lui : sons désagréables et effrayants venant de la jungle et clapotements déconcertants provenant de l'étang.

— Un Ancien va venir, un Grand Esprit. L'heure a sonné. Le Grand Esprit vient pour le petit Tomme. Il prendra l'adolescent dans sa mâchoire et l'avalera. Le Grand Esprit est comme une rivière, comme un Grand Serpent.

Tremblant comme une feuille, Tomme ne quittait pas son père des yeux. Autour d'eux, à la lueur des torches, l'ombre des arbres semblait se rapprocher, presque jusqu'à les toucher. Le bruissement de leur feuillage agité par la brise devenait murmure à l'oreille de Tomme.

Wanadi tendit les bras vers son fils et, le prenant par les épaules, le fit pivoter sur lui-même afin qu'il tourne le dos à l'étang. A présent, Tomme faisait face à l'obscure forêt. Il écarquilla les yeux lorsqu'il entendit que le Grand Esprit s'approchait de lui.

Cette fois, il ne s'agissait pas de l'anaconda. Il n'était plus question de serpent, mais de quelque chose de pire, de bien pire !

Il sentit son corps se glacer. Des images fantomatiques lui revinrent en mémoire, des souvenirs lointains, des mots provenant de ce monde mystérieux où il avait vu le jour, il y avait de cela bien longtemps...

*Une petite fille à la peau claire tendait sa main pour attraper une fourmi. Son visage rayonnait d'une joie pure et innocente. Elle disait que les fourmis étaient gentilles. Il frémit en la voyant jouer avec cet insecte vicieux.*

*Je n'aime pas ces bêtes. Je ne les supporte pas. Pas d'insectes ! Non, surtout pas de fourmis !*

Brusquement, il se sentit quelque peu étourdi par tous ces souvenirs et déconcerté par l'écho de ses anciennes terreurs. En ce temps-là, il craignait les araignées et tout ce qui rampait. Après dix années passées dans la forêt, au contact d'animaux de toutes espèces, il s'était habitué à les rencontrer, mais ne recherchait pas, pour autant, la compagnie de ces petites bêtes.

C'est alors qu'il vit s'avancer vers lui une colonne interminable formée de ces petites créatures qu'il redoutait tant et qui détruisaient tout sur leur passage.

Devant lui, la jungle éclairée par la lueur dansante des torches commença à scintiller mystérieusement comme si une sorte de rosée venait de se déposer sur la végétation. Les branches des arbres frémirent et tout le feuillage trembla. La colonne sombre se rapprochait de Tomme et commençait à grimper le long de son corps. Il les sentait marcher sur sa peau, traverser son visage et ses cheveux et redescendre le long de son dos. Arrivée au bord de l'eau, la colonne se dispersa, cherchant un chemin pour la traverser. Les fourmis grimpèrent le long des troncs des arbres et gagnèrent les branches qui surplombaient l'étang. Celui-ci changea alors de couleur : du vert, il passa au noir. Sa surface se rida tandis que la colonne de fourmis continuait inexorablement son chemin.

L'air de la nuit fut soudain porteur des notes de quatre flûtes en os. Le rythme de leur musique devint de plus en plus marqué, semblant faire écho aux battements du cœur de Tomme et à son inquiétude grandissante au fur et à mesure que les fourmis défilaient sur son corps. Il tremblait et voulut crier, mais des fourmis pénétrèrent dans sa bouche, aussi la referma-t-il très vite. Il avait les bras décollés du corps et n'était plus qu'une ombre noire, en ébullition sur la rive de l'étang. Au son aigu des flûtes en os, se mêla bientôt celui plus profond des flûtes de bambou.

Wanadi regarda son fils.

— Il a pris l'adolescent dans sa mâchoire et recherche le véritable cœur du garçon, énonça-t-il d'une voix forte.

Tomme demeura debout encore cinq minutes environ. Les flûtes poursuivaient leur musique monotone ; la forêt attendait. Plus loin, quelque chose brisa la surface sombre de l'étang, une grande queue verte émergea de l'eau, puis disparut.

Tomme tomba à genoux, les bras le long du corps. Puis il bascula en avant, pivotant légèrement de sorte qu'il put, par les fentes de ses paupières tuméfiées, apercevoir au-dessus de lui le feuillage sombre des arbres.

Wanadi adressa un geste bref à ses hommes. La musique se tut. A la lueur vacillante des torches mourantes, les guerriers contemplaient le corps inerte de l'adolescent.

— Le petit garçon est mort. Tomme est mort, annonça son père.

A ces mots, les chasseurs de la tribu s'agenouillèrent en silence.

Bientôt, la colonne de fourmis se remit en route. Après leur départ, les bruissements du feuillage et l'agitation provoquée par leur passage cessèrent. L'étang reprit sa couleur verte. La forêt tout entière semblait renaître.

Wanadi se leva et alla se pencher sur le corps de son fils. Il aperçut quelques fourmis qui marchaient encore sur sa peau et dans ses cheveux. Il s'accroupit et les chassa.

— Le garçon est mort, murmura-t-il avec tristesse.

A ce moment-là, Tomme ouvrit les yeux. Il tenta de rctrouver sa respiration, cracha et toussa. Puis il poussa quelques petits gémissements et essaya de plier les bras. Mais la douleur fut si vive qu'il referma les yeux.

— L'homme est né. Bienvenue à la vie, Tomme ! Bienvenue au Monde ! lui dit Wanadi.

— Raconte-moi ce que tu as vu lorsque tu étais mort, murmura le vieil homme, tandis qu'il enduisait d'un onguent adoucissant le corps enflé et meurtri de son fils.

Tomme frissonnait. L'agression des fourmis lui avait donné la fièvre. Sa chair était rouge et irritée, ses lèvres et ses yeux boursouflés ; malgré tout, il souriait. Depuis quelques heures, allongé dans le hamac de Wanadi, près du feu, il se laissait soigner.

— J'ai eu d'étranges visions, répondit-il en grimaçant de douleur alors que son père appliquait l'onguent sur une piqûre particulièrement sensible.

Mais pour lui, cela n'avait plus d'importance. Ce qui comptait, c'était qu'il était mort et ressuscité. Dévoré par le Grand Esprit, il avait survécu à cette épreuve et était sorti vainqueur de son initiation.

— Parle-moi de ton père fantôme, demanda doucement Wanadi.

Il croisa le regard quelque peu rouge du jeune homme qui le fixait d'un air surpris et qui, bien vite, comprit qu'il ne pouvait rien dissimuler à son père.

— Oui, murmura-t-il. C'est vrai, j'ai revu mon père fantôme. C'était très net. Il ne ressemble en rien aux hommes du village. Il a les cheveux noirs, mais la peau très blanche, et porte des vêtements pourpres sur tout le corps. Il était en compagnie du *Peuple des Termites*, avec leurs mangeurs d'arbres jaunes. Plus tard, je l'ai vu courir...

Tomme fit un effort pour se relever et s'assit dans le hamac. Une fois encore, il fronça les sourcils en grimaçant de douleur.

— Il courait en direction du Monde Vert. Il criait mais je n'ai pu comprendre ce qu'il disait. Il faisait de grands signes en agitant les bras. Mais plus il courait, plus il devait courir, comme si le Monde Vert fuyait devant lui.

A nouveau, Tomme s'allongea.

— J'avais de la peine pour lui. Pourquoi courait-il ainsi ?

Wanadi appliqua l'onguent sur le visage de Tomme, apaisant le feu qui lui brûlait la peau.

— As-tu vu tes Ancêtres ? dit-il.

— Je ne sais pas. Il y avait beaucoup de gens. Ils portaient tous des vêtements qui leur couvraient tout le corps.

— *Le Peuple des Termites,* conclut Wanadi. Ils ont toujours froid.

— Ils marchaient sur de larges pistes. Le paysage autour d'eux était lugubre, mort, les arbres rabougris, les huttes blanches et froides. J'ai également vu des portraits. L'un d'entre eux représentait un homme : *Charlie.*

— *Charlie ?*

— C'était son nom. Il savait comment changer les choses sans les toucher, appeler sans parler... C'est tout ce dont je me souviens.

Cette dernière remarque intéressa tout particulièrement Wanadi. Il s'adressa à Uluru assise près de lui.

— De tels êtres existent, dit-il, mais pas comme nous. Ils vivent dans le Monde des Esprits. Parfois il naît parmi eux quelqu'un qui a le pouvoir d'appeler la forêt et les créatures qui l'habitent.

Il se tourna vers Tomme.

— Des créatures telles que les aigles ou les grands félins.

— Une fois, j'ai appelé un aigle, dit Tomme après quelques instants d'hésitation.

— Je sais, dit son père en souriant. Mais tu as également appelé d'autres choses.

— D'autres choses ?

— De petites choses. Il y a bien longtemps, lorsque tu vivais encore dans le Monde Sauvage, tu m'as appelé.

— Toi ?

Tomme regardait son père avec étonnement, tandis que celui-ci enduisait de graisse végétale purifiante et cicatrisante la peau boursouflée du jeune homme.

Wanadi fronça les sourcils, le regard fixé sur l'âtre.

— Peut-être est-ce moi qui t'ai appelé, après tout. Je ne me souviens plus très bien aujourd'hui.

A nouveau, il croisa le regard bleu lumineux de son fils.

— Cela n'a d'ailleurs pas d'importance. La Lumière de la Forêt nous guidait l'un vers l'autre, c'est la seule chose qui compte. A présent, tu es un homme et tu vas fonder ton propre foyer.

En disant cela, Wanadi sourit et fit un clin d'œil complice à Tomme, qui s'efforça de se soulever en s'appuyant sur les coudes.

— Et peut-être qu'une certaine jeune et jolie fleur du village de Tokowaya...

— Kachiri... murmura Tomme, et une étincelle de joie illumina un instant son regard pâle et fatigué.

## 7

Ayant acquis le droit d'avoir son propre feu, Tomme était maintenant supposé se chercher une partenaire. La fille de Samanpo fut très déçue lorsqu'il laissa entendre qu'il comptait la trouver au village de Tokowaya. Pendant qu'il se remettait des épreuves de son initiation dans le hamac de Wanadi, elle déposa dans le foyer la moitié d'une flûte en roseau et garda l'autre pour elle-même, signifiant par ce geste qu'elle souhaitait devenir la seconde épouse de Tomme.

Après avoir dormi une journée entière, Tomme se leva et gagna tout seul l'endroit où son feu avait été préparé, à l'abri sous le toit de palmes. Chaque famille du village avait apporté de la nourriture ou des fruits, mais les cadeaux plus importants ne viendraient que plus tard. Mapi aperçut son ami, abandonna Jani, courut jusqu'à Tomme et se mit à marcher à côté de lui en réglant son pas sur le sien. De nombreux feux brûlaient dans le village, et sur le terre-plein central le bûcher rituel commençait à flamber.

La nuit qui s'annonçait serait fertile en discussions. Et il y aurait aussi le Rêve.

Mapi observait son ami avec attention, en feignant de ne pas s'apercevoir que celui-ci l'ignorait.

— Qu'est-ce qu'ils t'ont fait ? C'était vraiment des fourmis ? Ça fait très mal ?

Tomme lui lança un regard dédaigneux et s'accroupit à côté du foyer. Saisissant les bâtonnets, il joua un instant avec, puis les mit en position. Debout à côté de lui, Mapi se dandinait d'un pied sur l'autre en lançant des regards angoissés en direction de son frère. Il finit par demander :

— C'est un secret ? C'est pour ça que tu ne dis rien ?

Tomme ne releva même pas la tête.

— Va-t'en, Mapi.

Il commença à frotter les bâtonnets. De la fumée apparut, puis une petite flamme qu'il transmit à la paille sèche placée sous le bois. Quelques minutes plus tard son feu était allumé. Dans la pénombre, les flammes éclairèrent le visage noyé de larmes de Mapi. Tournant les talons, le garçon alla rejoindre les autres enfants. Dans un an, peut-être deux, il connaîtrait lui aussi la mort et la renaissance, il allumerait lui aussi son feu. Tomme redeviendrait alors son ami. En attendant...

En s'éloignant sans se retourner, il ne remarqua pas le regard attristé, douloureux, que lui lançait Tomme.

L'heure de la fête était arrivée. Les feux illuminaient le village. Une odeur de cochon grillé emplissait l'air, qui résonnait de la musique des tams-tams et des flûtes d'os ou de bambou. Tomme était assis devant son feu. Il avait invité ses parents, ainsi que Caya et Pequi. Chaque famille lui apporta un cadeau. Il reçut des javelots, un arc en bois de serpent, deux carquois remplis de longues flèches barbelées, une flûte, une hache en pierre, des feuilles d'écorce, des bouquets de plumes de toutes les couleurs et des parures de toutes sortes en bois, en pierre ou en os.

Wanadi lui offrit une splendide coiffure, parfaitement adaptée à son tour de tête, qui lui descendait jusqu'aux genoux. Elle avait une crête en plumes de toucan et d'ara, ses bords étaient faits de plumes de pinson, de rouge-gorge bleu et de *jarakit* — le petit oiseau rouge connu sous le nom de « larme de la forêt ». Mais sa splendeur atteignait à la magnificence dans la partie qui devait reposer sur les épaules de Tomme, faite de plumes d'aigle qui recouvraient presque ses poignets et semblaient battre comme des ailes lorsqu'il soulevait ou abaissait les bras. C'étaient des pennes légèrement recourbées, veinées d'or sur toute leur longueur, noires à leur extrémité, blanches à la base de la tige.

Tommy arracha une petite plume bleue et la fixa près de la pointe en pierre de son javelot de cérémonie.

— Ma première chasse, dit-il. Mais prenez garde, singes. Bientôt je désirerai une cape en fourrure de ouistiti et un pagne en peau de hurleur...

La forêt qui dominait le village sembla frissonner un instant dans la lueur fantomatique des feux de bois.

Plus tard, les hommes se rassemblèrent autour du bûcher rituel et Wanadi apporta le pot d'argile contenant la *cocassa*. La cocassa était une fine poudre verte, très sèche, provenant d'une plante qui poussait à plusieurs jours de marche au nord du village. Seuls quelques hommes savaient la préparer et connaissaient la manière de prononcer les mots du Rêve. Plus tard, s'il avait de la chance, Tomme pourrait peut-être devenir l'un d'eux. Mais cela n'était pas certain. Il ne suffisait pas d'être un bon chasseur, le meilleur des guerriers, ou même le chef du village, pour avoir accès aux secrets du Rêve.

Une petite quantité de poudre fut déposée à l'extrémité d'un fin roseau. En prenant garde de ne pas l'incliner, les hommes le firent circuler de main en main autour du cercle, chacun demandant à son guide animal de le faire voyager en sécurité dans l'autre royaume, celui où vivaient tous les Ancêtres.

Lorsque Tomme reçut le roseau, il le tint entre ses yeux et le brasier et prononça les mots qu'on lui avait appris. Il pria les Anciens de lui trouver un guide animal agréable et courageux. Il raconta sa mort et sa renaissance. Il rappela qu'il était hardi à la chasse, habile avec l'arc, le javelot et la sarbacane. Il fit le serment d'honorer toutes les créatures qu'il devrait tuer.

Samanpo devait être le premier à partir. Son plus jeune enfant avait été emporté par un jaguar quatre jours plus tôt. Il lui fallait aller dans l'autre monde pour retrouver son esprit et le ramener en sûreté jusqu'à son foyer. Son guide animal était un hurleur, un grand singe mâle qui grondait et crachait et se déplaçait dans le feuillage à la vitesse d'une flèche.

Il s'agenouilla devant Wanadi, qui appuya une extrémité du roseau contre une de ses narines et souffla dans l'autre, projetant la poudre dans son corps. Instantanément, Samanpo se mit à hurler et à danser. Les tambours prirent aussitôt son rythme, l'accompagnant au seuil de son voyage, accélérant avec lui lorsqu'il commença à s'agiter comme s'il sautait de branche en branche, sans hésitation, à la recherche de l'esprit de son enfant.

Tomme attendait, excité, impatient. Après en avoir tant parlé avec ses amis, il allait enfin connaître le Rêve. Il avait déjà mâché les racines blanches, bu les potions amères qui donnaient de merveilleuses visions, mais ce n'était pas la même chose. Les racines et les potions étaient prises pour se divertir, ou pour lutter contre la souffrance...

Comme la souffrance provoquée par les souvenirs et la tristesse qui en résultait. Lorsque le Peuple Invisible l'avait trouvé, il était effrayé, égaré et terriblement seul. Uluru, sa mère, l'avait aidé à surmonter sa douleur en lui offrant d'étranges racines qui avaient libéré son esprit. Les chasses passant — ce qu'il appelait les années dans son ancienne langue — il avait commencé à oublier, et avec l'oubli il avait connu la paix. Une paix si profonde qu'elle avait fini par chasser tous ses regrets, et que le monde d'où il était venu, dont il gardait encore quelques vagues réminiscences, lui paraissait désormais aussi irréel, aussi étranger à son monde quotidien que le royaume des esprits qu'il s'apprêtait à visiter...

Wanadi remit de la poudre dans le roseau et se tourna vers lui. Il saisit le tube et le porta à ses narines en fermant les yeux, guettant le souffle du chef.

Lorsque la drogue pénétra dans son corps, il éprouva un choc très violent, mais ne ressentit aucune douleur et bondit en arrière en hurlant. Un instant plus tard, il eut l'impression que son corps était devenu aussi léger que l'air et qu'il flottait sur le terre-plein, les bras étendus. Les feux du village, les toits, les branches, la terre se mirent à tourner sous ses yeux, puis le sommet des arbres fut en dessous de lui et les hommes regroupés autour du bûcher rituel devinrent minuscules, à peine discernables dans le brasillement lointain des flammes.

L'obscurité qui l'entourait se transforma en une lumière verte irréelle, éclairant la forêt qui s'étendait au loin, très loin, jusqu'au pied des hautes montagnes aux sommets étincelants de neige.

Le vent le saisit. Ses doigts caressants soulevèrent son corps, le portèrent au-dessus de la forêt, l'abandonnèrent, le reprirent, le poussèrent. Il glissa vers la droite, roula, plongea et...

... ouvrit ses ailes. En quelques battements puissants, il reprit de l'altitude, se laissa planer, tomba, remonta, se mit à voler au niveau de la cime des arbres, en tournant au-dessus de la clairière, où les feux du village de Wanadi n'étaient que des points de lumière dans l'immensité verte.

Il fila ensuite vers l'est à grands battements d'ailes, en empruntant les courants aériens avec une étonnante aisance. Il aperçut bientôt le bord du Monde Vivant, la frontière entre la forêt et l'immense Monde Mort qui se trouvait au-delà. Il y avait également des lumières. Il tourna au-dessus d'elles, vit la rivière et le grand mur de pierre qui avait été dressé en travers de son lit.

Dans le Rêve, comme dans le monde réel, toutes les choses existaient, mais c'était leur esprit qu'il percevait à travers le corps de son guide ailé, et de ce fait il n'y avait pratiquement rien à voir de l'autre côté, puisque le Monde Mort était presque totalement dépourvu d'esprits.

Il revint à la forêt, au Rêve du Monde Vivant. Sous ses ailes, il pouvait maintenant découvrir tous les feux qui avaient été allumés à toutes les époques, les lieux où s'étaient dressés les villages, le déroulement des chasses et des saisons. Les Anciens l'observaient, et les Grands Inconnus, et il vit le Grand Anaconda serpentant dans la forêt, creusant les lits de ses futurs cours d'eau.

En dessous de lui, des eaux cristallines tombaient en cataracte grondante entre des roches grises, et dans leurs profondeurs un vert plus vibrant, plus chaud, scintillait et paraissait lui faire signe. Il descendit. Les lumières dansaient comme des flammes au fond de l'eau, semblaient vivre et jouer comme des poissons, mais il reconnut des pierres. Des pierres vertes étincelantes.

Les Lumières de la Forêt. Elles s'étaient montrées à l'aigle. Elles s'étaient révélées à Tomme.

La caresse du vent, la vitesse, la lumière verte, la vision lointaine de la terre et de la forêt — toutes ces sensations s'évanouirent brutalement et Tomme ouvrit les yeux, retrouvant la nuit, la lueur dansante des flammes, les ombres du Peuple Invisible rassemblées autour de lui.

Il était couché sur le dos et dut faire un violent effort pour se redresser, en secouant la tête pour essayer de s'éclaircir les idées. Il pouvait à peine parler. Il avait l'impression de s'être vidé de toutes ses forces. Wanadi était accroupi devant lui, l'observant attentivement, cherchant à lire sur son visage ce qu'il avait vu dans l'autre royaume.

— C'est vrai, murmura-t-il en souriant. Mon fils *est* un aigle. Tu es celui-qui-appelle-l'aigle, Tomme. Tu nous es venu du Monde Désolé, et nous avons été appelés à la frontière du Monde Vivant pour te trouver. Je vois là un but, un grand dessein...

Il semblait attendre, les yeux fixés sur Tomme, comme s'il ne doutait pas que son fils ait eu une grande vérité à lui apprendre. Celui-ci ne se souvenait que des terres désolées et du feu vert brillant au fond des eaux.

— Le feu vert, murmura-t-il avec difficulté. Je l'ai vu. Le feu vert... sous la cascade...

Les yeux de Wanadi s'agrandirent. Ouvrant la bouche, il laissa échapper un cri qui exprimait autant de surprise que d'émerveillement.

— La Lumière de la Forêt ! Tu as vu la Lumière de la Forêt !

— C'était vers l'est, plus loin que la première rivière, sur le territoire des Mangeurs d'Hommes.

Wanadi se rapprocha.

— C'était là que notre peuple vivait autrefois. Le

seul endroit où nous savions que l'on pouvait trouver la Lumière de la Forêt. Quand les Chasseurs d'Hommes sont arrivés, nous avons fui au-delà des rivières, en nous enfonçant dans la forêt. Je te parle de choses qui se sont passées il y a de très nombreuses générations, avant ma vie, avant la vie de mon arrière-grand-père. Nous n'avons plus osé retourner là-bas depuis.

— La Lumière de la Forêt s'y trouve encore. J'irai la chercher. Je la ramènerai de ma chasse. Après cela Kachiri viendra partager mon feu.

Wanadi sourit.

— Tu parles comme un brave, Tomme.

Il aida Tomme à s'asseoir confortablement, puis sortit une petite bourse en peau de puma de son pagne et l'ouvrit. Cinq émeraudes, cinq petites pierres vertes, roulèrent sur le sol.

— Elles sont tout ce qui nous reste de notre Lumière, Tomme. Ces pierres contiennent la lumière qui donne son pouvoir à nos peintures, qui fait de nous le Peuple Invisible. Lorsqu'elles ne seront plus, et avec chaque chef qui meurt l'une d'elles est renvoyée au Rêve, lorsqu'elles ne seront plus nous cesserons d'être le Peuple Invisible. La forêt ne nous protégera plus. Nous serons livrés sans protection aux dents et aux mâchoires du Peuple Termite.

Tomme se baissa pour prendre les pierres entre ses mains.

— J'empêcherai que cela se produise. L'aigle m'a montré où se trouve la Lumière de la Forêt. Je suis un homme, maintenant, et je peux choisir où me conduisent mes chasses. Celle-là sera ma première.

Wanadi s'assit sur ses talons en souriant à son fils. Mais derrière son sourire, le regard qu'il posait sur lui exprimait autant d'angoisse que de fierté.

## 8

Kachiri ramassait des fruits en compagnie de ses cousines près du bord de la rivière, entre son village et celui de Wanadi. Il était encore très tôt et une fine vapeur montait du sol, illuminée par les rayons du soleil qui perçaient facilement le dôme de végétation, toujours plus mince à proximité des cours d'eau. Il y eut un bruissement dans la forêt, puis un mouvement furtif dans les buissons qui se trouvaient près d'elle.

Un court instant, elle fut tentée de s'éloigner de la créature, animale ou humaine, qui se dissimulait ainsi. Elle pensa d'abord à un félin, puis à un Chasseur d'Homme, mais sa troisième pensée, aussitôt confirmée par son instinct, lui dit qu'il s'agissait d'un guetteur d'un tout autre genre et lui ôta toute envie de s'enfuir.

Elle s'approchait en chantonnant du magnolia, tendant le bras pour cueillir une branche fleurie, lorsqu'une main jaillit brusquement de la végétation, lui saisit le poignet et l'attira dans les buissons, hors de vue de ses cousines.

Elle fut profondément choquée en découvrant le jeune homme accroupi qui la fixait d'un regard intense. Il était entièrement peint en vert. Une plume noire était plantée dans ses cheveux. Des guirlandes de fleurs entouraient son cou et sa taille. Son sexe était attaché à son ventre, ce qui signifiait qu'il se préparait à faire un long voyage dans la forêt. Ses armes étaient posées sur le sol derrière lui, et c'étaient des armes d'homme, les armes d'un guerrier.

Seuls ses yeux bleus trahissaient son identité. Tomme.

— J'ai besoin de toi, dit-il. Et tu as besoin de moi. Je veux que tu partages mon feu et mon hamac.

Kachiri se dégagea et recula d'un pas, effrayée par sa

présence trop proche, intriguée par son statut de guerrier, mais en même temps attirée par la violence de l'amour et du désir qu'elle lisait dans son regard.

— Pourquoi es-tu habillé comme un homme ?

— Parce que je *suis* un homme. J'ai affronté ma mort et je suis revenu.

Kachiri frissonna. Il avait passé l'épreuve, lui aussi. Son père avait jugé le moment venu de faire de lui un adulte, comme sa propre mère l'avait décidé pour elle quelques jours plus tôt. Peut-être même, sans le savoir, étaient-ils tous les deux sortis de l'enfance au cours de la même longue nuit, et les étincelles des feux de leurs deux villages s'étaient-elles mêlées dans le ciel, au-dessus de la forêt...

Elle le regarda et aima ce qu'elle vit. Il était fier, et son corps était mince et souple comme celui du jaguar. Il lui communiquait sa force... et elle pouvait constater que sa beauté n'était pas sans effets sur lui. Le feu qui brûlait dans sa poitrine d'homme lui faisait follement battre le cœur. Oui, elle lierait son sort à celui du guerrier fantôme. Elle le désirait de tout son être. Il venait d'ailleurs, d'au-delà du Monde, mais c'était un homme véritable, malgré ses étranges couleurs. Elle le prendrait pour époux, mais les choses devraient être faites dans les règles.

Elle le taquina gentiment.

— Ainsi tu es un homme. Et maintenant que tu es un homme, tu me parles comme tous les autres. Pourquoi t'écouterais-je plus qu'eux ?

Ses cousines l'appelaient, inquiètes de sa soudaine disparition. Tomme fit un pas en avant et posa les mains sur ses épaules.

— Parce que je ne suis pas comme eux. Je pars seul pour ma première chasse. Et je ne ramènerai pas des animaux.

— Qu'est-ce que tu ramèneras ?

— La Lumière de la Forêt.

Il s'était redressé en prononçant ces mots et avait pris un air fier, presque provocant. Kachiri, qui l'observait de près, comprit qu'il ne mentait pas. Son attitude était peut-être calculée pour lui plaire, mais sa résolution ne pouvait pas être mise en doute. Elle savait ce qu'était la Lumière de la Forêt — et *où* il comptait la trouver.

— Les Mangeurs d'Hommes te prendront.

— Ils ne me verront pas, répondit-il en souriant.

— Bien sûr que si. Ils te feront cuire et te mangeront, tous, même les grands-pères qui n'ont plus de dents.

Il lui répondit d'un rire, recula, ramassa ses flèches et ses javelots, puis lança un trille semblable au cri d'un petit oiseau. Après lui avoir adressé un dernier salut, il s'enfonça dans la forêt et disparut aussitôt. Intriguée, Kachiri s'avança en écartant les branches, l'oreille tendue, l'œil aux aguets, mais ne vit ni n'entendit rien, comme si Tomme s'était évanoui dans les airs.

Lorsqu'elle entreprit de regagner la clairière où ses cousines l'attendaient, un nouveau trille retentit dans ses oreilles, si proche qu'elle sursauta et se retourna brusquement.

Elle ne vit aucun oiseau.

Au crépuscule, il atteignit la rivière où Wanadi avait repoussé les Chasseurs d'Hommes. Il était épuisé mais satisfait. Pour le premier jour de sa première chasse, il avait parcouru une très longue distance. Une fois, il y avait bien longtemps de cela, il avait dû parcourir une distance plus grande encore, lorsque le Peuple Invisible était venu le chercher au bord du Monde. Il ne gardait que de vagues souvenirs de ce terrible voyage. Wanadi l'avait porté. A d'autres moments, le groupe de chasseurs avait remonté la rivière dans des pirogues étroites, toujours prêtes à verser. Mais le plus souvent il avait couru, il avait perdu le compte des jours et des semaines, et plus tard il avait oublié qu'il y avait d'autres moyens que les nuits pour mesurer le temps...

La limite du Monde Désolé était maintenant à quatorze nuits. A l'époque de son long voyage, elle avait été au moins deux fois aussi éloignée.

Il alla boire à la rivière. En se penchant sur l'eau, il réalisa soudain qu'un jeune jaguar était en train de se désaltérer sur la rive opposée. L'animal le vit au même instant. Les yeux jaunes et les yeux bleus se croisèrent, l'homme et le félin émirent un grondement.

Lentement, sans détourner les yeux, Tomme tendit le bras vers son arc.

— Ecoute, mon ami, dit-il à haute voix, la prochaine fois que nous nous croiserons, toi et moi, j'aurai une femme. Si elle souhaite que je lui ramène une peau...

Le jaguar fit brusquement demi-tour et disparut dans la pénombre de la forêt. Tomme sourit et se redressa. Comme il l'avait vu faire à Wanadi lorsqu'ils avaient été poursuivis, il lança le corps d'un jeune hurleur dans le courant, en amont de l'endroit où il se trouvait, et l'observa attentivement lorsqu'il passa devant lui. Rien ne se produisit.

Rassuré, il traversa la rivière et poursuivit son chemin. Cette nuit-là, alors qu'il dormait à l'abri sous les grands arbres, il revécut en rêve le vol de l'aigle. Il revit la cascade, la lueur verte étincelante, et sut instinctivement qu'il avait pris la bonne direction.

Il se réveilla avant l'aube et se remit en route sans attendre le lever du soleil, en se tenant constamment sur ses gardes. Il se trouvait maintenant à trois jours de marche de son village, au cœur du territoire des Mangeurs d'Hommes, dans une partie de la forêt où les chasseurs de sa tribu n'osaient plus s'aventurer depuis des générations. Tout en courant, il croyait parfois apercevoir les restes pourrissants des anciens totems et des vieux villages du Peuple Invisible, mais il savait que ce n'étaient que des illusions de son imagination, et il ne voyait en réalité que la végétation luxuriante d'une terre oubliée, qui semblait l'épier, le reconnaître, murmurer sur son passage qu'elle se souvenait de lui et des siens...

Il continuait son voyage sans crainte, protégé par la peinture verte de poussière d'émeraude qui recouvrait son corps de minuscules paillettes étincelantes. Il en avait emporté une pleine gourde, et chaque matin il prenait soin de dessiner sur lui-même les symboles de la forêt et les signes secrets destinés à le rendre invisible.

Il courut ainsi pendant quatre jours, s'enfonçant plus profondément dans le territoire interdit qu'aucun autre chasseur de la tribu ne l'avait fait avant lui.

Au matin du cinquième jour, il entendit des tambours, le vacarme d'une chasse.

Et le grondement caractéristique d'une cascade...

Il avait atteint son but ! Attentif aux bruits de la chasse, qui semblaient s'éloigner de lui, il se dirigea vers le grondement et se retrouva bientôt au bord d'une large rivière aux flots bouillonnants. La cascade se trouvait en amont. Au pied des rochers s'étendait un grand bassin, profond et agité, dont l'eau écumeuse semblait éclairée de l'intérieur par une étrange lumière verte.

Se souvenant de ce qu'avait vu l'aigle, Tomme sut immédiatement que les pierres précieuses se trouvaient là. Il traversa rapidement la rivière, en glissant et en trébuchant sur les roches vaseuses, et vint s'accroupir sous la cascade, les pierres vertes directement sous ses pieds. Plongeant le bras dans l'eau, il en saisit une et la ramena à la surface, puis la porta à ses yeux et regarda l'univers à travers le filtre éblouissant de ses flammes froides.

— La Lumière du Monde ! murmura-t-il.

Des larmes lui vinrent aux paupières. Il avait réussi là où Wanadi, son propre père, n'avait même pas osé essayer ! Kachiri serait à lui, maintenant, et son exploit lui vaudrait une gloire qui serait perpétuée autour des feux pendant des générations et des générations. Lui-même raconterait son voyage des centaines et des centaines de fois, devant un auditoire muet d'admiration rassemblé autour des brasiers de la tribu.

Rapidement, il ramassa une poignée de pierres et les enferma dans sa bourse, en songeant avec fierté qu'il n'avait pas besoin d'en prendre plus. Maintenant qu'il avait trouvé la cascade, rien ne l'empêcherait d'y revenir quand il le voudrait. Le Peuple Invisible ne serait plus jamais menacé de perdre sa Lumière.

Il noua la bourse autour de son cou, se baissa pour récupérer son arc, ses flèches et ses javelots. A cet instant, par-dessus le grondement de la chute d'eau, il perçut un bruit de course dans la forêt. Quelques secondes plus tard, les pas furent remplacés par des glissements, des chocs, des craquements de branches, puis un homme hurla et tomba dans la rivière.

Tomme réagit immédiatement. Ajustant une flèche à son arc, il s'accroupit et courut rapidement vers la berge en tournant le dos au bouillonnement de la cascade. L'homme se releva et se dirigea vers lui avec difficulté, en luttant contre le courant. Il avait du sang sur le visage, et malgré la barbe et la boue qui recouvraient ses joues, sa peau était étonnamment claire. Il portait des vêtements semblables à ceux que Tomme avait vus autrefois chez le Peuple des Termites, lorsqu'il se trouvait dans le Monde Mort.

L'homme continuait d'avancer dans sa direction, et Tomme comprit qu'il ne l'avait pas encore aperçu. Une flèche frappa l'eau derrière lui. Plusieurs Chasseurs d'Hommes s'étaient arrêtés sur la rive opposée, dans les arbres qui surplombaient la rivière, et tentaient de l'atteindre avec leurs javelots.

Tomme se redressa et courut vers lui. En le voyant apparaître, l'homme leva sa main gauche et pointa vers lui un étrange objet noir.

*Une mitraillette!* Le mot éclata dans la mémoire de Tomme à l'instant précis où une petite langue de feu jaillissait de l'extrémité de l'objet. Quelque chose siffla à ses oreilles. Il y eut un bruit de tonnerre, aussitôt interrompu. Sans réfléchir, Tomme laissa partir sa flèche, qui manqua son but de justesse. Il en ajusta aussitôt une autre et commença à battre en retraite, désireux d'échapper aussi vite que possible à l'étranger fou et aux Mangeurs d'Hommes, qui s'étaient laissés glisser le long du talus en s'accrochant aux branches et avaient maintenant presque atteint le bord de la rivière.

Il n'avait pas fait plus de trois pas lorsque le visage de l'homme sembla se modifier. Il ralentit, le cœur battant à tout rompre. Pendant un instant, il eut l'impression de se retrouver au bord du Monde, à quelques mètres de la limite de la forêt. Un homme courait vers lui en criant son nom, en agitant les bras...

... et cet homme était le même que celui qui se trouvait devant lui! Il reconnaissait ses yeux, sa bouche, sa silhouette. Bouleversé, il réalisa soudain qu'il était en face du fantôme dont le souvenir n'avait cessé de le visiter depuis que Wanadi l'avait accueilli dans le Monde Vivant.

— Mon père fantôme! murmura-t-il.

Puis il hurla.

— *Père fantôme!*

Un guerrier venait de surgir derrière l'apparition, le javelot dressé.

— Attention! cria Tomme en levant son arc.

Son père fantôme voulut parer le coup, tournoya sur lui-même et tomba dans l'eau. La flèche partit, s'enfonçant dans la poitrine du chasseur. Tomme s'agenouilla auprès de l'étranger et essaya désespérément de le traîner vers la rive. L'homme ouvrit les yeux. Son regard clair, halluciné, se posa sur Tomme. Ses lèvres bougèrent, comme s'il posait une question.

— Vite, le pressa Tomme. Nous devons fuir. Ils sont trop nombreux pour nous !

Comme il disait cela, son père fantôme le reconnut. Son visage torturé, ensanglanté, exprima une profonde joie. Ses mains agrippèrent les bras du jeune homme, ses ongles s'enfoncèrent dans sa chair.

— *Tommy !* bredouilla-t-il. *Seigneur, Tommy, c'est toi !*

Tomme crut reconnaître son nom. Les autres mots lui parurent familiers, mais il ne les comprit pas.

— Père fantôme, dit-il, nous n'avons pas le temps ! Viens !

Une flèche frôla le bras de Tomme. Des javelots frappaient l'eau autour d'eux. Tomme aida l'homme à se redresser et tous deux essayèrent de regagner la terre ferme en s'appuyant l'un sur l'autre.

Un guerrier se dressa soudain devant eux, debout sur un rocher. L'étranger lui lança l'objet noir qu'il tenait à la main. Le Chasseur d'Homme perdit l'équilibre et disparut.

Renonçant à atteindre la rive, les deux fuyards se laissèrent emporter par le courant, immergés jusqu'au cou, se tenant toujours l'un l'autre, confiant à la rivière le soin de les arracher à leurs poursuivants.

Mais un autre danger les guettait. Ils nageaient depuis quelques secondes lorsque le cours d'eau sembla s'évanouir devant eux. Tomme comprit immédiatement ce que cela signifiait : une seconde cascade. Donnant aussitôt de furieux coups d'épaules et de talons, il obliqua vers les rochers de la berge en tirant l'étranger derrière lui. Ils se hissèrent sur une roche et s'accroupirent, tremblants, à quelques mètres seulement de la chute. Au-delà de la cascade, la rivière s'enfonçait dans un tunnel de verdure, leur promettant la sécurité et la fin du cauchemar...

Derrière eux, la forêt retentissait des bruits de la poursuite. Une flèche passa au-dessus de leurs têtes. Tomme se retourna d'un bond et abattit l'homme qui l'avait lancée. Une autre vint se ficher dans le bras de son père fantôme, qui laissa échapper un cri. Tomme l'enfonça délibérément, pour que les bardes ne déchirent pas plus longtemps la chair, la retira, l'ajusta et la renvoya à son expéditeur. Le guerrier la reçut en pleine poitrine, s'affola, brisa la hampe et tomba à genoux en hurlant.

— Il faut sauter ! cria Tomme.

Son père secoua la tête et protesta dans son langage incompréhensible.

— *Tommy, nous devons sauter !*

— Non, père fantôme. Nous n'avons pas le temps de parler. Il faut sauter ! Comme ça !

Prenant son père par la main, il voulut le diriger vers la chute d'eau, sans comprendre que celui-ci était en train de faire la même chose.

Ils se lancèrent au même instant dans le vide, disparurent dans le bassin, s'agitèrent sous l'eau pendant un temps qui leur parut interminable, puis émergèrent ensemble et sentirent le courant les entraîner vers l'obscurité du tunnel de verdure. En se retournant, ils virent un chasseur puissant, musclé, debout sur un rocher, brandissant l'objet noir au-dessus de sa tête. Tomme se moqua de lui. Son père murmura un nom :

— Jacareh !

Quand le Chasseur d'Homme eut disparu, Tomme réalisa brusquement la précarité de leur situation et se mit désespérément à chercher un moyen de sortir de la rivière le plus rapidement possible, avant que les anacondas et les piranhas, attirés par le goût du sang et de la sueur, viennent leur faire regretter d'avoir échappé aux guerriers de Jacareh.

# QUATRIÈME PARTIE

## *Le Courage qui pleure en silence*

# 1

Au bout d'un moment, Bill Markham tendit le bras et parvint à saisir une des tiges d'un arbre tombé dans la rivière. Tomme obliqua dans sa direction, agrippa à son tour le bois mort et laissa son père s'appuyer sur lui. Markham avait du mal à garder les yeux ouverts. Son bras blessé avait enflé et le faisait horriblement souffrir. Seuls la peur et l'instinct de conservation l'empêchaient de s'évanouir.

Trempés jusqu'aux os et tremblants de froid, les deux fuyards étaient dans un piteux état. Les plumes de la coiffure de Tomme tombaient sur ses cheveux et sa nuque, lui donnant l'air d'une poupée de chiffon mouillée. Ils se trouvaient à plusieurs kilomètres de la cascade, hors d'atteinte des guerriers de Jacareh, mais ils n'étaient pas tirés d'affaire pour autant. Levant les yeux vers le ciel, Markham vit qu'il se couvrait de lourds nuages noirs, annonciateurs d'un violent orage.

Tomme lui parlait avec véhémence, d'une voix pressante, dans une langue qui lui parut familière, mais en utilisant un dialecte dont il ne comprenait pas toutes les expressions. Le mot « piranha », qui revenait souvent, suffit cependant à lui redonner de l'énergie. Les deux hommes se propulsèrent le long des branches mortes, se hissèrent sur la berge boueuse. Markham poussa un cri lorsqu'un serpent vert et jaune lui glissa pratiquement entre les pieds. Tomme le rassura d'un mot qu'il ne comprit pas — peut-être le nom du serpent — puis ajouta en désignant la forêt :

— Ecoute... les grenouilles chantent. Une grande pluie se prépare.

Markham saisit vaguement le sens de la phrase et se tourna vers le couvert, reconnaissant immédiatement le coassement rythmé des grenouilles, ainsi que les glissements furtifs, les craquements de branches provoqués par les animaux qui sentaient venir l'orage et cherchaient un abri.

— Quand il pleut beaucoup, poursuivit Tomme en articulant avec soin, les grands serpents sortent de l'eau.

— Magnifique.

Tomme ne comprit pas, et Markham lui demanda en langage indien :

— Qu'est-ce que nous allons faire ?

— Un radeau. La rivière nous amènera jusqu'à une demi-journée de marche de mon village.

Markham se reposa, tremblant de froid dans ses vêtements mouillés, pendant que le jeune homme dégageait les branches de l'arbre mort et les attachait avec des lianes. Lorsque la plate-forme fut prête, il lui ajouta deux gouvernails rudimentaires et confectionna des poignées qu'il fixa à l'avant. Pendant tout le temps qu'il travailla au radeau, le ciel ne cessa de s'assombrir, et quand il eut terminé la rivière commençait à charrier des flots tumultueux indiquant que des pluies torrentielles tombaient déjà en amont de leur position.

Avant de mettre l'embarcation à l'eau, il prit deux poignées de mousse humide, les appliqua sur la blessure de Markham et assura le pansement avec un morceau de liane.

— Pas de poison, dit-il, mais mon père retirera le feu. Nous devons rentrer au village le plus vite possible.

Markham ne comprit que « poison », « père » et « village » et secoua la tête. Lorsque Tomme répéta sa phrase plus lentement, en l'accompagnant de gestes, il réalisa brusquement avec horreur que le jeune homme était en train de lui expliquer que son père était resté au village.

— Tommy ! s'écria-t-il. Je *suis* ton père ! Tu ne te souviens pas ?

Tomme eut un sourire triste, se pencha vers lui, toucha son visage meurtri, puis son propre front.

— Tu es mon père fantôme. Tu vis ici, dans ma tête. Dans mes rêves. — Il fronça les sourcils. — Mon père m'expliquera pourquoi tu es devenu réel.

Markham protesta à nouveau. Il se sentait pris de vertige. En regardant de près le jeune homme qu'était devenu son fils, il reconnaissait chacun de ses traits, son regard, son sourire, tous ses souvenirs se remettaient en place — et ce fils qu'il retrouvait enfin ne se contentait pas de ne pas le reconnaître. Il niait purement et simplement son existence !

— Tu te rappelles ta mère ? Jean ?

Le chant des grenouilles se fit soudain plus sonore. Dans le feuillage qui se trouvait au-dessus des deux hommes, un animal de grande taille se déplaça brusquement. Tomme leva la tête, puis son regard intrigué revint se poser sur Markham.

— Ta *mère !* insista celui-ci. Tu te souviens de Jean ? Maman ?

Un éclair de compréhension s'alluma un instant dans le regard de Tomme.

— *Mah-man ?*

Pendant une seconde, il parut perplexe, puis son visage s'éclaira d'un large sourire.

— Ma mère s'appelle Uluru. Ma mère la plus jeune s'appelle Caya. Je suis sûr que Caya te plaira.

Markham eut l'impression que son fils donnait un sens particulier à cette affirmation, mais il n'eut pas le temps de tirer au clair ce que signifiait sa déclaration. Il n'y avait plus une minute à perdre. Les deux hommes mirent le radeau à l'eau et s'allongèrent dessus en agrippant les poignées. Il faillit verser lorsque le courant le saisit, mais Tomme parvint à le redresser et les flots l'emportèrent au moment où l'orage éclatait au-dessus d'eux, zébrant le ciel de longs éclairs blancs, déversant des trombes d'eau sur la frêle embarcation ballottée comme un bouchon de liège par les eaux tumultueuses.

Presque immédiatement, Tomme perdit le contrôle de sa direction. Le radeau tanguait et roulait, plongeait, se redressait, sautait, menaçait de s'écraser ou de se retourner, et tout ce qu'il pouvait faire pour essayer de le diriger ne servait strictement à rien. Comprenant qu'ils étaient totalement à la merci du courant, les deux hommes renoncèrent bientôt à lutter et demeurèrent collés à la plate-forme, la tête rentrée dans les épaules, serrés l'un contre l'autre comme deux amants, les mains solidement refermées sur les poignées de lianes, employant toute leur énergie à éviter d'être éjectés.

Le niveau de la rivière montait rapidement. En quelques minutes, il augmenta de cinq à six mètres, atteignant le milieu du dôme de verdure de la forêt. Le radeau était porté par une gigantesque vague qui déferlait vers l'Amazone en noyant tout sur son passage sur une largeur de plusieurs centaines de mètres, semant la mort et la destruction dans les parties les plus basses de la forêt.

— *Ara jaku! Ara jaku!* hurla soudain Tomme en étreignant plus fortement le bras de Bill Markham.

— Quoi ?

Relâchant sa prise une brève seconde, Tomme tendit le bras vers l'avant. Markham releva la tête, réussit à se repérer tant bien que mal malgré la pluie battante qui réduisait son champ de vision et s'aperçut que la rivière tournait brusquement vers la gauche une centaine de mètres en avant d'eux. Entraînée par sa propre vitesse, la vague qui les portait à son sommet venait littéralement s'écraser contre le mur de la forêt à l'endroit précis où le cours d'eau amorçait sa courbe.

Le radeau se précipitait vers ce point de déferlement. Il n'y avait rien à faire pour l'éviter. Plaqués l'un contre l'autre, essayant de faire corps avec la plate-forme, les deux hommes fermèrent les yeux et se préparèrent à l'inévitable. L'embarcation heurta la végétation de plein fouet et se planta comme une flèche au sommet d'un arbre, projetant ses deux passagers dans le feuillage. Tomme parvint à s'accrocher à une branche. Markham glissa, mais sa chute fut arrêtée au bout de quelques mètres. Ni l'un ni l'autre n'étaient blessés. Sans perdre une seconde, ils entreprirent de s'éloigner de la rivière en descendant vers les branches inférieures de la voûte végétale, où la vague ne pouvait plus les atteindre. Ils n'avaient aucune idée de la hauteur à laquelle ils évoluaient ainsi. Lorsqu'ils estimèrent que la distance et la densité du feuillage représentaient une protection suffisante, ils s'allongèrent sur une branche, s'attachèrent avec des lianes et attendirent patiemment la fin de l'orage.

## 2

Markham suivait Tomme dans le sous-bois, se frayant un chemin à travers une végétation qui lui arrivait à hauteur d'épaule, écoutant les trilles rapides, de plus en plus fréquents au fur et à mesure qu'ils progressaient, qui saluaient le retour de son fils au sein de son peuple adoptif. Il s'attendait à les rencontrer d'un instant à l'autre, mais leur apparition soudaine, comme s'ils étaient brutalement sortis du néant pour se matérialiser devant lui, le prit quand même par surprise.

Cinq Indiens de grande taille, couverts de peintures, se dressaient devant lui, mais son attention se concentra immédiatement sur le plus âgé, un vieillard légèrement voûté au sourire édenté — le seul de la bande qui avait des cheveux longs, tombant sur ses épaules comme ceux d'une femme. Il arborait un collier d'os autour du cou, des plumes rouges dans le nez qui lui donnaient l'air de porter une fausse moustache. Son corps était tatoué de cercles, de losanges et d'autres figures symboliques qui lui descendaient jusqu'aux genoux. Ses pieds étaient protégés par des chaussures fourrées qui ressemblaient tellement à des chaussons d'intérieur que Markham ne put s'empêcher de rire en les apercevant.

— Voici Wanadi, dit simplement Tomme. Mon père...

Le vieillard avait les yeux fixés sur Markham. Il sourit, puis prononça une phrase où celui-ci crut comprendre :

— Je me souviens du Bord du Monde, je me souviens de toi.

Un de ses compagnons était presque aussi âgé que lui, mais plus sobrement vêtu. Tomme dit qu'il s'appelait Samanpo. Les trois autres étaient des jeunes hommes dans la force de l'âge. Ils avaient des cheveux courts, rasés sur la nuque et les tempes, des plumes plantées dans la paroi nasale, des colliers et des ceintures d'os, des étuis péniens attachés sur le ventre et portaient tous les trois des javelots d'une longueur impressionnante.

Les cinq Indiens souriaient à Markham.

— Le Peuple des Hommes Souriants, dit-il en anglais. Il y a si longtemps que je vous cherche.

Les mots étranges qui sortaient de sa bouche déclenchèrent des rires. Wanadi hocha la tête.

— Tu parles la langue fantôme que Tomme parlait autrefois. La langue du Monde Sauvage.

Markham répondit en *tupi* :

— Les Chasseurs d'Hommes l'appellent la Langue du Cochon Blanc... et ils mangent le Cochon Blanc.

Samanpo approuva gravement.

— Ils mangent tout ce qui est vivant.

Tomme fit un pas en avant et détacha la poche nouée autour de son cou.

— J'ai tué cinq Mangeurs d'Hommes ! annonça-t-il avec fierté.

— Cinq ? s'étonna Wanadi.

— Et ce n'est pas tout ! J'ai aussi ramené la Lumière de la Forêt. Regarde !

Il fit tomber les émeraudes dans sa paume. Markham était muet de stupéfaction. La Lumière de la Forêt ? Il n'avait pas prêté grande attention jusqu'alors à la peinture verte qui recouvrait le corps du vieillard. Il lui semblait maintenant qu'elle scintillait légèrement, comme si on y avait incorporé de minuscules fragments étincelants. Il se demanda si les Indiens avaient trouvé le moyen d'écraser les pierres précieuses et de mélanger la poudre avec les produits colorants dont ils s'enduisaient la peau.

Wanadi sembla enchanté par le cadeau de Tomme. Il l'embrassa, puis montra les émeraudes aux chasseurs en leur disant quelque chose que Markham ne comprit pas.

Tomme prit le vieillard par la main et désigna

Markham, qui se sentit profondément troublé par la vision de ces deux hommes si différents et de la tendresse presque féminine qu'ils montraient l'un pour l'autre.

— Père, voici mon père fantôme, celui qui vit dans mes rêves.

Wanadi, le visage grave, regarda longuement Markham d'un air soucieux, sans hostilité mais avec une profonde tristesse dans les yeux.

— Je sais, dit-il finalement. Je te connais, père fantôme. Tu es également dans mon esprit depuis notre première rencontre.

Un frisson qui n'était dû ni à la fièvre qui le consumait ni à la douleur de sa blessure parcourut le corps de Markham. Il se mit à trembler, non de peur, mais parce qu'il sentait instinctivement, parce qu'il *savait* que le vieux chef avait raison en disant qu'ils s'étaient déjà rencontrés. Il ne l'avait pas vu, dix ans auparavant, le jour où Tommy avait disparu, il n'avait vu que la forêt... et pourtant il était maintenant certain qu'il avait vu Wanadi. Il avait posé son regard sur lui, sur ses yeux, sa bouche, son sourire, sur les plumes plantées dans ses cheveux. Ses yeux l'avaient aperçu, mais il ne l'avait jamais su.

Parce qu'il appartenait au Peuple Invisible. Ils avaient été là, tout près, lorsque Jean et lui avaient vainement cherché Tommy. Ils auraient pu les toucher en tendant le bras, sentir leur souffle sur leur peau.

Et pendant dix ans, Bill Markham avait eu le souvenir de cet homme profondément enfoui en lui-même. Pendant dix ans Wanadi l'avait hanté, avait habité ses rêves et ses cauchemars sans qu'il se doute un seul instant de son existence.

— Je te connais aussi, dit-il d'une voix chargée d'amertume. C'est toi qui m'as pris mon fils.

Wanadi secoua lentement la tête.

— Non, répliqua-t-il avec une tranquille assurance, c'est toi qui m'as donné le mien.

La faim, l'épuisement, le choc nerveux, ajoutés à sa blessure et au fait qu'il se sentait maintenant en sécurité, protégé par les Hommes Souriants, eurent finalement raison de la résistance de Markham. Sa fièvre s'accrut brutalement, le privant de ses dernières forces, faisant basculer le monde autour de lui. Il eut vaguement conscience qu'on le portait, qu'il sortait de la forêt, traversait un espace découvert, puis pénétrait dans un enclos circulaire où brûlaient de nombreux feux. Un tissu humide fut appliqué sur sa peau. Un liquide amer versé sur ses lèvres, avec insistance, jusqu'à ce qu'il parvienne à en avaler quelques gouttes.

Dans son délire, il vit un visage de femme d'une rare beauté se pencher vers le sien, sentit des mains douces, caressantes, lui ôter un à un tous ses vêtements, laver et sécher son corps comme celui d'un bébé, l'aider à s'étendre dans un hamac. Une voix aux inflexions tendrement maternelles lui répétait qu'il devait se reposer, dormir, dormir...

Il plongea avec délices dans le sommeil, mais se mit bientôt à rêver d'eau et de feu, de poursuite et de mort, et se réveilla en criant. La femme à la peau cuivrée était à côté de lui. Il s'endormit et se réveilla à plusieurs reprises, et chaque fois la femme était là, caressant son visage, sa poitrine, son ventre, lui parlant d'une voix basse et rauque, légèrement voilée, exprimant une sollicitude et une complicité qui n'avaient plus rien de maternel. De temps à autre la femme riait, et il riait aussi, lorsque dans sa fièvre il touchait par inadvertance son corps tiède et ferme, qui ne se dérobait pas à son contact.

Dans un de ses moments de lucidité il lui demanda son nom.

— Je suis Caya.

— Tu es un ange, Caya. Un ange venu du Ciel.

Elle ne comprit pas les mots anglais, secoua la tête et répéta :

— Je suis Caya. La femme plus jeune de Wanadi.

Markham sourit.

— Le sacré veinard !

Puis il ajouta en *tupi :*

— J'espère que Wanadi te traite bien.

Caya fronça les sourcils. Il aurait dû dire : « Moi, le père fantôme, je fais le rêve que Wanadi prend soin de ton corps », mais il avait dû se tromper et employer une formule qui suggérait l'idée de maternité car Caya, la première surprise passée, se mit à glousser et lui répondit avec bonne humeur :

— Wanadi et Caya ne manquent pas de feu dans leur hamac.

Il ne comprit pas immédiatement. Du feu dans leur hamac ? Puis son visage s'éclaira et il dit en anglais :

— C'est toi qui ranimes le feu du vieux Wanadi, c'est ça ?

C'est bien ce que je pensais. Ce cochon-là a une chance de tous les diables !

Elle lui mit un doigt sur les lèvres.

— Il ne faut pas parler la langue du Monde Sauvage.

— Excuse-moi.

— Wanadi m'a demandé de m'occuper de toi. Si tu as besoin de moi lorsque la fièvre t'aura quitté, je serai près du feu.

— Besoin de toi ?

Elle prit sa main et la posa sur ses seins, la maintenant malgré lui pendant quelques secondes.

— Oh, dit-il, ce besoin-là ! — Il ferma les yeux et ajouta en anglais : — Tu diras à Wanadi qu'il devrait avoir honte !

Caya insista.

— Quand tu seras mieux, j'espère que tu auras besoin de moi.

Markham laissa le sens de ces mots pénétrer son esprit, puis hocha la tête en souriant et murmura pour lui-même :

— Ça doit être ça qu'on appelle le délire des grands malades...

Caya demeura auprès de lui toute la journée, essuyant la sueur qui coulait sur son visage, le calmant et le rassurant lorsqu'il s'agitait ou lorsqu'un cauchemar le réveillait brutalement. Uluru apporta un bol de potion et le força à en boire quelques gorgées. Les deux femmes échangèrent un regard préoccupé.

— La blessure est propre, dit Caya. Il n'y a pas de poison. Mais la fièvre ne s'en va pas.

— Il faut demander à Wanadi. Il dansera avec l'esprit du père fantôme et le ramènera dans son corps.

Caya répondit que c'était une bonne idée et Uluru s'éloigna.

Wanadi était assis devant le feu de Tomme, fumant une pipe d'où sortait une mince fumée grisâtre. Tomme mâchait du tabac. Son visage était grave. Les deux hommes parlaient de Kachiri et de la demande en mariage que Tomme devait faire dès le lendemain. Uluru vint s'accroupir à côté d'eux.

— Il y a un grand feu aussi à l'intérieur du père fantôme. Il ne veut pas s'éteindre. Il faut que tu viennes.

Tomme eut aussitôt l'air inquiet. Wanadi garda les yeux fixés sur sa pipe pendant quelques instants, puis hocha la tête. Il posa sa pipe à côté du feu et dans le même mouvement fit rouler une braise incandescente qu'il saisit en l'enveloppant dans une palme. Tomme lui lança un regard intrigué, mais le vieillard se contenta de lui adresser un sourire rassurant.

Markham était conscient. Il avait les lèvres sèches, les yeux cernés et noyés de larmes, son visage exprimait une grande souffrance, mais il suivit du regard les hommes qui s'approchaient de son hamac et parvint à grimacer un sourire.

Wanadi l'observa attentivement, toucha son ventre et ses joues, eut un geste d'impuissance.

— Il va mourir, murmura-t-il à Tomme.

Pendant un bref instant, Tomme retrouva un regard d'enfant effrayé. Il fixa Markham, puis Wanadi, une prière sur le visage.

— Tu sais guérir le mal, Père ! Tu peux le sauver !

— Parfois, lorsque toute la forêt est en feu, même un grand orage ne parvient pas à éteindre les flammes.

— Tu peux au moins essayer !

Il fit le tour du hamac et prit la tête de son père fantôme entre ses mains. Elle était brûlante de fièvre. Markham tremblait violemment et ses yeux vitreux semblaient à peine le voir.

Wanadi finit par acquiescer.

— Très bien. S'il peut encore être sauvé, je le sauverai.

Il se pencha à son tour sur le malade et l'appela en répétant son nom jusqu'à ce qu'il soit certain que Markham l'entendît.

— Tu m'entends, père fantôme ? Tu reconnais la voix de Wanadi ?

Lentement, comme si ce geste lui coûtait ses dernières forces, Markham hocha la tête. Il voulut répondre au vieillard, mais seul un sifflement rauque sortit de sa gorge.

— Je vais te guérir. Tu me comprends ? Je vais retirer de toi le mauvais feu qui te tue.

Tomme ajouta :

— Il va t'aider, père fantôme. Il faut lui faire confiance. Il sait guérir le mal.

D'une voix à peine audible, en tournant légèrement la tête, Markham murmura :

— Reste auprès de moi, Tommy, je t'en prie...

— Je suis là, père fantôme, le rassura Tomme en lui prenant la main.

— Je vais te rendre ta force, insistait Wanadi. Je vais aspirer le feu qui est dans ta chair. Tu entends ?

Markham hocha faiblement la tête.

— Oui...

Tous les Indiens présents dans le village étaient maintenant rassemblés autour du hamac, chacun se réjouissant à l'avance de voir Wanadi démontrer ses dons de guérisseur.

Le chef se rapprocha du blessé, se pencha sur lui et posa ses lèvres sur son front. Puis il se mit à aspirer violemment, en creusant les joues, en bandant tous les muscles de son corps, en plantant les pieds dans le sol et en se tordant dans tous les sens, comme s'il luttait contre une force supérieure qui cherchait à l'attirer à l'intérieur du corps de Markham. Finalement, sur une dernière aspiration, il se rejeta brusquement en arrière et cracha violemment dans ses mains. Ouvrant les paumes, il montra une braise rougeoyante, ranimée par son souffle, qu'il fit sauter entre ses doigts jusqu'à ce qu'elle soit pratiquement éteinte.

Les spectateurs se mirent à hurler de joie. Uluru était rayonnante. Caya couvait Markham d'un air attendri.

— Voilà, dit Wanadi. Le feu qui brûlait ton corps. — Il saisit la main inerte de Markham et y déposa la braise un court instant. — Le mauvais feu. Je l'ai retiré de toi. Il est parti. Tu iras mieux, maintenant.

— Je t'avais dit ! cria Tomme en se penchant à nouveau sur Markham. Il *sait* guérir le mal !

Markham n'avait cessé d'observer Wanadi. Il tendit

la main et effleura le bras du vieil homme, le contraignant à se rapprocher de lui.

— Pourquoi m'as-tu pris mon enfant ? Pourquoi as-tu pris Tommy ?

Wanadi lança un coup d'œil à Tomme, puis se tourna vers Markham et le regarda dans les yeux. Il répondit d'une voix lente, en s'assurant que son interlocuteur comprenait chacun de ses mots :

— Mon fils m'a été pris il y a très longtemps. J'ai été rechercher son esprit dans l'autre royaume. J'ai vu le Bord du Monde. L'esprit de mon fils s'y trouvait, enfermé dans un corps étrange. Avec mes chasseurs, je suis allé jusqu'à la limite du Monde Vivant. J'ai vu les hommes du Peuple Termite qui abattaient les arbres-ancêtres. Alors l'esprit de mon fils est venu me rejoindre. Il était dans le corps d'un Enfant Termite, mais il m'a souri et je l'ai reconnu. Je n'aurais pas dû l'éloigner du Monde Sauvage, mais je n'ai pas eu le cœur de l'abandonner et je l'ai ramené avec moi.

Markham cherchait un argument, une protestation que le vieillard puisse comprendre, mais avant qu'il ait ouvert la bouche celui-ci lui passa une main sur les yeux, refermant doucement ses paupières.

— Dors, maintenant, père fantôme. Quand tu te réveilleras, tu auras retrouvé toutes tes forces.

## 3

Tomme et Wanadi ne parvenaient pas à dormir. Toute la nuit, ils demeurèrent assis devant le feu de Tomme, fumant ou mâchant du tabac, parlant des lois et des traditions de la chasse, du mariage et de la parenté en vigueur parmi les tribus du Peuple Invisible, discourant à perte de vue sur les devoirs et les vertus de l'amour.

Avant l'aube, Tomme prit son hamac nuptial et partit

pour la forêt. Il savait que son vieil ami Mapi le suivait, mais il ne lui laissa pas voir qu'il s'en était aperçu. Il suivit la piste en courant, puis se cacha derrière un arbre et attendit que le garçon l'ait dépassé. Lorsqu'il fut certain que Mapi avait perdu sa trace, il choisit un coin paisible, à l'écart de tous les passages, et tendit son hamac entre deux arbres. Il le recouvrit ensuite de fleurs, contempla son ouvrage d'un air satisfait et regagna le village.

Uluru était maintenant réveillée. Une légère brume planait encore sur le terre-plein central mais elle se dissipait rapidement au fur et à mesure que de nouveaux feux étaient allumés. Les cochons et les poules commençaient à s'agiter, mais le village était nettement plus calme que celui de Tokowaya, où les chiens faisaient toujours un tapage infernal aux premières heures du jour. Wanadi détestait les chiens et ne les tolérait pas à l'intérieur de l'enceinte de sa tribu.

Assisté d'Uluru, il aida Tomme à se préparer pour le cérémonial de demande en mariage. Le jeune homme enfila des chaussures de cuir qui s'attachaient autour de ses mollets avec des lanières en fourrure de jaguar. Elles étaient destinées à rendre sa course dans la forêt plus facile et moins fatigante. Sur sa tête, Uluru plaça une couronne de plumes blanches. Wanadi peignit les marques de guerre sur son visage pour montrer qu'il était maintenant un chasseur, mais en leur donnant des couleurs vives, afin de rappeler qu'elles n'étaient que symboliques. Sa mère lia ensuite deux bracelets de cuir autour de ses poignets, chacun portant attachés des fragments d'os des ancêtres de la famille. Un de ces bracelets reviendrait à Kachiri si elle acceptait de prendre Tomme pour époux.

Lorsque ces préparatifs furent terminés, Wanadi alla prendre la massue de cérémonie et la tendit à Tomme, qui la reçut avec un respect mêlé de crainte. Sa surface de bois noir était polie et douce au toucher. Une de ses extrémités était large et parfaitement arrondie, l'autre se terminait en pointe. Les symboles qu'elle portait gravés sur toute sa longueur avaient été dessinés dans la nuit des temps par les ancêtres de la tribu et étaient devenus pratiquement incompréhensibles pour les habitants du village.

— Tu sais ce que tu dois faire, dit Wanadi. Tu ne dois pas hésiter.

Tomme hocha gravement la tête, sourit à ses parents et se mit aussitôt en route.

Il suivit la rivière en demeurant sous le couvert, sans s'approcher de la berge, pour le cas où des hommes de Tokowaya auraient été en train de chasser ou de pêcher dans le secteur. Il courut sans s'arrêter, en frappant l'air avec sa massue pour apprendre à la tenir bien en main, à sentir son poids, à la manipuler dans un combat. S'il devait s'en servir pour tuer, il avait intérêt à expérimenter à l'avance toutes les possibilités qu'elle lui offrait. Dans le même temps, il priait les dieux de la forêt qu'aucun autre soupirant de la jeune fille ne se présente et l'oblige à se battre.

Il atteignit bientôt les abords du village. Des femmes cueillaient des fruits ou arrachaient des légumes dans l'espace laissé libre entre l'enclos et la forêt. Il les dépassa sans ralentir. Elles se mirent à hurler en se lançant à sa poursuite. Il eut le temps de reconnaître parmi elles deux des cousines de Kachiri.

Il pénétra dans l'enclos en courant, au grand effroi des chiens, des cochons et de la volaille qui s'enfuirent devant lui dans un concert d'aboiements et de cris. Deux chasseurs apparurent, lancèrent des flèches qui ne cherchaient pas à l'atteindre et battirent en retraite lorsqu'il brandit sa massue dans leur direction. Toutes les jeunes filles de la tribu étaient maintenant alertées et hurlaient à qui mieux mieux leur peur, leur ravissement, leur espoir comme si chacune avait été l'élue, alors qu'elles savaient toutes pertinemment que le fils de Wanadi avait déjà choisi Kachiri.

Pendant quelques instants, Tomme eut du mal à se repérer. La fumée des feux, la poussière et l'air chaud brouillaient sa vision, ne lui laissant apercevoir que des formes indistinctes et des mouvements imprécis. Il était en train de se demander comment il allait reconnaître le feu de Tokowaya lorsqu'un hurlement plus fort que les autres retentit à peu de distance.

— Cache-nous, Père !

C'était la voix de Kachiri, qui s'arrangeait ainsi pour lui faire savoir où elle se trouvait.

Il courut jusqu'au feu du chef. Des chasseurs l'interpellèrent, le menacèrent de loin, s'éloignèrent lorsqu'il leva sa massue. Deux flèches vinrent se planter à ses pieds. Mais aucun concurrent ne s'avança pour le défier.

Tokowaya était un vieillard sec et ridé. Il était nu, à l'exception d'une cape-coiffure de plumes vertes et rouges. Kachiri se cachait derrière lui, couvrant sa poitrine avec ses bras, gémissant de terreur.

— Aide-moi, Père ! Il va m'emmener et me tuer !

Tokowaya se leva lentement, appuya la pointe de son javelot sur la poitrine de Tomme et prononça les formules de guerre rituelles du Peuple Invisible. Tomme ne broncha pas, ne fit aucun geste de fuite ni de menace.

— Je suis venu prendre ta fille. Mais je t'apporte la Lumière de la Forêt.

Il fit tomber les émeraudes dans sa paume et les montra à Tokowaya. Le regard du vieillard s'illumina, puis ses yeux se remplirent de larmes lorsqu'ils revinrent à Tomme. Il tendit lentement la main. Tomme y déposa les pierres précieuses.

— Kachiri n'a plus de place à mon feu, dit alors le

chef d'une voix que l'émotion faisait trembler. Mais elle en aura toujours une dans mon cœur. Mon esprit veillera de loin sur elle. Si elle était chassée un jour du feu de son mari, ma vengeance serait terrible.

— J'entends tes paroles, répondit gravement Tomme. Je jure que Kachiri ne sera jamais éloignée de mon feu.

Kachiri poussa un nouveau hurlement et se mit à courir, splendide dans sa nudité, en direction du terre-plein central. Tomme se lança à sa poursuite. Lorsqu'elle atteignit le centre du village, elle s'arrêta et se retourna pour lui faire face, le bravant de ses yeux noirs, un sourire de défi sur les lèvres.

— Kachiri, ton feu est désormais mon feu, dit Tomme.

— Jamais ! Mon feu est ici, avec mon père !

Tomme leva la massue. Les guerriers rassemblés autour d'eux se mirent à gronder de colère. Des flèches vinrent se planter dans le sol de part et d'autre des pieds de Tomme. Les cousines de Kachiri commencèrent à se lamenter. Tomme abaissa sa massue, frappant légèrement la jeune fille à la tête.

— Tu dois le faire correctement ! siffla-t-elle d'une voix exaspérée. Vas-y !

Le chant de colère des guerriers devenait plus menaçant. Tomme leva une nouvelle fois la massue et l'abattit sans hésiter sur le crâne de Kachiri. La jeune fille tituba, sourit, puis s'effondra sans un cri. Tomme n'hésita pas une seconde. Il se baissa, la prit dans ses bras et se mit à courir en direction de la porte du village. Les cousines de Kachiri le poursuivirent en le couvrant d'imprécations. Les chasseurs continuaient à lancer des flèches qui frappaient le sol derrière lui.

Lorsqu'il franchit l'enceinte, les femmes de la tribu unirent leurs voix en une lamentation aiguë, terrifiante de force et de désespoir. Un tambour solitaire se mit à battre, lentement, obstinément...

Il courut aussi longtemps qu'il le put, en suivant les pistes les plus faciles, guettant les bruits d'une éventuelle poursuite. Lorsque ses bras n'eurent plus la force de soutenir Kachiri, il s'arrêta, la déposa sur la mousse, écarta ses cheveux de son visage et passa un doigt sur ses lèvres.

Le hamac nuptial était encore loin. L'idée d'avoir à parcourir toute cette distance avant de pouvoir montrer son amour à Kachiri lui paraissait insupportable. D'avoir tenu la jeune fille dans ses bras, les mains sous ses aisselles et sous ses cuisses, d'avoir senti la chaleur et la tiédeur de son corps, d'avoir perçu toutes les senteurs qui en émanaient avaient éveillé en lui un désir si violent qu'il lui paraissait maintenant impossible de faire un pas de plus. Dans ces circonstances, le respect de la tradition était le dernier de ses soucis.

Il posa une main sur son épaule et la secoua doucement.

— Kachiri, réveille-toi... *Kachiri !*

Elle ne répondit pas. Il observa ses yeux et crut voir bouger faiblement ses paupières. Il se pencha sur elle et frotta son nez contre le sien, toujours sans résultat.

— Kachiri, réveille-toi, s'il te plaît ! Je te donnerai tout ce que tu voudras, des singes, des pierres, des fourrures, des peaux, du miel, des plumes... des enfants, tout ce que tu voudras !

Tout en la suppliant, il laissa ses mains descendre le long de son corps, caressant ses seins, son ventre, ses hanches, ses cuisses, s'émerveillant des sensations que ce contact faisait naître dans ses doigts et du feu qu'il allumait au plus profond de son être.

Lorsque sa paume s'approcha de la toison noire, humide, de son ventre, la jeune fille s'agita et poussa un profond soupir. Tomme colla sa bouche contre son oreille :

— Les piranhas, murmura-t-il. Attention aux piranhas...

Kachiri sourit et ouvrit les yeux, son regard exprimant un amour et une admiration sans bornes.

— Je savais que tu étais réveillée, la gronda-t-il gentiment. Tu ne m'as pas trompé.

— Les autres fois, je répondrai beaucoup plus vite, le rassura-t-elle avec un petit rire confus.

Puis elle se mordit la lèvre inférieure, lui tendit les bras et l'attira vers elle, l'étreignant avec une passion qui lui coupa le souffle.

## 4

Bill Markham s'était réveillé avant l'aube. Il avait assisté de loin aux préparatifs de Tomme. Trop faible pour se lever, ou même pour appeler, il avait vu son fils prendre la massue de bois noir et quitter silencieusement le village. Il avait également remarqué que Wanadi et Uluru étaient tristes lorsqu'ils l'avaient regardé partir. Il n'avait rien compris à leur manège et s'était rendormi cinq minutes plus tard, épuisé par la fièvre.

Il ne sut jamais combien de temps dura son délire, une succession de cauchemars, de réveils brutaux, d'états semi-conscients au cours desquels il vit ou crut voir Caya, Wanadi, Uluru, entendit ou crut entendre des mélopées, des bruits d'os entrechoqués, sentit ou crut sentir qu'on le frappait avec des bouquets de plumes colorées. Une nuit, sa fièvre tomba, son organisme reprit le dessus. Il se réveilla à l'aube, sous un ciel encore piqueté d'étoiles, qui commençait à peine à s'éclaircir. La première chose dont il prit conscience fut le bras qui pesait sur sa poitrine. Il appartenait à Caya.

La jeune femme était couchée contre lui dans le hamac, ses grands yeux sombres fixés sur son visage, attendant tranquillement son réveil.

— Bonjour, dit-il en détournant les yeux, profondément gêné par la présence trop proche de ce corps jeune et désirable qui s'offrait à lui dans la plus totale impudeur.

— *Yaku,* Bill, répondit Caya d'une voix enjouée.

Tout en essayant maladroitement de se dégager de l'étreinte de la jeune femme, il jeta un rapide regard autour de lui. Le feu de Wanadi était déjà allumé et le village commençait à s'animer. Plusieurs hommes rassemblés sur le terre-plein étaient en train d'égorger deux cochons dont ils recueillaient le sang dans des récipients en argile. Cette vision, qui lui rappela le sort tragique de Werner, le fit frissonner de dégoût.

Son bras le faisait encore souffrir mais n'était plus enflé. Il n'avait plus de fièvre et les nausées qu'il avait ressenties pratiquement en permanence depuis que la flèche l'avait atteint avaient totalement disparu. Malgré la mauvaise volonté évidente de Caya, qui ne faisait aucun effort pour l'aider à se lever, il parvint à passer les jambes par-dessus le bord du hamac et à se mettre debout.

Caya le suivit en protestant à voix basse, s'étira et bâilla en levant les yeux sur lui.

Il s'aperçut alors qu'il était presque nu. Un bout de pagne grossier, qui ne cachait pas grand-chose de son intimité, était attaché autour de sa taille. Un visage vert aux formes étranges était peint sur le devant de ce semblant de vêtement. Il préféra ne pas demander ce qu'il représentait.

— C'est moi qui l'ai fait, lui dit fièrement Caya. Tu as faim ? Tu veux aller prendre un bain à la rivière ?

Il regarda autour de lui. Les enfants jouaient autour des feux de leurs parents. Les hommes avaient fini de découper les porcs et la volaille se disputait leurs restes avec force piaillements et caquètements. Il y avait dans tout le village une atmosphère de joyeuse excitation dont il ne comprenait pas la signification. Caya surprit son regard intrigué et lui expliqua :

— Ils se préparent pour la fête de ce soir. La tribu de Tokowaya sera là. On mangera et on dansera toute la nuit.

— Où est Tommy ? Je l'ai vu partir, avec ses plumes blanches...

La jeune femme le reprit gentiment en posant un doigt sur ses lèvres.

— Pas Tommy. Tomme, dit-elle. Il est allé se marier. Kachiri est très belle. J'ai chassé avec elle autrefois. Maintenant son feu sera à côté du mien. Je suis très contente.

Sans lui laisser le temps de réfléchir à ce qu'elle venait de lui dire, Caya prit Markham par la main et l'entraîna en souriant. Les odeurs de la soupe de manioc et du pain de cassave en train de cuire lui firent venir l'eau à la bouche. Amusé par les grondements de son estomac, il se rendit compte qu'il mourait de faim.

Tomme et Kachiri étaient enlacés dans un hamac, le corps couvert de peintures à demi effacées, des feuilles et des brindilles plantées dans les cheveux, et dormaient comme des enfants.

— Tomme a besoin de Kachiri et Kachiri a besoin de Tomme, murmura Caya. Viens. Je vais te trouver quelque chose à manger.

Markham la suivit, brusquement gêné par la présence de Wanadi, qu'il devinait assis derrière le feu, à demi dissimulé dans l'ombre, et dont il sentait le regard peser dans son dos. Lorsque le père fantôme et la jeune femme portant un panier de nourriture franchirent la porte de l'enceinte, le vieillard hocha la tête et laissa échapper un gloussement de satisfaction.

Ils se baignèrent dans la rivière à l'endroit où Tomme avait aperçu pour la première fois sa future femme. Caya insista pour laver Markham, et il renonça à l'en dissuader. Le regard brillant d'excitaion, elle le parfuma avec un liquide odorant qu'elle appelait *oraka,* « la rosée de l'orchidée ». Quand elle lui présenta des morceaux de nourriture séchée et fumée, il hésita un instant, mais sa faim l'emporta et sa réticence disparut dès les premières bouchées. Il y avait du poisson, du porc rôti et une viande noire délicieuse qu'il supposa être du singe. Il avait déjà mangé du singe dans sa vie, mais c'était la première fois qu'il y prenait autant de plaisir.

Propre, l'estomac plein, il s'allongea sur la berge et se mit à réfléchir en observant les allées et venues des Indiens. Caya cueillait des fleurs dans les arbres qui surplombaient la rive. D'autres femmes et des enfants faisaient la même chose, sans doute en prévision de la fête qui devait avoir lieu dans la soirée.

Le banquet de mariage de son fils. L'idée de Tommy liant son sort à celui d'une de ces femmes-enfants exquises et innocentes éveillait en lui des sentiments contradictoires, lui paraissait à la fois absurde et évidente. Malgré tous les dangers mortels que recelait la forêt — des piranhas à la malaria en passant par les serpents, les araignées et les tribus cannibales — il ne pouvait s'empêcher de penser que le tableau qu'il avait sous les yeux avait quelque chose de paradisiaque. Le soleil était chaud, l'ombre fraîche, la nature généreuse. Il y avait des fleurs, de l'eau claire, des cris d'enfants, des rires de femmes, des corps nus et musclés respirant la joie de vivre, une activité joyeuse, paisible, qui semblait avoir toujours existé et ne jamais devoir disparaître — comme si le temps avait décidé d'épargner ce coin de terre pour garder le témoignage d'un art de vivre remontant aux origines de l'Humanité.

Et pourtant il savait qu'il n'en était rien. La civilisation grignotait lentement la forêt. Privés de sa protection, Wanadi et son peuple étaient condamnés à périr. Les Hommes Invisibles avaient survécu pendant des millénaires sans jamais sortir du Monde Vert, mais le temps qui leur restait à y vivre se comptait désormais en années, sinon en mois ou en semaines. Et lorsqu'ils disparaîtraient, Tommy disparaîtrait avec eux...

Il était plongé dans ces pensées déplaisantes lorsqu'il entendit crier son nom. Reconnaissant la voix de son fils, il se releva pour l'accueillir. Tommy et Kachiri, se tenant par la main, s'approchèrent de lui en souriant. Tommy avait sa sarbacane et son carquois. Kachiri, couverte de fleurs, portait son arc.

— Père fantôme ! Tu es guéri ? Qu'est-ce que je t'avais dit ? Mon père a le pouvoir de chasser le mal.

— Bonjour Tomme. Je vais beaucoup mieux. Je te remercie.

Tomme étreignit chaleureusement Markham. Kachiri tendit le bras, hésita une seconde, puis se haussa sur la pointe des pieds et frotta son nez contre celui de l'homme blanc.

— Je suis Kachiri.

— Bill.

Tomme ouvrit la gourde qu'il tenait à la main.

— Nous avons écrasé les pierres de la rivière pour mettre la Lumière de la Forêt dans nos peintures de guerre.

Il plongea ses doigts dans la gourde, montra la peinture verte à Markham et dessina une spirale étincelante sur sa poitrine. Kachiri l'aida à se peindre et il fut bientôt recouvert de paillettes vertes de la tête aux pieds. Il sourit à Markham.

— Maintenant, même les singes ne pourront pas me voir. Même les arbres. Je serai invisible dans toute la forêt.

•

Comme Kachiri s'éloignait pour aller se laver les mains dans le courant, Markham se décida à parler à Tommy du but de son voyage, de la raison pour laquelle il s'était retrouvé près du bassin aux émeraudes, pourchassé par les Mangeurs d'Hommes.

— Tommy — *Tomme.* Je parcours la forêt depuis des années en essayant de retrouver ta trace. Je suis venu te chercher pour te ramener chez toi.

Le jeune homme fronça les sourcils, l'air intrigué.

— Mais, père fantôme, je *suis* chez moi.

— Non, Tomme. Tu as eu un autre foyer, autrefois. Je suis ici pour t'aider à t'en souvenir. Pour que tu te rappelles de tout. De ta mère, de ta sœur Heather, de la Californie, de tes amis. De tous ceux qui attendent ton retour depuis si longtemps maintenant...

Tomme haussa les épaules. Malgré toute sa bonne volonté, il ne comprenait rien à ce que lui racontait Markham. Il avait un vague souvenir de sa mère fantôme, mais tout le reste — son foyer, ses amis, sa sœur — n'avait strictement aucun sens pour lui. Et surtout, il était impatient de partir à la chasse. Les singes devaient l'attendre dans les arbres, la Lumière de la Forêt faisait briller sa peau, les esprits de la terre entraient dans son corps par la plante de ses pieds, l'invitant, l'incitant à exécuter la danse rituelle de la chasse — la danse de la mort.

Kachiri avait entendu les paroles étranges de Markham. Elle rejoignit Tomme et posa la main sur son épaule.

— Père fantôme, il est à moi maintenant. Je suis sa femme. Nous partageons le feu. Nous partageons nos ancêtres...

Elle leva le poignet, exhibant un bracelet de cuir portant des fragments d'os. Markham nota que Tomme arborait un bracelet identique. Il supposa que les bracelets avaient la même signification symbolique que les alliances dans le monde où il était né.

Le monde où Tommy était né et qu'il refusait maintenant de reconnaître. A cette idée, une brusque colère le saisit. Avait-il passé dix ans de sa vie à rechercher son fils pour s'entendre expliquer calmement, alors qu'il le retrouvait enfin, qu'il n'était qu'un fantôme vivant dans sa tête ? Une partie de sa déception, il ne l'ignorait pas, tenait au fait que pendant tout ce temps il avait délibérément refusé d'admettre que Tommy pouvait grandir, changer, s'adapter à sa nouvelle situation. Pendant toutes les années où il avait pensé à lui, il ne l'avait jamais imaginé autrement que vêtu des haillons de ses vêtements d'enfant, enfermé dans une hutte, vivant comme un animal en cage et passant son temps à implorer ses gardiens de le rendre à sa famille. Pour ne pas céder au découragement, il s'était volontairement leurré, et d'une certaine manière il en payait maintenant le prix. Mais même sans cet aveuglement, même s'il avait accepté l'idée que Tommy pouvait s'intégrer, trouver un mode de vie supportable, comment aurait-il pu imaginer que son propre fils lui deviendrait *à ce point* étranger ?

Que l'enfant ait trouvé une seconde famille était une chose, même si cette famille l'avait *volé*. Mais comme les enfants des foyers séparés, il devait au moins avoir la possibilité de choisir, de décider librement où il désirait vivre. Mais comment pouvait-il décider si tous les souvenirs de sa première vie étaient rayés de sa mémoire, ou, pire encore, transformés en rêveries et en légendes ?

— Je t'aiderai à te rappeler, insista-t-il. La maison où tu vivais avec moi, avec Maman, avec Heather. La ville où nous...

— Le Monde Sauvage, le coupa Tomme en souriant. Le Monde Mort. Je ne souhaite pas m'en souvenir. Je vis ici, avec Kachiri, mes enfants grandiront autour de mon feu... — Il ramassa ses flèches et sa sarbacane. — Il faut que j'aille chasser, maintenant. Je dois ramener de la nourriture pour le repas de mariage. Je suis un homme heureux, père fantôme, parce que j'ai Kachiri et j'ai aussi *trois* pères. J'ai beaucoup de raisons d'être fier.

— Trois pères ? demanda Markham, interloqué.

— Toi, mon père fantôme, Tokowaya, le père de Kachiri, et mon vrai père...

En disant cela, Tomme se tourna vers Wanadi, qui venait de se joindre silencieusement à leur groupe. Le vieillard avait le corps recouvert de peinture verte, comme Tomme. Il hocha la tête en entendant les dernières paroles de son fils.

— Aucun père ne pourrait être plus heureux que moi. Tu n'es pas seulement un homme, Tomme, tu es aussi un guerrier, un tueur d'hommes. Tu as le droit de le montrer...

Il trempa un doigt dans un petit pot de peinture et traça quatre lignes rouges en travers de la poitrine du jeune homme. Puis il tendit le pot à Kachiri et saisit Tomme par les épaules, le visage rayonnant de fierté. C'était plus que Markham pouvait en supporter. Repoussant brutalement le vieil Indien, il laissa exploser sa colère :

— Tu n'as qu'un seul père, Tommy ! C'est moi ! *Je* suis ton père ! Cet homme t'a volé ! Il t'a arraché à ta famille !

Tomme se contenta de lui lancer un regard sans expression. Wanadi ne parut pas offusqué le moins du monde par le geste d'hostilité de Markham.

— Oui... oui, dit-il comme s'il comprenait l'argument de Markham, mais en l'interprétant à sa manière. J'ai toujours pensé que nous pouvions civiliser un enfant du Peuple Termite. Mais qu'il devienne un guerrier aussi valeureux, c'est plus que ce qu'un père pouvait espérer.

Les deux chasseurs s'éloignèrent le long de la berge, se dirigeant vers la forêt. Markham les rattrapa et saisit Wanadi par l'épaule. Le vieil homme se retourna et le regarda fixement.

— Je m'adresse à toi de Père à Père, haleta Markham. Je veux que mon fils voie où je vis, comment je vis. Après, il pourra choisir.

— Je vis ici, répliqua Tomme d'une voix irritée. Avec mon peuple. Viens, Père. Les singes ne vont pas nous attendre toute la journée.

Markham l'ignora, les yeux fixés sur Wanadi.

— Tu es le chef?

L'homme vert hocha la tête.

— C'est ce que les autres disent.

— Alors explique-lui. Demande-lui de venir avec moi, pas pour rester, juste pour se rendre compte...

Wanadi sourit et fit demi-tour pour rejoindre Tomme, en faisant remarquer d'une voix amusée, sans s'adresser à personne en particulier :

— Si je demandais à un homme de faire une chose qu'il n'a pas envie de faire, je ne serais plus le chef.

Vaincu, Markham regarda les deux hommes se diriger rapidement vers la forêt. Alors que le soleil et les ombres indiquaient qu'ils n'avaient pas encore franchi la limite du couvert, leurs couleurs se mêlèrent à celles du mur de verdure et ils disparurent à sa vue.

Derrière lui, Kachiri et Caya discutaient à voix basse, en riant et en lui lançant des regards de côté. Après quelques instants, Kachiri regagna le village. Caya se mit à frotter des pétales de fleurs sur sa peau en émettant des sons plaintifs si suggestifs des plaisirs qui lui étaient interdits qu'une immense tristesse s'abattit sur lui, lui mettant les larmes aux paupières. Il avait bien sous les yeux un coin de paradis, mais il n'y était, il n'y serait jamais que de passage, un invité, un étranger, alors que Tommy s'y trouvait *chez lui.* Pour la première fois depuis son arrivée, il réalisait pleinement que la barrière qui les séparait était définitivement infranchissable.

## 5

Lorsque Tomme revint de la chasse, le village était plongé dans les préparatifs de la fête. Markham, qui avait passé sa journée à fuir les avances de Caya, était littéralement épuisé par les efforts incessants qu'il avait dû fournir pour maintenir la jeune femme à distance respectable. Accroupi devant le foyer de Tomme, il aidait à mélanger les teintures aux couleurs vives qui seraient employées pour la cérémonie. Uluru faisait cuire du pain. La partie découverte de l'enceinte avait été tapissée de fleurs. Huit poteaux sculptés y avaient été dressés, chacun au pied d'un petit feu. Il s'agissait sans doute de totems symbolisant des esprits animaux, mais Markham aurait été incapable de dire lesquels, car la plupart des visages et des silhouettes gravés dans le bois étaient d'inspiration nettement fantastique, représentant des créatures de cauchemar qui n'avaient aucun rapport apparent avec le monde réel.

Tout autour de l'enceinte, le banquet était activement préparé. Chaque foyer était occupé. Ici, on découpait des tranches de viande fumée, là on faisait cuire de la soupe de manioc, plus loin on confectionnait un délicieux plat de fruits tropicaux, plus loin encore on s'agitait autour d'une énorme jarre contenant un liquide ambré. Les deux cochons tués le matin même rôtissaient lentement, mais lorsque Tomme et Wanadi apparurent avec leur butin — quatre singes, une dizaine de poissons piqués sur un javelot et quatre serpents jaunes gras à souhait — ils furent accueillis avec des cris de joie et les animaux furent immédiatement répartis entre les différents foyers. Il était clair que la nourriture préférée de la tribu était la viande et le poisson que ses guerriers ramenaient de leurs expéditions de chasse.

En regardant son fils jouer avec les autres jeunes hommes, Markham eut la certitude que la décision à laquelle il était arrivé quelques heures plus tôt était la plus sage, sinon la seule possible. Une vague de désespoir le submergea, ses yeux s'emplirent à nouveau de larmes. Caya s'en aperçut et cessa de le harceler, comme si elle avait deviné ses pensées et finit par comprendre que ses tentatives de séduction n'avaient aucune chance d'aboutir.

Tomme fit quelques pas de danse autour des totems, déclenchant les rires de ses compagnons. Il confia sa sarbacane à Kachiri et ses flèches à un jeune garçon que Markham avait entendu appeler « Mapi ». Derrière lui, Wanadi lança une phrase — probablement pour exprimer sa désapprobation du fait que depuis leur retour toute l'attention s'était concentrée sur Tomme. Il fut aussitôt entouré et submergé de remarques admiratives sur ses prouesses de chasseur. Après quelques secondes, il fit semblant de se mettre en colère et dispersa les flatteurs.

Markham songeait avec amertume à l'inéluctabilité de son départ, en se disant que plus il attendrait plus il lui serait difficile de se séparer de son fils et du Peuple Invisible, lorsque Tomme s'écarta de ses compagnons et se dirigea vers lui, suivi par Mapi. Le jeune homme souriait, mais son visage se rembrunit lorsqu'il vit l'expression de son père fantôme. Il dit quelques mots à Mapi, qui posa ses flèches sur le sol et s'éloigna rapidement, puis il s'assit devant le feu à côté de Markham.

Le père et le fils s'observèrent sans dire un mot

pendant quelques minutes. Tomme finit par rompre le silence.

— Quand il pleut beaucoup, nous ne pouvons pas chasser et nous avons faim. Nos enfants pleurent. Nous restons couchés dans nos hamacs et nous nous racontons nos rêves. Je rêve souvent de toi, père fantôme. Et aussi de ma mère fantôme.

— Vraiment ? demanda Markham avec un sursaut d'espoir.

Mais ce regain d'espérance se dissipa bien vite, lorsqu'il réalisa que Tomme avait perçu sa tristesse et essayait seulement de lui redonner du courage.

— Dans mes rêves, poursuivit le jeune homme, je vois souvent une rivière sans eau. Nous sommes dans une pirogue, mais il y a un toit au-dessus de nous.

Markham ne put s'empêcher de rire.

— C'est une automobile, Tomme. Une voiture. Quand tu étais petit, tu voulais toujours t'asseoir derrière le volant, pour faire semblant de conduire.

Expliquer ce souvenir n'était pas facile pour Markham. Pour se faire comprendre de Tomme, il avait dû dire : « Tu voulais t'asseoir derrière le gouvernail rond, pour faire semblant de naviguer.»

Tomme l'approuva avec enthousiasme.

— Et je regardais à travers les murs de la ... de la pirogue !

Ils étaient faits en eau, en eau solide !

Des murs en eau solide ? Des vitres, bien sûr ! Markham chercha une équivalence compréhensible pour Tomme, n'en trouva pas, renonça et se contenta de hocher la tête. Le jeune homme semblait ravi du tour que prenait la conversation.

— C'est un rêve très étrange, dit-il. Il nous fait rire et nous oublions notre faim. Je raconte beaucoup de rêves, beaucoup d'histoires à mes amis. — Il regarda son père avec fierté. — Lorsque je serai vieux, comme Wanadi, je serai un très grand conteur d'histoires.

Markham sentit sa gorge se serrer et se contraignit à sourire.

— Je suis sûr que tu seras le plus grand conteur d'histoires du Monde, Tomme.

Tomme le remercia d'un signe de tête.

— Merci, père fantôme. Je n'oublierai jamais ce que tu viens de dire. — Il eut un instant d'hésitation, puis sembla prendre une décision et son visage s'épanouit. — Ça te plairait que je te raconte une histoire maintenant ? Je m'en suis souvenu aujourd'hui, pendant la chasse. Je voulais la garder pour Kachiri, mais j'ai envie de t'en faire cadeau à toi aussi.

— J'en serais très honoré, dit Markham.

Il s'attendait à subir une histoire de chasse comme il s'en raconte dans toutes les tribus, à laquelle il ne comprendrait rien et qui l'ennuierait rapidement. Mais ce qu'il entendit fut pour lui un véritable choc, une révélation à la fois si déroutante et si douloureuse qu'il en resta sans voix pendant de longues minutes.

— Ceci, commença Tomme d'une voix théâtrale, est l'histoire du Terrible Tamanoir. C'est une histoire très ancienne, qui a été racontée pour la première fois dans les temps du Rêve de Lumière, lorsque les hommes vivaient encore cachés dans les arbres de la forêt...

*Le Terrible Tamanoir*... Markham n'en croyait pas ses oreilles... *l'histoire qu'il avait inventée lui-même pour Tommy et Heather lorsqu'ils étaient petits. Non seulement Tommy ne se souvenait pas qu'il en était l'auteur, mais il l'assimilait en toute sincérité à une des légendes de son peuple !* Il comprenait maintenant qu'il n'avait eu aucune chance, à aucun moment, de le convaincre de rentrer avec lui...

— A cette époque, poursuivit Tomme sans noter le désarroi de son père, le Monde était si grand qu'il fallait plusieurs vies pour le traverser en courant. Il était entouré par le feu, mais les eaux attendaient derrière, prêtes à former les rivières. Lorsque l'Anaconda eut creusé les lits des rivières, permettant à l'eau de circuler librement, alors arrivèrent les Grands Anciens, tous les animaux du Monde, tous énormes... Quand cela se passa, le Peuple Invisible commençait à peine à apprendre à chasser. La plupart des hommes se trouvaient encore dans les troncs des arbres, ou dans les rochers, mais quelques-uns avaient déjà commencé à courir. En courant, ils avaient tracé les spirales sacrées, et découvert les lois de la classe et du territoire. Ce fut ainsi que naquit le premier village.

« A une demi-journée de marche de ce village, un vieil Indien qui avait quitté son rocher bien avant les autres avait créé un jardin. Il avait dû d'abord couper quatre arbres-ancêtres, ce qui lui avait pris la moitié de sa vie. Puis il avait arraché tout ce qui poussait entre ces arbres, et cela l'avait occupé pendant la moitié de la vie qui lui restait. Son travail terminé, il avait planté des fleurs et des légumes qu'il faisait pousser avec beaucoup de soins, mais il ne les cueillait jamais et ne permettait pas aux habitants du village de les cueillir.

« C'était le temps, père fantôme, où les Grands Anciens cherchaient les endroits où ils devaient reposer pour toujours. Les singes, les serpents, les fourmis, les tatous, les cochons sauvages, les aras, tous passèrent à côté du jardin du vieil homme et se moquèrent de sa folie. Puis arriva le tamanoir. Le jardin se trouvait à l'endroit précis où il devait s'arrêter pour mourir. Il voulut y entrer, mais le vieillard le chassa.

« — Cette clairière est à *moi !* dit le tamanoir.

— Ce jardin est à *moi !* répliqua l'Indien en lui assénant un coup de massue.

— C'est l'endroit où je dois mourir, insista le tamanoir. Tu peux installer ton jardin n'importe où dans le Monde. Moi, je dois rester ici.

— Pas dans mon jardin ! hurla le vieil homme. Je lui ai consacré les trois quarts de ma vie. Il m'*appartient*. Toi, tu peux aller mourir ailleurs, tu as toute la forêt. »

« Le tamanoir commençait à s'affoler. Le sang coulait de la blessure que lui avait infligée l'Indien, mais il ne renonçait pas.

« — Si tu avais interrogé les Grands Anciens, ils t'auraient dit que cet endroit m'était réservé. Tu appartiens au Peuple des Arbres et des Rochers. Vous venez seulement d'arriver dans le Monde. Si tu t'étais renseigné, n'importe lequel des Grands Anciens t'aurait expliqué que ce lieu est sacré. »

« Le vieil homme ne voulait rien entendre.

« — La terre est bonne ici. Mes plantes poussent bien. Je ne m'intéresse qu'à mon jardin. Tant qu'il me satisfait, je me moque de tout le reste.

— Tu as tort, répondit le tamanoir. Ton jardin est florissant, mais il le serait encore plus si tu l'avais planté là où tu en avais le droit. S'il se trouvait à une journée de marche vers le sud, tu serais tout aussi satisfait — et je pourrais mourir en paix.

— Pourquoi tiens-tu autant à cet endroit ? demanda l'Indien. Pourquoi n'irais-tu pas, *toi,* mourir à une journée de marche vers le sud ?

— Parce que je suis dans ce Monde depuis plus longtemps que toi. Mon destin est de reposer ici, il a été décidé il y a de nombreuses années, et je ne peux pas le changer. De ce point de vue, je suis faible et tu es fort. Mais si tu me dénies l'accès à ce jardin qui ne t'appartient pas, c'est toi qui es faible, et c'est toi qui mourras. »

« Le vieillard réfléchit quelques instants.

« — J'ai passé les trois quarts de ma vie à défricher ce jardin. Je ne le quitterai pas. »

« Le tamanoir fit une dernière tentative.

« — J'ai passé *toute* ma vie à chercher ce jardin. Si tu t'obstines à le cultiver, tu détruiras plus qu'un simple tamanoir. »

« A ces mots le vieil homme perdit patience. Il se remit à frapper le tamanoir sur la tête et le tua. Mais il eut peur de toucher au corps et le laissa sur place, en se contentant de cultiver ses plantes tout autour. Bientôt, les jaguars vinrent pour dévorer la viande. Ils furent suivis par les charognards, qui nettoyèrent les os, puis par les singes qui les emportèrent dans la forêt. Enfin, les mouches se nourrirent du sang et des fluides qui avaient imprégné le sol. Tous ces animaux ne s'éloignèrent pas du jardin. Le vieillard les menaça de sa massue, mais sans résultat. Finalement, il comprit pourquoi ils refusaient de s'en aller. Le jardin n'était pas à lui. Ils attendaient qu'il meure pour pouvoir le manger. Alors les arbres repousseraient, la forêt reprendrait ses droits, le tamanoir serait régurgité et pourrait enfin reposer en paix. »

Tomme hocha la tête pour souligner la fin de son récit.

— Toutes les créatures de la forêt, père fantôme, et toutes les créatures d'au-delà de la forêt ont un endroit pour vivre et un endroit pour mourir.

— C'est un très beau rêve, dit Markham.

C'était tout ce qu'il pouvait dire. Il aurait été totalement inutile d'essayer d'expliquer à Tomme qu'il était en train de recréer la mythologie du Peuple Invisible à partir d'une histoire qui avait été totalement inventée par son père et de ses souvenirs de lecture d'Esope et de Rudyard Kipling. L'image du petit Tommy assis dans son lit, tenant un livre presque plus gros que lui et attendant que son père ou sa mère vienne l'aider à le lire lui traversa soudain l'esprit, l'emplissant d'une nostalgie qui dut apparaître sur son visage, car le jeune homme lui demanda brusquement :

— Pourquoi es-tu si triste, père fantôme ?

— Je t'ai cherché pendant très longtemps, Tomme. Dix années. Dix saisons de chasse, d'un bout à l'autre du Monde. Et maintenant tout cela est terminé.

Tomme hocha la tête.

— Je comprends. La chasse est une chose agréable. Parfois, nous suivons la piste d'un animal pendant plusieurs jours. Quand nous l'attrapons, nous sommes heureux, mais en même temps nous sommes tristes parce que la chasse est terminée.

Markham lui sourit.

— Ton histoire m'a beaucoup plu. Je suis sûr que Kachiri l'aimera. Chaque créature a sa place, et ta place est auprès de Kachiri.

— Cette nuit, notre place est d'être avec toi, et avec le feu. Tu verras, nous allons faire une très belle fête.

## 6

Les feux brûlaient joyeusement autour de l'enceinte. Des rires et des cris montaient dans l'air chaud de la nuit, où se devinaient encore quelques odeurs de nourriture sous le parfum entêtant des fleurs qui semblaient avoir submergé le village. Il y en avait partout, de toutes les tailles, de toutes les couleurs. Markham portait une guirlande d'orchidées pourpres et jaunes. Comme si elles s'étaient donné le mot, toutes les jeunes femmes des deux tribus, mariées ou encore filles, étaient venues l'une après l'autre planter une plume dans ses cheveux, chacune d'elles s'éloignant ensuite en gloussant pour rejoindre ses compagnes.

Profitant des moments où ses gestes n'étaient pas observés, il avait réussi à se débarrasser de la plus grande partie des plumes. Il avait essayé de danser, mais il se sentait encore trop faible. Après un moment, il s'était réfugié auprès du feu de Wanadi, où le vieux chef lui avait fait une place entre lui-même et Tokowaya, le « troisième père » de Tomme et Kachiri. Les trois hommes admiraient leurs « enfants » avec des sourires de joie et de fierté, en tirant à tour de rôle sur une pipe dont le goût et la fumée âcre soulevaient le cœur de Markham. Il lui préférait de loin la bière chaude, odorante, qui avait été préparée spécialement pour le banquet et qui le grisait légèrement, lui permettant un détachement qui lui faisait partiellement oublier son chagrin.

Les tambours se mirent à battre sur un rythme lent et régulier. A l'exception des trois pères, tous les présents se levèrent pour rejoindre le terre-plein central. Là ils s'assemblèrent trois par trois pour former deux colonnes sinueuses, la première, réunissant les hommes, dirigée par Tomme, la seconde, regroupant les femmes, emmenée par Kachiri. Les deux colonnes se mirent alors à danser en faisant le tour de l'enceinte et en passant entre les totems, avançant lentement au rythme des tambours, chacune semblant s'enrouler autour de l'autre. L'entremêlement des deux groupes devint de plus en plus complexe, jusqu'au moment où Tomme et Kachiri se retrouvèrent côte à côte en tête de la procession, suivis d'une longue ligne d'hommes et de femmes qui se tenaient par la main en riant.

Les jeunes époux, entraînant tous les couples derrière eux, se dirigèrent vers les trois hommes assis et s'arrêtèrent devant le feu, dansant d'un pied sur l'autre, leurs visages peints rayonnant de bonheur. Avec sa coiffure de plumes et sa robe de fleurs et de feuilles, Tomme était resplendissant. Kachiri ne portait qu'un pagne de fleurs, mais cette simple parure faisait ressortir d'une manière éclatante la splendeur de son corps cuivré.

Lorsque la danse fut terminée, Kachiri rejoignit ses cousines et les danseurs des deux tribus se rassemblèrent autour des feux pour recommencer à boire et à manger. Tomme ne les suivit pas, préférant s'asseoir devant le foyer de Wanadi. Il était ivre — d'alcool, d'amour, de bonheur — et pendant qu'il tirait sur la pipe de bambou ses yeux ne quittaient pas Kachiri, qui courait en riant entre les totems pour essayer d'échapper à ses cousines.

— Nous l'appelons la Course de la Fleur Blanche, expliqua Wanadi à Markham. Kachiri est une femme, maintenant. Cette fête est la dernière occasion où elle peut jouer de cette façon avec ses amies. Elles la poursuivent pour qu'elle accepte de ne plus être une enfant, elle s'enfuit parce qu'elle ne veut pas. Elle est la Fleur Blanche. Lorsqu'elle sera prise, elle deviendra l'Orchidée Rouge. — Il gloussa et adressa un clin d'œil à Markham. — A ce moment, elle jouera d'une autre manière.

Markham faillit lui faire remarquer qu'elle avait déjà partagé avec Tomme des jeux qui n'avaient rien d'enfantin, mais il préféra s'abstenir, estimant que les rituels du Peuple Invisible ne devaient pas être jugés selon les critères de la logique occidentale. Il se tourna vers son fils.

— Je dois m'en aller, Tomme. Je n'ai pas ma place ici. Je vais rentrer dans ce que tu appelles le Monde Mort.

Wanadi parut profondément choqué, comme s'il lui semblait impossible qu'un homme sain d'esprit puisse envisager de regagner, de sa propre volonté, un endroit aussi détestable. Tomme hocha lentement la tête, apparemment lui aussi pris de court, puis dit d'une voix chargée de regret :

— Père fantôme, tu seras toujours le bienvenu à mon foyer. Mère fantôme aussi.

— Je te remercie, Tomme. Peut-être, *un jour,* nous viendrons te rendre visite...

Wanadi était toujours sous le coup de la déclaration de Markham.

— Bill, intervint-il en l'appelant pour la première fois par son prénom, pourquoi veux-tu retourner dans cet endroit terrifiant ? Tu veux redevenir un fantôme ? Reste avec nous. Nous t'apprendrons à être invisible. Tu deviendras un grand chasseur, un grand guerrier. Et Tomme aura ses deux pères près de son foyer.

Markham sourit et serra le bras du vieillard.

— Je te remercie, toi aussi. Tu ne peux pas savoir à quel point il me plairait de rester ici, d'appartenir au même peuple que mon fils...

— Alors fais-le. Les fantômes du Monde Désolé n'ont pas besoin de toi.

— Les fantômes aussi peuvent aimer les gens, répondit Markham sans réfléchir.

Puis il se mit à rire, se souvenant brusquement d'une phrase similaire qu'il avait entendue dix ans auparavant, dans la bouche de Heather, lors du dernier pique-nique qui avait réuni toute la famille. « Il y a aussi des fourmis qui aiment les gens », avait affirmé la fillette et Tommy, qui détestait alors toutes les formes de vie rampantes ou grouillantes, avait regardé sa sœur avec dégoût. Il fronçait les sourcils, maintenant, et Markham se demanda si le souvenir de cette scène de bonheur familial avait aussi traversé son esprit. Wanadi riait également, mais pour des raisons apparemment différentes.

— Je n'avais jamais pensé à ça ! Peut-être qu'ils chassent aussi ! — Il donna un coup de coude à Tokowaya. — Peut-être qu'ils se marient ! — Les deux chefs furent pris d'un fou rire irrésistible. — Peut-être qu'ils dansent des danses de fantômes, et qu'ils se réchauffent devant des feux fantômes !

Il fallut plusieurs minutes aux deux hommes pour se calmer. Lorsqu'ils eurent essuyé les larmes qui coulaient sur leurs joues parcheminées, Wanadi redevint sérieux.

— De toute manière, tu n'es plus un fantôme, maintenant. Tu es un homme, un homme courageux. Un père dont Tomme peut être fier. Et nous serions tous très fiers si tu acceptais de vivre avec nous. Tu pourrais aller visiter le Monde Mort chaque fois que tu en aurais envie. Je t'en prie, Bill, ne t'en va pas !

Markham secoua la tête.

— Je ne peux pas, Wanadi. Ma famille est là-bas. La mère de Tomme est là-bas. C'est peut-être une mère fantôme, mais elle se souvient de lui, et il lui manque beaucoup...

Il avait du mal à poursuivre, comme s'il craignait que ses explications, dans leur effrayante simplicité, portent le coup de grâce au dernier espoir, irrationnel, presque enfantin, qu'il pouvait encore avoir de conserver son fils. Il jeta un bref regard à Uluru, qui était assise à peu de distance et berçait le dernier-né de Péqui. La vieille femme lui sourit, mais son regard était empreint d'une profonde tristesse. Il lui sourit en retour et se décida à continuer.

— J'ai promis à la mère fantôme de Tomme de le lui ramener un jour. Nous savions tous les deux — ou plutôt nous croyions — que le plus difficile serait de le retrouver. Nous ne pouvions pas imaginer qu'après l'avoir trouvé il nous faudrait le perdre une deuxième fois...

Wanadi posa une main sur son bras et hocha lentement la tête.

— Ton cœur est déchiré. Si tu emmènes Tomme, tu le regretteras toute ta vie, parce que tu sais maintenant que sa place est ici. Si tu ne l'emmènes pas, tu te demanderas jusqu'à ta mort si tu n'aurais pas dû l'emmener...

Markham n'avait rien à répondre. Wanadi avait parfaitement résumé la situation. Comme il demeurait silencieux, Tomme et le vieux chef échangèrent un long regard, comme si la même idée leur avait traversé l'esprit, puis Wanadi reprit :

— Père fantôme, tu es un homme courageux. Tu n'as pas craint d'affronter la forêt. Tu as montré aux Mangeurs d'Hommes que tu as en toi l'esprit d'un grand chasseur, d'un valeureux guerrier. Mais tu as montré au Peuple Invisible une autre forme de courage, plus rare, celui qui sait pleurer en silence... — Il posa un doigt sur la poitrine de Markham. — Là. C'est un courage que je n'ai pas. Je t'envie de l'avoir.

— Tu n'as rien à m'envier, protesta Markham.

Wanadi leva une main pour signaler qu'il n'avait pas terminé.

— Tu te trompes. Le souvenir de ta visite, ton courage, resteront dans l'esprit de mon village. On parlera de toi pendant de nombreuses générations. Tomme, ton fils, racontera ton histoire. Nous ne t'oublierons pas.

Le vieillard fouilla parmi les pipes posées à côté de lui et saisit un long tube étrangement sculpté, dont l'extrémité évasée contenait une poudre verte étincelante. Il le montra à Markham en souriant.

— Tu as fait un long voyage pour venir jusqu'au cœur de notre Monde. Tu dois maintenant aller plus loin, voir ce que tu n'as pas encore vu. Avec ceci, tu connaîtras la forêt d'une autre manière, tu la découvriras avec les yeux de l'animal qui habite en toi. C'est notre cadeau.

Markham hésita, le cœur soulevé d'avance à l'idée de fumer la poussière verte, mais Tomme insista.

— Accepte notre cadeau, père fantôme. Il te fera

voyager très vite. Tu seras de retour dans le Monde Désolé avant que ton rêve soit terminé. Tu deviendras ce qui est au fond de toi. Ne crains rien. Je te tiendrai et je resterai avec toi jusqu'a ce que tu sois arrivé.

En disant cela, Tomme se leva, passa derrière Markham et prit sa tête entre ses mains. Markham tenta de se dégager, de protester, mais il se sentait soudain très faible, comme privé de toute volonté. La voix de Wanadi semblait l'avoir hypnotisé, et lorsque le vieux chef approcha le tube de son visage, il ne fit pas un geste.

— Adieu, Bill, dit doucement le vieillard.

— Que ton voyage soit agréable, père fantôme, ajouta Uluru.

— Tomme...

Markham saisit les mains de son fils et les serra de toutes ses forces. Le jeune homme se pencha sur lui, murmurant :

— Tu vas connaître la Lumière de Rêve, maintenant. Je serai toujours avec toi. Je ne t'oublierai jamais, mon père...

— Tommy ! Je t'aime !

Wanadi appuya l'extrémité la plus fine du roseau sur une des narines de Markham.

— Il faut partir, dit Tomme d'une voix à peine audible.

Wanadi souffla dans la pipe. Markham eut l'impression qu'une vague de feu descendait dans ses poumons. Sa vision se brouilla. Les visages qui l'entouraient disparurent dans une brume verte tourbillonnante. Tous les muscles de son corps semblèrent se déchirer. Le bruit des brasiers crépitant dans la nuit recouvrit tous les autres sons, le grondement des flammes et les craquements du bois brûlé devinrent assourdissants.

Il ouvrit la bouche pour hurler...

Le jaguar émit un feulement...

*Il courait dans la forêt d'émeraude, se frayant son chemin sans difficulté parmi les arbustes et les buissons du sous-bois. Des centaines d'odeurs différentes venaient frapper ses narines, excitant ses sens, mais ne recouvraient pas celle qu'il poursuivait, la seule qui retenait son attention : l'odeur de peur émise par la proie qui courait devant lui, essayant désespérément de lui échapper.*

*Il avait à peine conscience de fournir un effort. Les muscles puissants qui jouaient sous sa peau donnaient à son corps une force et une souplesse qui lui permettaient de franchir pratiquement tous les obstacles, sans se soucier des racines et des branches qu'il heurtait sur son passage.*

*Il fit jaillir ses griffes, savourant la volupté de les sentir glisser hors de leur logement en étirant la peau et les tissus de ses pattes. Elles étincelèrent devant ses yeux lorsqu'il grimpa dans un arbre pour se reposer sur une de ses branches, laissant sous lui le sol humide de la forêt. Il observa les mouvements des oiseaux et des serpents, écouta un moment les mille bruits de la nature, puis reprit sa poursuite, bondissant de branche en branche, sautant par-dessus les rochers, glissant avec précaution le long des nœuds de racines. L'odeur de la mort devenait de plus en plus forte dans ses narines.*

*Il rattrapa sa proie, la tua, la dévora en prenant son temps, d'abord la chair, puis les os fragiles qu'il fit craquer entre ses dents, goûtant la saveur de la moelle ensanglantée. Repus, l'abdomen distendu il se dirigea ensuite sans se presser vers un point d'eau.*

*Il but au bord d'une rivière. Pendant qu'il buvait, un Indien apparut sur la berge opposée, s'accroupit et se mit à l'observer. Il savait que ces créatures, qui chassaient souvent les mêmes proies que lui, étaient dangereuses, aussi regagna-t-il la sécurité du sous-bois dès qu'il eut fini d'étancher sa soif.*

*Il se remit à courir, baigné dans une merveilleuse lumière verte. Les feuilles bruissaient sur son passage, les grands arbres le contemplaient en silence, solennels et bienveillants...*

*Soudain, droit devant lui, surgi de la frontière du Monde, un gigantesque animal rugissant se mit à dévorer la forêt, sa tête se balançant d'un côté à l'autre, ses énormes mâchoires broyant tout sur son passage. Il se plaqua au sol, les oreilles aplaties, la gueule ouverte, défiant le monstre de l'approcher. Mais celui-ci poursuivit sa route, se précipitant sur lui, hurlant à lui crever les tympans...*

Markham ouvrit les yeux. Il avait le cœur au bord des lèvres, l'impression que sa tête pesait une tonne. Il essaya de s'asseoir, se rendit compte que trois hommes étaient penchés sur lui et le regardaient d'un air stupéfait.

— Qui êtes-vous ?

— *Inglès ?* demanda un des hommes. Vous êtes anglais ? Qu'est-ce que vous fabriquez sur le chantier ? Vous auriez pu vous faire tuer !

Il était entièrement nu, allongé sur un brancard de branchages. Une flèche à l'extrémité ornée de plumes rouges et vertes était fichée dans le sol près de lui. Les trois hommes qui l'avaient découvert étaient des Indiens *mestizos* qui travaillaient au défrichage de la forêt.

Le monstre qui l'avait terrorisé dans son rêve était un bulldozer. Il le voyait au-dessus de lui, ses mâchoires se découpant sur le ciel. Ses flancs étaient jaunes, marqués de l'emblème de l'Amazco.

En prêtant l'oreille, il reconnut au loin le grondement familier des camions, le gémissement ténu des scies à chaînettes. L'Amazco construisait une route qui traversait la forêt, creusant une blessure mortelle au sein du monde vert, le condamnant à une disparition certaine.

Il se mit debout avec peine, aidé par les trois ouvriers. L'un d'eux lui offrit sa veste, qu'il enroula autour de sa taille.

Avant de s'éloigner, il se retourna pour regarder une dernière fois le monde qui lui avait pris son fils. Ses yeux se posèrent sur la limite des arbres, ne distinguant qu'une pénombre verte zébrée de jaune. Mais ses oreilles perçurent un chant d'oiseau.

Un chant mélancolique, qui lui remplit le cœur de tendresse et d'amertume.

## 7

Lorsque Markham s'était retourné, Tomme et Wanadi se tenaient à la limite de la forêt. Ils lui avaient souri, mais ses yeux de fantôme ne les avaient pas vus.

Tomme l'avait alors appelé. Il avait semblé reconnaître son chant et leur avait adressé un signe de la main.

Dès qu'il eut disparu, Wanadi fit demi-tour et se dirigea vers la piste. Il paraissait triste et fatigué. Samanpo et les chasseurs qui avaient aidé à transporter le brancard l'attendaient impatiemment. Le voyage, qui leur avait pris plus d'une journée, avait été exténuant, et maintenir Markham endormi pendant tous ce temps n'avait pas été non plus une mince affaire.

— C'est une piste très large, expliqua Wanadi aux guerriers en levant la tête vers le toit de verdure. Elle suit le vol de l'oiseau *curawaya.* Mais elle n'est pas pour lui. Les oiseaux n'ont pas besoin de pistes.

Sans tarder, ils se remirent en route vers le village. Vers le soir, alors que Wanadi avait envoyé deux chasseurs repérer un bon endroit pour dormir, un grand nombre d'oiseaux noirs apparurent dans le ciel au-dessus d'eux. Le vieux chef les observa un moment en silence. Tomme surprit son regard et saisit la lueur d'inquiétude qui s'était allumée dans ses yeux.

— Qu'est-ce que tu penses ? lui demanda-t-il. C'est un présage ?

— Je ne sais pas encore.

Ils établirent leur camp dans une clairière. Samanpo alluma un feu et fit cuire la chair d'un petit singe qu'il avait tué juste avant la tombée de la nuit. Wanadi ne mangea pas, affirmant qu'il n'avait pas faim. Au-dessus de leurs têtes, le dôme de verdure était agité d'un incessant bruit d'ailes, comme si un oiseau géant s'était débattu dans les branchages.

Pendant que les autres s'installaient pour la nuit, Wanadi prit le crâne du singe, enleva les dents minuscules, les fit rouler dans sa paume et les laissa tomber à ses pieds. Il les regarda fixement, sans faire un geste, pendant de longues minutes, puis les enterra d'un coup de talon et laissa ses yeux errer distraitement sur la pénombre qui les entourait.

— Père...

— Va te reposer, Tomme. Nous devons repartir avant l'aube.

Ils reprirent leur course bien avant le lever du soleil, à peine visibles dans la brume lourde, malodorante, qui montait du sol, s'accroupissant ou bondissant pour franchir les obstacles, trottant l'un derrière l'autre au rythme d'un chant lorsque la voie était dégagée, s'arrêtant à intervalles réguliers pour écouter les bruits de la forêt. La lueur du jour commença à percer le feuillage. De temps à autre, leurs silhouettes noires, furtives, traversaient un puits de lumière ou une clairière ensoleillée, disparaissant aussi vite qu'elles étaient apparues.

Personne n'avait demandé à Wanadi ce qu'il avait vu,

ce qu'il savait, ce que signifiaient les présages. Ils se contentaient de le suivre en faisant taire leur inquiétude, tous conscients maintenant qu'un malheur s'était produit pendant leur absence, mais incapables d'imaginer son étendue.

Ils la découvrirent en atteignant le sommet d'une crête qui dominait la petite vallée où leur village était établi. Wanadi s'immobilisa en laissant échapper un grognement de bête blessée. Tomme tomba à genoux, incapable de détacher ses yeux de l'épaisse colonne de fumée qui montait de l'enceinte.

— Le village a été attaqué ! cria Samanpo.

— C'est sûrement le travail des Chasseurs d'Hommes, dit Wanadi en reprenant ses esprits.

Tomme se mit à hurler « Kachiri ! Kachiri ! » et dévala la pente comme un fou, sans reprendre son souffle, suivi par tous les chasseurs. Ils s'arrêtèrent à la lisière de la forêt, près de la rivière, contemplant d'un air hébété les restes fumants de ce qui avait été leur village. Des flammes brûlaient encore ici et là. L'atmosphère était grise de poussière et de cendres. L'air sentait la fumée et la chair brûlée.

Une silhouette titubante, noire de fumée, sortit des ruines et se dirigea vers eux en hurlant. Ils reconnurent Mapi, qui portait dans ses bras le dernier-né de Péqui. Le visage du jeune homme était strié de larmes. Il se remit à pleurer en reconnaissant les arrivants, cette fois de soulagement.

— C'était les Mangeurs d'Hommes ! balbutia-t-il. Ils sont arrivés avant l'aube...

Tomme se précipita en hurlant le nom de Kachiri. Les autres Indiens se ruèrent derrière lui. Wanadi s'avança calmement, serrant ses javelots et ses flèches, le visage grisâtre, arborant le masque figé d'une statue de pierre.

Tomme lui cria :

— Elle n'est pas là ! Kachiri n'est pas là ! Caya non plus !

Le vieillard ne détourna même pas les yeux. Il se dirigeait lentement vers les restes de son foyer. Uluru était allongée à côté, le visage et le corps détendus, comme si elle avait été emportée dans son sommeil. Il s'inclina vers elle, s'agenouilla, la regarda un long moment, puis prit une feuille et la déposa sur la blessure circulaire qui lui trouait la poitrine. Il se pencha ensuite, lui murmura quelques mots à l'oreille, se redressa et appela Mapi.

Tomme le rejoignit, découvrit Uluru, tomba à genoux et laissa éclater son chagrin. Wanadi lui accorda quelques instants, puis posa une main sur son épaule. Il cessa aussitôt de pleurer, essuya ses larmes, se releva et demanda :

— Où sont les autres ?

Samanpo, qui cachait sa peine avec la même dignité que Wanadi, fit rapidement le bilan du désastre.

— Les hommes et tous les enfants ont été tués, sauf celui de Péqui. Deux ne sont pas là, mais ils ont sûrement été emportés pour la nourriture des Mangeurs d'Hommes. Huit jeunes femmes ont disparu. Kachiri, Caya...

Tomme était trop bouleversé pour écouter attentivement. Il ne pouvait détacher ses yeux des cadavres gisant autour de lui, certains portant encore des javelots fichés dans la poitrine, d'autres atteints de blessures différentes... La voix de Mapi le ramena à la réalité.

— Il y avait un bruit aussi fort que le tonnerre. Leur chef avait une arme noire qui crachait de la fumée et qui tuait sans flèches.

Tomme se souvint de Jacareh debout sur un rocher, brandissant la mitraillette de son père fantôme. Mais l'arme n'avait alors plus de feu. Où Jacareh et ses chasseurs avaient-ils trouvé de quoi la faire cracher à nouveau ? Qui leur avait donné les flèches invisibles qui tuaient mieux que les vraies flèches ?

— Les Chasseurs d'Hommes n'ont pas capturé les femmes pour les garder dans leur village, dit gravement Wanadi. Ils ne font jamais ça. Ils les ont emmenées pour une autre raison.

— Laquelle ? murmura Tomme.

Il craignait d'entendre Wanadi répondre : « la nourriture ». Mais celui-ci se contenta de secouer la tête.

— Nous la découvrirons quand nous les aurons rattrapés. Nous devons nous lancer à leur poursuite, parce que sans jeunes femmes nous ne sommes plus un peuple. Mais il faut d'abord honorer nos morts.

Le brasier brûlait au centre du terre-plein. Tomme l'avait allumé lui-même et l'alimentait avec les restes de l'enceinte, les totems autour desquels il avait dansé avec Kachiri, le bois qu'il avait ramené de la forêt.

Quand le feu atteignit une hauteur suffisante, Wanadi prit le couteau d'os qu'il avait retrouvé dans les cendres de son foyer et entreprit de préparer les cadavres pour la crémation. Il devait le faire seul, parce qu'il était le chef du Peuple Invisible. Mais quand il voulut porter le corps d'Uluru, il tituba et tomba. Tomme vint à son secours, se rendit compte que le vieillard, terrassé par le chagrin, était incapable de se relever. Sans hésiter, il souleva le corps de sa mère et alla le placer lui-même dans le bûcher.

En se consumant, les morts semblaient retrouver les gestes de la vie. Le corps d'Uluru se souleva. Des membres s'agitèrent. Dans les visages léchés par les flammes, les yeux s'ouvrirent, les bouches lancèrent un cri qui ne fut perçu que dans le monde des esprits.

— Ils réclament vengeance, fit remarquer Tomme.

Wanadi l'approuva de la tête.

— Alors pourquoi restons-nous assis ? hurla soudain le jeune homme, incapable de contenir plus longtemps sa colère. Qu'est-ce que nous attendons ?

Mapi, qui se tenait accroupi à l'extérieur du cercle des hommes, fut aussitôt sur ses pieds, prêt à se mettre en route. Mais Samanpo et les autres chasseurs ne bougèrent pas. Wanadi expliqua calmement :

— Le feu doit permettre à leurs esprits de s'envoler vers les étoiles. Quand il ne restera plus que leurs os, nous les réduirons en poussière, afin qu'elle rejoigne celle de leurs ancêtres. Alors seulement nous partirons. Alors nous nous vengerons.

Tomme ne répondit pas. Il garda les yeux fixés sur le brasier jusqu'à ce qu'il ne reste que quelques flammèches que les guerriers éteignirent à coups de talons. Ils rassemblèrent ensuite les os des morts et Wanadi les écrasa, les transformant en une fine poussière. Lorsqu'il eut terminé, il creusa un trou sous son propre foyer et déterra une petite boîte en bois, qu'il ouvrit et montra à la ronde.

— Dans cette boîte, dit-il, se trouve la poussière de tous ceux qui sont venus et partis avant nous, y compris celle du premier homme et de la première femme.

Il prit une poignée de la poussière des nouveaux morts, la versa sur celle des anciens, referma la boîte, la secoua longuement, puis la rouvrit, saisit une pincée du mélange et la déposa dans un petit bol en argile.

— Maintenant, ils ont rejoint leurs ancêtres. Je peux remettre les cendres sous la terre. Si aucun de nous ne revient, personne ne les retrouvera jamais.

Quand cette tâche fut accomplie, Samanpo prépara une soupe claire avec les maigres provisions que la petite troupe avait ramenées. A l'exemple de Wanadi, chaque chasseur se fit une entaille au poignet et laissa tomber quelques gouttes de son sang dans le breuvage.

— Toi aussi, Mapi, ordonna le vieux chef.

— Mais je ne suis pas un homme ! Je n'ai pas encore affronté la mort.

Wanadi eut un sourire triste.

— Tu as connu la plus horrible des initiations, Mapi. Tu es un homme, maintenant. Approche-toi.

Incertain, n'osant croire à sa chance, Mapi s'avança et se taillada le poignet. Lorsqu'il releva les yeux, il rencontra le regard de Tomme, qui lui sourit.

— Bonjour, mon ami.

— Bonjour, Tomme.

La poussière des morts fut mêlée à la soupe et au sang. Wanadi prit l'écuelle à deux mains.

— Nous allons boire au souvenir de ce que nous avons été... — Il avala une gorgée de liquide et passa le récipient à Tomme. — ... et aussi à la mémoire de ceux qui sont partis avant nous, et qui vivront désormais dans notre cœur.

Le dernier à recevoir la coupe fut Mapi. Il était affamé et il restait encore beaucoup de soupe. Pendant que les chasseurs se levaient, leurs armes à la main, et se mettaient à courir en direction de la forêt, il vida goulûment l'écuelle. Puis il saisit un javelot, un arc, le couteau d'os que Wanadi avait laissé derrière lui, et se lança à la poursuite de ses compagnons.

# CINQUIÈME PARTIE

## *La Forêt Morte*

## 1

N'ayant aucune notion du temps qui s'était écoulé depuis son départ du village, il était incapable d'évaluer la distance qui séparait le nouveau chantier du territoire du Peuple Invisible. Il se souvenait très bien de son rêve, de la course et de la chasse du jaguar, et supposait que Tomme, Wanadi et les chasseurs l'avaient transporté jusqu'à la route pendant qu'il était sous l'influence de la poudre verte. Mais combien de temps avait duré leur voyage ? Les seuls indices dont il disposait étaient sa barbe naissante — il s'était rasé le matin de son dernier jour au village — et la faim atroce qui lui tordait l'estomac. En se basant sur ces éléments, il pouvait estimer qu'il avait fallu entre une et deux journées de marche aux guerriers pour le ramener à la civilisation. Cette idée le rendait fou. Il avait été rechercher son fils au bout du monde, en affrontant les pires dangers, alors qu'une équipe de défrichage de sa propre compagnie travaillait à moins de deux jours de son objectif !

Il envoya un message-radio pour annoncer son retour et la disparition d'Uwe Werner. Puis un des hommes de l'Amazco l'emmena jusqu'au camp dans sa vieille

Chevrolet. En retrouvant les cabanes de rondins au confort précaire, la bière fraîche et le terrain d'atterrissage, Markham se sentit rassuré. Quelques heures plus tard, un petit avion vint le chercher et le soir même il était à Belore, debout dans le couloir de son appartement, hésitant à aborder l'épisode final, pour lui le plus douloureux, de sa tragique aventure.

Lorsque Jean ouvrit la porte, elle faillit perdre connaissance.

— Bill, qu'est-il arrivé ? Tu as eu un accident ?

Il portait des vêtements trop courts et trop larges, retenus par une ficelle. Mal rasé, dépenaillé, un bras de chemise taché de sang, il avait effectivement de quoi faire peur.

— J'ai perdu mes habits, dit-il. Bonjour, Jean.

Il entra et la prit dans ses bras, mais son odeur la fit reculer. Elle lui saisit les mains et fit un pas en arrière, les bras tendus devant lui, sans le lâcher mais sans s'approcher non plus. Elle paraissait exténuée, mais il la trouva plus belle que jamais. Il aurait aimé qu'elle le serre contre sa poitrine, qu'elle le caresse et le console, mais il n'en était pas question pour l'instant. Il devait d'abord parler, lui dire ce qu'elle était en droit de savoir — ou *pouvait* savoir.

Heather fit irruption dans la pièce, l'air enjoué, ravie de revoir son père.

— Tu es rentré plus vite que d'habitude !

— J'ai fait une mauvaise rencontre. J'ai tout perdu, mes vêtements, mon sac, mon fusil...

— Et Uwe Werner ? demanda Heather, il est mort ?

Markham fit un signe de tête affirmatif. Il se dirigea vers le bar pour se servir un Brandy.

Jean se tenait debout derrière lui, le regard figé, se tordant les mains. L'atmosphère de la pièce était terriblement pesante. Il lui avait fait parvenir de Grey's Landing un message annonçant qu'il avait retrouvé la trace des Hommes Souriants. Puis le silence, et ce second message, annonçant son retour précipité et la mort de Werner. Elle s'attendait au pire.

— Tu as découvert quelque chose, n'est-ce pas? demanda-t-elle au bout d'un moment.

Markham avala une gorgée de Brandy, puis regarda sa femme dans les yeux, en essayant d'imaginer sa réaction. Elle avait souhaité retrouver Tommy au moins autant que lui. S'il lui apprenait qu'il était vivant mais qu'il ne reviendrait jamais, elle se mettrait immédiatement à sa recherche, irait elle-même dans la forêt, ne connaîtrait aucun repos avant de l'avoir retrouvé. Or Tommy devait être laissé en paix, Markham en était désormais convaincu. Il était marié, heureux, adapté à son monde, adopté par son peuple. Le ramener dans ce qu'il appelait le Monde Sauvage équivaudrait à le tuer presque à coup sûr. Ou du moins à détruire sa vie. Mais Jean n'admettrait jamais cette explication. Elle voudrait revoir son fils à tout prix, se rendre compte par elle-même, essayer de le convaincre de rentrer, comme il l'avait fait avant elle. A douleur pour douleur, celle de le savoir mort serait-elle plus insupportable que celle qu'elle ressentirait lorsqu'il l'appellerait « mère fantôme » et lui présenterait sa « vraie mère », Uluru ? Il avait mal et honte de devoir lui mentir, mais la situation ne lui laissait pas le choix.

— Jean, dit-il, notre petit garçon est mort. Voilà pourquoi je suis rentré plus tôt que les autres fois.

Jean devint livide. Elle hocha la tête, les yeux fixés sur son mari, espérant déceler dans son regard la preuve qu'il mentait.

— Non ! dit-elle à voix basse. Non, je ne te crois pas !

— Il est mort, Jean. J'aurais tellement souhaité t'apporter de meilleures nouvelles. Je sais que ça fait très mal.

Lui tournant brusquement le dos, elle alla s'asseoir au bord d'un fauteuil. Sa respiration était irrégulière, son visage exprimait une douleur profonde mêlée d'incrédulité. Les yeux de Heather étaient remplis de larmes. Elle s'efforça de sourire, vint s'asseoir près de sa mère et l'enlaça. Après un long silence, les traits de Jean se durcirent. Elle secoua violemment la tête.

— Tu étais là quand on l'a tué ?

— Je n'ai pas dit qu'il avait été tué, murmura Markham.

— Alors, comment peux-tu savoir qu'il est mort ?

— On me l'a dit.

Elle se leva et s'avança vers lui.

« Elle sait, pensa-t-il avec désespoir, dans une seconde elle va me traiter de menteur. »

— *On* te l'a dit ? Qu'est-ce que ça veut dire ? *Qui* te l'a dit ?

— Les Indiens qui l'ont emmené.

— Tu as rencontré les « Hommes Souriants » ? Tu as parlé avec eux ?

Il hocha la tête.

— Les « Hommes Souriants » n'est pas leur vrai nom. On les appelle les « Hommes Invisibles ». C'est un peuple pacifique et hospitalier.

— C'est parce qu'ils sont hospitaliers qu'ils ont enlevé Tommy ?

— Je ne sais pas, reconnut Bill.

Il était sur le point de tout lui avouer, mais elle reprit avec force :

— Ils t'ont dit qu'il était mort ? Comment ? Quelles explications t'ont-ils données ?

— Aucune. Ils m'ont seulement dit qu'il était mort. Le reste n'a pas d'importance. Nos recherches sont terminées.

— Tout a de l'importance ! hurla Jean. Et nos

recherches ne sont pas terminées ! Comment l'ont-ils traité ? Etaient-ils gentils avec lui ?

Bill lui saisit la main. Elle essaya de la retirer, mais il la tenait fermement et l'attira brusquement vers lui.

— Ce sont des Indiens qui connaissent l'homme blanc. Ils nous observent à partir de la forêt. Ils vivent de chasse, de pêche et de cueillette, mais ce ne sont pas des cannibales. Peu importe la raison pour laquelle ils ont emmené Tommy. Ils ont veillé sur lui. Il était correctement nourri et très bien traité. Tout ce qu'ils m'ont dit, c'est qu'il était mort. J'imagine qu'il est tombé malade, ou qu'il a eu un accident. Je ne sais pas exactement, et je ne veux pas le savoir !

Doucement, Jean retira sa main de celle de son mari. Des larmes coulaient sur ses joues. Sans le quitter du regard, elle secoua de nouveau la tête.

— Bill, je ne te crois pas. Je ne crois pas que Tommy soit mort.

— Tu veux dire que tu refuses cette idée parce qu'elle est trop douloureuse ?

— Non, je veux dire que je ne te crois pas, toi !

Elle fit une volte-face et quitta rapidement la pièce en faisant claquer la porte derrière elle.

Il faisait une chaleur étouffante dans le salon. Markham alla ouvrir les fenêtres et sortit sur le balcon pour respirer l'air du soir. Il inspira profondément, les yeux clos, à l'écoute des bruits familiers de la ville. Heather vint le rejoindre. Après un instant, elle murmura :

— Ne te fais pas de soucis pour Maman. Elle aura du mal, mais elle s'habituera.

Markham hocha la tête.

— On aura tous du mal, Heather.

La jeune fille lui prit la main.

— Je pense avoir compris pourquoi tu as dit « notre petit garçon est mort ».

Markham lui lança un regard étonné. Elle poursuivit :

— Je crois que j'ai deviné ce que tu as trouvé, là-bas. Je devine aussi ce que tu ressens en ce moment.

Markham la prit dans ses bras et poussa un long soupir.

— Tu ne devras jamais en parler à personne.

— Je te le promets. — Elle hésita une brève seconde. — Qu'allons-nous faire, maintenant ?

Markham désigna la ville d'un signe de tête.

— En finir avec tout ça. Adieu Belore. Adieu au Brésil. Nous rentrons aux Etats-Unis.

## 2

Ils suivirent les pas des Mangeurs d'Hommes pendant plusieurs jours. Jacareh, ils ne tardèrent pas à le comprendre, ne ramenait pas les femmes à son village. Ayant pris la direction de l'est, il avançait rapidement sur les sentiers de chasse des anciennes tribus. Wanadi devina bientôt quelle était sa destination.

Les traces des Chasseurs d'Hommes s'arrêtaient brusquement au bord d'une rivière. Tomme céda à l'affolement.

— Nous ne les retrouverons jamais, soupira-t-il.

Les jeunes guerriers de la troupe étaient aussi abattus que lui. Accroupis sur la rive, ils contemplèrent les flots d'un air morne. Chargé du souvenir de leurs femmes, le courant avait pris la teinte grisâtre de la mort.

Seuls, Wanadi et Samanpo ne perdaient pas espoir.

— Construisez des radeaux, ordonna Wanadi. Nous descendrons la rivière derrière eux.

— Depuis les radeaux, nous ne verrons pas où ils ont débarqué, objecta Tomme.

Wanadi caressa légèrement la joue de son fils.

— Tomme, dit-il avec un sourire, j'ai chassé bien des fois sur cette piste. Toi aussi, tu la connais.

— Moi ? s'étonna Tomme.

— Oui. Tu étais encore un fantôme que nous venions de ramener du Monde Sauvage.

— C'est la piste qui va au Bord du Monde ! C'est là que j'ai couru avec toi, quand tu m'as trouvé !

Jacareh et ses guerriers, entraînant avec eux les femmes du Peuple Invisible, se dirigeaient donc vers leur ancien territoire. Tôt ou tard, ils devraient accoster à un endroit où ils pourraient reprendre la piste, et Wanadi en connaissait tous les détours.

Les radeaux terminés, les Indiens s'élancèrent sur les flots tumultueux. Wanadi et Tomme partageaient une embarcation. Samanpo et Mapi longeaient la rive opposée. Tous scrutaient les berges, cherchant à repérer une trace du passage des Chasseurs d'Hommes.

Samanpo fut le premier à apercevoir la branche cassée et la petite plume blanche glissée dans la fissure. Les hommes firent obliquer les radeaux pour rejoindre le rivage le plus rapidement possible. Wanadi et Tomme, entraînés par le courant, furent contraints de remonter à pied le long de la berge jusqu'à l'endroit où ils avaient découvert le signal.

— C'est une de nos femmes qui l'a mis là, déclara Samanpo.

Tout au long du chemin, les prisonnières avaient semé de nombreux indices : brindilles cassées, plumes accrochées à l'écorce des arbres, toiles d'araignées déchirées. Mais Wanadi savait maintenant où conduisait la piste. Dès qu'ils eurent repris quelques forces, ils repartirent au pas de course à la poursuite des Mangeurs d'Hommes.

Ils étaient parvenus au Bord du Monde : derrière la forêt s'ouvrait une vaste étendue désolée. Il n'y avait pas un arbre, pas un buisson à perte de vue. Et pourtant, la terre vivait, elle tremblait, s'agitait au contact des grandes machines qui plongeaient leurs mâchoires dans ses entrailles rouges, les arrachant par lambeaux jusqu'à faire apparaître le roc nu.

— Ils enlèvent la peau du Monde, souffla Mapi. Comment fera-t-il pour respirer ?

Sa question demeura sans réponse.

La forêt n'avait pas été totalement détruite. Un mince cordon boisé trouait l'espace désertique. D'un côté s'étendait la terre nue, déchiquetée, de l'autre des terrains parsemés de buissons et de broussailles où déjà la nature reprenait ses droits.

Puis la fine bande de forêt s'épaississait à nouveau, malgré la route qui la traversait. C'était là que Wanadi, dix ans auparavant, avait trouvé Tomme. A son grand étonnement — il connaissait l'appétit vorace du Peuple Termite — le Bord du Monde, à cet endroit, n'avait pas beaucoup changé.

Dissimulés à l'abri des arbres, les Indiens découvrirent pourtant un spectacle qui les frappa de stupeur. Au bout du Monde Sauvage, là où autrefois coulait une rivière, se dressait maintenant un immense mur courbe de pierres blanches qui enjambait la vallée. Souvent, au cours de sa jeunesse, Wanadi avait construit des barrages en pierre sur de petits cours d'eau. Dans les bassins ainsi créés, il était plus facile de harponner des poissons. Le Peuple des Termites aussi avait construit son barrage. Espéraient-ils pêcher des poissons de la taille de leurs machines ? Le vieux chef eut un petit rire. Ils seraient bien déçus... Avec un bassin aussi profond, les poissons n'auraient aucune peine à leur échapper en se cachant au fond de l'eau. Que ces peuples fantômes étaient donc stupides ! Si seulement ils avaient consulté des gens comme lui, Wanadi, ou ses guerriers, il leur aurait montré comment pêcher ! Ce n'était pas la peine d'obstruer les rivières...

Il secoua la tête. Les Hommes Termites étaient un cas désespéré. Incapables de réfléchir...

Mapi jeta un cri.

— Là-bas ! Les Mangeurs d'Hommes !

Le jeune garçon était juché sur la branche basse d'un arbre. Tomme se hissa à son tour sur l'observatoire. Au loin, leurs formes grises se détachant sur la poussière et les nuages de chaleur, une colonne d'Indiens aux corps couverts de peintures cheminait à travers le désert. Parmi eux, ligotées avec des lianes, les femmes du village marchaient avec peine.

— Kachiri ! cria Tomme.

Il sauta, fit une chute, mais se releva aussitôt et se mit à courir.

— Reviens ! lança Wanadi d'une voix si impérieuse que Tomme s'arrêta net, honteux de s'être laissé emporter par sa fougue.

— Nous ne sommes pas invisibles dans le Monde Désolé, tu devrais le savoir, Tomme.

— Nous sommes invisibles si nous tuons ceux qui nous regardent !

— Si tu tues quelqu'un, même un fantôme, uniquement parce qu'il se sert de ses yeux, alors tu es toi-même un fantôme. Non, Tomme, ce n'est pas ainsi que nous agissons. Nous les suivrons facilement en longeant le Bord du Monde.

Une fois de plus, l'expérience donna raison à Wanadi. Tant que la tribu et ses prisonnières avançaient en terrain découvert, la poussière soulevée par leurs pas révélait inévitablement leur présence. La chaleur ralentissait également leur marche. De plus, dans la crainte d'être aperçus par le Peuple Termite, ils se baissaient fréquemment, s'accroupissant pour surveiller les alentours.

Même Jacareh, le courageux chef de guerre, n'était pas à son aise lorsqu'il s'aventurait loin de la sécurité du Monde Vivant.

Au crépuscule, Wanadi arrêta son groupe à proximité de la petite construction carrée où les femmes avaient été conduites. Dissimulés dans les broussailles, les Hommes Invisibles observèrent les fenêtres brillamment éclairées d'où s'échappaient des rires et des chants. Assis à proximité, les guerriers de Jacareh dévoraient le contenu d'un grand récipient et buvaient dans les étranges écuelles du Peuple Termite.

Jacareh, pourtant, était différent. Il savait qu'il avait été suivi, Wanadi en était convaincu. Vêtu de sa cape de jaguar, le guerrier aux farouches peintures rouges et blanches rôdait le long de la haute palissade. Autour du collier qu'il portait au cou pendaient de petits objets noirs aux arêtes étincelantes.

— La source du feu, chuchota Tomme. Les flèches invisibles qui tuent avec le bruit du tonnerre.

Suivant prudemment Wanadi, les Indiens s'approchèrent sans quitter le couvert des arbres. Quatre des femmes de leur village, serrées les unes contre les autres sur le trottoir de planches qui encerclait le bâtiment, formaient un pitoyable groupe. Deux gardes portugais armés fumaient en se moquant d'elles. L'un d'eux avait pris pour cible la seconde femme de Wanadi, Péqui, et ne cessait de l'ennuyer de ses caresses. Wanadi remarqua avec fierté le superbe mépris qu'affichait la jeune femme. Une de ses compagnes émit un sifflement méprisant et cracha comme un chat en colère.

Entre les baraques et la lisière de la forêt s'élevait une rangée d'étranges arbres morts dénués de branches, aux cimes reliées entre elles par des lianes noires. Tomme avait l'impression de les reconnaître et en avait légèrement peur, comme si un souvenir surgi de son passé lui disait qu'ils étaient dangereux. Il s'inquiéta lorsque Marukani, un des jeunes guerriers, eut l'idée d'y grimper pour s'introduire dans l'enceinte.

— On me surnomme le singe, dit le jeune homme. Je vais vous montrer le chemin.

— Non ! dit Tomme d'un ton catégorique. Ces lianes sont mauvaises. N'y va pas.

— Ce ne sont que des lianes du Peuple Termite. Laisse-moi au moins essayer !

Sur un signe affirmatif de Wanadi, Marukani fixa son arc et ses flèches contre sa poitrine, puis s'élança vers la barrière et entreprit d'escalader un des arbres morts. Ni les femmes ni leurs gardes ne pouvaient l'apercevoir. Les Mangeurs d'Hommes continuaient à boire et à chanter. Jacareh les avait rejoints.

Marukani atteignit le somme du poteau. Empoignant la liane la plus proche, il s'y suspendit à bout de bras, puis passa avec agilité par-dessus la palissade. Une seconde liane courait parallèlement à la première. Evaluant la distance qui le séparait du sol, il hésita un instant, puis jugea que la deuxième liane lui offrirait un meilleur point de chute.

Au moment où ses doigts se refermèrent sur le second fil, il poussa un cri terrible. Une lueur bleue illumina ses mains. Son corps se tordit comme celui d'un singe empoisonné au *curicaro,* ou celui d'un danseur emporté par la Lumière de Rêve. Lorsque les flammes gagnèrent ses bras, il tomba à terre. Là, il demeura étendu sur le sol, animé seulement du mouvement convulsif qui accompagne souvent la mort.

Paralysés par la terreur, ses compagnons hébétés gardaient le silence. Au bout de quelques instants, Wanadi ordonna la retraite vers la forêt, mais Tomme resta en arrière pour voir ce qui se passait.

Les deux gardes avaient entendu le cri de Marukani. Ils contournèrent la bâtisse en courant et firent pleuvoir des coups de pied sur le corps couché à terre. L'appel qu'ils lancèrent dans leur langue alerta un troisième homme. Plus petit et plus gros, il portait une arme identique à celle du père fantôme de Tomme.

Il saisit deux des flèches de Marukani.

— Jacareh ! cria-t-il d'une voix dure. Jacareh !

Le chef des Chasseurs d'Hommes apparut aussitôt. Son arme pendait à son cou. Avec sa bouche peinte en rouge, dégoulinante de viande, et son masque blanc, il ressemblait à un monstrueux insecte carnivore.

A la vue des flèches, il se mit à rire. Les regards des trois hommes se portèrent vers la barrière. Accroupi dans l'ombre, Tomme les observait intensément.

Puis il rejoignit ses compagnons.

— Jacareh a reconnu nos flèches. Ils vont venir nous chercher.

Dans l'obscurité de leur cachette, Wanadi parla d'une voix étouffée.

— Il faut attaquer.

Samanpo n'était pas de son avis.

— Si nous les attaquons maintenant, nous mourrons tous. Les guerriers de Jacareh ont les armes du Monde Sauvage.

— Ecoutez ! interrompit Tomme.

Les sifflements des Mangeurs d'Hommes, d'abord lointains, se rapprochaient rapidement. Comme à leur habitude, ils couraient en file indienne, en dessinant une courbe sinueuse, se dirigeant vers l'endroit où les chasseurs de Wanadi étaient tapis. Les Hommes Invisibles se fondirent aussitôt dans les buissons en se disposant en dermi-cercle. Alors, dominant les sifflements de ses guerriers, la voix railleuse de Jacareh s'éleva.

— Vous n'êtes pas invisibles ! Vous n'êtes pas invisibles ! Nous vous voyons aussi facilement que des troncs sur l'eau.

Sans cesser de crier, il lança ses flèches de feu. Mais elles n'étaient plus invisibles. Elles semaient des traînées lumineuses entre les arbres.

Les visages des Hommes Invisibles en étaient illuminés. Près de Tomme, Mapi laissa échapper un cri. Il s'enfonça d'un bond dans la forêt. Onatu, son cousin, poussa un hurlement. Un éclair de feu le frappa dans le dos. Soulevé du sol, il fut projeté contre le tronc d'un arbre. Tomme sentit l'odeur du sang.

— En arrière ! cria-t-il.

Un éclair de feu sifflant au-dessus de lui explosa contre un arbre. Courbé en deux, il fit un pas de côté. Les Chasseurs d'Hommes lançaient également de vraies flèches, et se tenaient debout en pleine vue, sans même chercher à se protéger.

— Je suis trop vieux pour courir, souffla Wanadi. Uluru m'a dit...

— Non, père !

Mais Wanadi ignora la prière de Tomme. Sortant de sa cachette, il se précipita vers Jacareh. Avec une exclamation de joie, celui-ci pointa son arme vers le chef des Hommes Invisibles. Frappé en pleine poitrine, le vieil homme tomba à la renverse. La flèche empoisonnée qu'il s'apprêtait à lancer lui échappa et s'enfonça dans le bras de Jacareh, qui l'arracha aussitôt en poussant un grognement. Tenant toujours son arme d'une main, il porta son bras à ses lèvres pour sucer le poison avec toute la force dont il était capable.

Tomme était comme fou. Au sol, Wanadi tentait désespérément d'ajuster une seconde flèche. Tomme courut à lui, tirant une flèche au hasard qui passa à côté de Jacareh. Celui-ci brandit son arme, mais aucune flamme n'en sortit, et il se mit à la secouer en trépignant de rage.

— Père ! s'écria Tomme.

Pendant que Tomme traînait Wanadi à couvert, l'un

des guerriers ennemis se jeta sur lui, bandant son arc. Tomme lui planta son javelot dans la poitrine. L'homme recula en hurlant. D'une flèche, Tomme transperça ensuite le cou d'un nouvel assaillant. Mais déjà un troisième bondissait sur lui, la lance levée...

Mapi, qui s'était interposé, l'abattit. Sans perdre une seconde, il aida Tomme à hisser le vieillard sur son dos, puis tous deux s'enfoncèrent rapidement dans l'ombre protectrice de la forêt. Jacareh et ses hommes ne tentèrent pas de les poursuivre. Regagnant l'enceinte, ils y reprirent leur beuverie en se vantant de leurs exploits. Ils avaient perdu trois guerriers, mais Jacareh, l'âme damnée de la tribu, était toujours vivant et survivrait à la blessure que lui avait infligée Wanadi.

Tomme comprenait maintenant ce qui s'était passé : Jacareh avait gardé l'arme que son père fantôme avait abandonnée dans la rivière lorsqu'ils fuyaient ensemble. Pour obtenir les flèches de feu, il avait promis aux hommes du Monde Sauvage de leur ramener des femmes — sans doute pour qu'ils les gardent comme esclaves. Mais tout cela pouvait attendre. Le plus important, pour l'instant, était de sauver Wanadi.

— Pose-moi à terre, fils, gémit le vieil homme.

— Je dois d'abord te trouver un abri et de l'eau... répondit Tomme en titubant sous le poids de sa charge.

Wanadi laissa échapper un râle. Tomme sentait couler sur sa peau le sang chaud et épais du vieillard.

— Tomme... Je dois mourir. Dépose-moi. Laisse-moi mourir dignement, les yeux tournés vers les étoiles.

Le bruit d'un cours d'eau tout proche parvint aux oreilles de Tomme. Ils l'avaient traversé un peu plus tôt. A la suite de Samanpo et de la tribu, il franchit le ruisseau, atteignit la berge, puis revint vers l'eau en marchant à reculons dans les empreintes de ses pas. Il remonta ensuite le courant sur une centaine de mètres et ses amis, qui avaient fait la même chose que lui, l'aidèrent à se hisser sur des rochers. Il s'agissait d'une ruse élémentaire, mais elle pouvait tromper les guerriers de Jacareh s'ils tentaient de les poursuivre.

Alors seulement, il accepta de déposer Wanadi. Avec l'aide de Mapi, il l'étendit sur une couche de feuilles mortes et de branchages, lui croisa les bras sur la poitrine et le couvrit de mousse tiède. Au-dessus d'eux, entre les nuages qui tournoyaient dans le ciel sombre, scintillaient quelques étoiles dont la lueur se reflétait dans les yeux du mourant. Bientôt, la respiration du vieil homme s'apaisa. Pas un bruit ne troublait la forêt. Seul, le murmure du ruisseau chantait doucement, comme un appel...

— Où est Samanpo ? souffla Wanadi.

— Je suis là, répondit le chasseur en posant une main sur le front du vieillard.

— Mon frère, lorsque notre village sera reconstruit, tu libéreras mon esprit par le feu et tu ajouteras mes cendres à celles de nos ancêtres.

— Je te le promets.

— Merci.

Le vieillard tourna alors la tête vers Tomme. Le jeune homme posa à son tour la main sur le visage de son père.

— Tomme, c'est à toi qu'il revient maintenant de réussir là où j'ai échoué. Va délivrer notre peuple. Fais que nous soyons à nouveau rassemblés.

— Oui, père. Je sais ce que je dois faire.

Wanadi sourit. Déjà, la lumière des étoiles brillait plus faiblement dans ses yeux.

— Un jour, tu raconteras cette histoire à tes enfants et aux enfants de tes enfants. N'oublie pas de leur parler de moi.

— Je n'oublierai pas...

Un remous troubla la surface du ruisseau. Tomme

aperçut une forme ondoyante qui se glissait entre les vagues, puis s'éloignait dans le courant.

« Lorsqu'un guerrier courageux meurt, lui avait dit un jour Wanadi, le Grand Anaconda lui-même vient pour emporter son esprit... » Quand le serpent eut disparu, Tomme se retourna vers le vieillard.

Ses yeux étaient grands ouverts. Il souriait. Mais la vie l'avait abandonné.

Il n'y avait plus de temps à perdre. Tomme se releva, rassembla ses armes.

— Mon oncle, dit-il à Samanpo, fais ce qu'a dit mon père. Ramène son corps chez nous et attends-moi.

Samanpo acquiesça, Sortant de l'ombre, cinq guerriers, tout ce qui restait du Peuple des Hommes Invisibles, vinrent s'agenouiller près de leur chef mort. Seul, Mapi, les doigts crispés sur son arc et ses flèches, demeura debout au côté de Tomme. Il avait décidé de rester avec lui, quoi qu'il arrivât.

— Comment ramèneras-tu nos femmes ? demanda Samanpo.

— J'irai plus loin encore que le Bord du Monde. Je veux aller trouver mon père fantôme. Il connaît les armes du Monde Sauvage. Je lui demanderai de nous aider.

Samanpo hocha la tête. Avec l'aide d'un autre chasseur, il souleva la dépouille de Wanadi. Déjà Tomme et Mapi se dirigeaient vers la rivière. A peine avaient-ils posé le pied sur l'autre rive qu'ils disparurent.

## 3

Le voyage vers le Monde Mort fut l'expérience la plus terrifiante que vécut jamais Tomme. La présence de Mapi le rassurait plus qu'il voulait bien l'admettre. Il lui était plus facile d'avoir du courage avec un compagnon pour partager ses craintes.

Le premier jour, ils longèrent en courant la route droite qui traversait la forêt. Terrorisés par les énormes machines qui allaient et venaient avec fracas, ils tremblaient dans leurs cachettes, attendant que le calme soit revenu avant de se hasarder en terrain découvert. Mapi se désolait de voir les grands arbres entassés dans des cimetières avant d'être découpés et démembrés. Dans les grincements des dents d'acier qui les déchiquetaient, il lui semblait entendre un cri d'une détresse poignante.

Le deuxième jour, ils tombèrent sur un champ de manguiers. Ils se gorgèrent des fruits délicieux et reprirent des forces. Mais dans cette forêt artificielle, une surprise les attendait : une machine au grondement terrifiant surgit tout près d'eux. De sa queue s'échappait un flot de poussière blanche. Crachant et toussant, les deux Indiens détalèrent.

Ils continuèrent à longer la route. Bientôt, leurs corps prirent la couleur rouge de la terre. Ils redevinrent invisibles. Il leur suffisait de s'aplatir au sol pour se dissimuler. Ils commençaient à s'habituer au bruit des grosses machines, et ils sursautaient moins, bien que leur malaise persistât. Parfois la forêt brûlait au bord de la route. Les hommes du Monde Sauvage regardaient les flammes, ou coupaient ce qui restait des troncs noircis.

Le troisième jour, ils atteignirent la fin de la route, barrée par une large rivière. De l'autre côté s'élevait la Forêt Morte, un endroit qui revenait souvent dans les rêves de Tomme, avec ses hautes huttes en pierre et ses nombreux habitants. Là vivaient les Hommes Termites, serrés les uns contre les autres dans de minuscules espaces, comme des fourmis.

L'immensité de la ville dérouta Mapi. Courbés en deux, les Indiens coururent jusqu'à la rive et se dissimulèrent derrière un rideau de roseaux. L'eau, lavant la poussière de leurs corps, les rendit à nouveau visibles.

— Comment allons-nous traverser ? demanda Mapi.

La rivière était bien trop large pour être franchie à la nage. D'imposants bateaux, vomissant de la fumée, naviguaient en tous sens, si grands qu'ils auraient pu écraser des arbres sur leur passage. S'en approcher devait être extrêmement dangereux.

— Il faut trouver une pirogue, dit Tomme. Mon père fantôme vit quelque part là-bas. Nous devons y aller.

Ils avancèrent en rampant parmi les roseaux. Quelques embarcations étaient échouées sur la rive, mais ce n'étaient que des épaves.

Ils aperçurent une hutte. Un vieil Indien vêtu à la façon des habitants du Monde Sauvage dormait sur une chaise devant la cabane. Non loin de là, une pirogue dont la coque paraissait solide était amarrée parmi les roseaux.

Dès que Mapi eut détaché la corde, les deux amis poussèrent le bateau à une bonne distance du rivage. Ils sautèrent alors à bord. Réveillé en sursaut, l'Indien leur lança une pierre en les insultant.

— Il nous a vus et nous ne l'avons pas tué ! chuchota Mapi. Que nous arrive-t-il, Tomme ? Nous ne sommes plus les Hommes Invisibles ?

— Peut-être. Il faut d'abord délivrer nos femmes et rentrer chez nous. Nous verrons après ce que nous sommes. Cet endroit est terrible, Mapi, peuplé de créatures effrayantes et de fantômes menaçants. On ne peut pas voyager dans l'Autre Monde comme on va à la chasse.

Agrippé à sa pagaie, Mapi redoubla d'ardeur.

— J'espère que tu as raison.

Le courant fit tournoyer leur esquif. Ils le remirent dans la bonne direction en donnant de vigoureux coups de rame. Une substance épaisse et poisseuse luisait dans l'eau. Des ordures flottaient çà et là entre les vagues visqueuses. Intrigué, Mapi récoltait tout ce qu'il pouvait, espérant y trouver des renseignements sur les coutumes des fantômes chez lesquels il s'était aventuré.

La rive maintenant proche disparaissait derrière une rangée de cabanes construites sur pilotis. De la fumée s'échappait des toits. Des odeurs délicieuses de cuisine leur parvenaient. Des viandes fumées. Du poisson. Le parfum sucré des légumes cuits à l'eau.

Mapi, qui était toujours affamé, cessa de ramer, renversa la tête en arrière et inspira profondément.

— Ces fantômes ne sont pas si terribles, décida-t-il.

— Au lieu de penser à ton estomac, aide-nous plutôt à trouver une cachette.

Ils glissèrent sans bruit entre les cabanes et guidèrent leur embarcation en se cramponnant aux étais à demi rongés. Au-dessus de leurs têtes, des rires et des éclats de voix résonnaient, des enfants couraient, des chiens aboyaient.

Après avoir solidement amarré la pirogue à un pieu, ils se laissèrent tomber dans l'eau, puis pataugèrent jusqu'à un pont de bois délabré à moitié submergé. De là ils gagnèrent un passage sinueux, bordé de murs froids et durs. Les fenêtres étaient fermées par des chiffons de couleurs.

Prudemment, ils se frayèrent un chemin à travers un labyrinthe de ruelles. Ils percevaient des bruits et des signes d'agitation. Pourtant les habitants de cet endroit sinistre n'étaient nulle part en vue.

Soudain une voix les héla. Empoignant leurs arcs, ils firent volte-face, mais l'étroitesse du passage gênait leurs mouvements.

Un homme se tenait debout dans l'embrasure d'une porte. Il était vêtu d'un pantalon et d'une chemise trop large, mais c'était indubitablement un Indien. Ni

Tomme ni Mapi ne purent identifier les cicatrices qui marquaient encore son visage.

— Je vous connais, leur dit-il dans leur langue. Vous êtes les Hommes Invisibles.

Mapi était glacé de terreur. On lui avait répété toute sa vie qu'être vu par quelqu'un empêcherait à tout jamais son esprit de trouver le repos dans la Lumière de Rêve. Mais après les explications de Tomme, il ne savait plus ce qui était vrai et ce qui ne l'était pas.

L'homme les invita à entrer. Ils le suivirent avec méfiance dans une pièce mal éclairée.

— N'ayez pas peur. Si vous restez dans la rue, on vous verra et on vous tirera dessus.

Tomme et Mapi s'accroupirent contre le mur. Peu à peu, leurs yeux s'habituèrent à la pénombre. Deux hommes de leur âge et une vieille femme étaient assis dans la pièce. Ils souriaient. La femme tournait une soupe dans un large récipent. Sur une assiette en bois étaient disposés des morceaux de nourriture qui ressemblaient à du pain.

— Comment nous as-tu reconnus ? demanda Tomme.

— A vos flèches. Et à la peinture verte de votre visage. Elle brille. C'est la Lumière de la Forêt.

— Comment sais-tu cela ?

— Autrefois, nous aussi faisions partie du Monde Vivant. Nous n'habitions pas très loin de chez vous. Nous chassions la nuit. On nous appelait les « Hommes Chauves-Souris. »

Tomme retint son souffle. Les « Chauves-Souris » avaient disparu du Monde bien des années auparavant, mais Wanadi lui avait parlé d'eux. Il n'était pas étonnant qu'il n'ait pas reconnu leurs cicatrices.

— Ici, je me nomme Carlos. Voici mes fils. Nous portons des chemises, et on nous appelle les Indiens en Chemise. Ces cabanes sont devenues notre village, personne d'autre n'est autorisé à y habiter. Mais ce n'est pas comme dans le Monde. Là-bas, grâce à la boisson magique qui nous emportait dans les airs au-dessus de la forêt, nous nous retrouvions dans la Maison du Tonnerre, pour parler avec nos ancêtres.

Tomme portait une petite gourde de *cocassa* attachée à sa ceinture.

— Si vous nous aidez, dit-il en tapotant la gourde, vous pourrez peut-être voler à nouveau.

Carlos hocha lentement la tête.

— Nous avons aussi des boissons magiques, ici. On vole un peu, mais on retombe plus bas qu'on est parti. Et après, si on continue, on se noie dans la rivière. Alors, ça fait du travail pour un autre Indien.

— Pourquoi ne retournez-vous pas dans le Monde ? demanda Mapi. Pourquoi restez-vous dans cet endroit affreux ?

— Parce que nous portons la chemise de l'homme blanc. Une fois enfilée, la chemise colle à la peau. Il est impossible de l'enlever, sauf pour la laver. D'ailleurs, le Bord du Monde est trop loin maintenant. Nous ne pourrions même plus l'atteindre.

— Mais nous en venons ! dit Tomme en se frappant la poitrine. C'est un voyage terrifiant, mais nous sommes ici, et nous y retournerons. Vous devriez venir avec nous.

Carlos le dévisagea d'un air interloqué. Il s'adressa à sa famille dans une langue étrangère. Les deux jeunes hommes échangèrent quelques mots à voix basse. La vieille femme se mit à rire. Puis elle servit la soupe dans des bols.

— Mes fils sont nés ici, reprit Carlos. Mais ils rêvent du Monde Vivant.

Mapi avança la main avec gratitude vers le bol qu'on lui tendait. Tomme refusa de manger. Personne n'insista. Tandis que Mapi dégustait sa soupe, Tomme interrogea Carlos.

— Nous sommes à la recherche de mon père fantôme. Il s'appelle Bill. Nous avons besoin de son aide pour délivrer nos femmes qui sont prisonnières des hommes blancs.

— Bill ? Beaucoup de gens s'appellent Bill. Si ton père fantôme habite cette ville, il doit avoir un autre nom.

— Je ne le connais pas.

Mapi avait terminé son repas.

— Nous pourrions nous déguiser en fantômes et chasser dans le grand village. Si nous l'appelons très fort, Bill nous entendra.

Carlos rit.

— Le grand village s'élève jusqu'au ciel. Vous pourriez le fouiller pendant des années entières sans jamais rencontrer un seul homme qui s'appelle Bill.

Tomme se sentit gagné par le désespoir. Un silence tomba sur le groupe. Tout autour d'eux, la ville des huttes commençait à s'animer à l'approche de la nuit.

Alors Tomme prit une décision.

— Je dois appeler l'Aigle. Je veux regarder le passé à travers la Lumière de Rêve, quand j'étais encore un Enfant Termite...

Carlos fronça les sourcils.

— Tu étais... ?

Il s'interrompit. Il venait de s'apercevoir que ce qu'il avait pris pour de la peinture n'en était pas. Sous la couche de vert à demi lavée par l'eau, les cheveux de Tomme étaient *réellement* jaunes, sa peau *réellement* pâle...

Carlos et ses deux fils — Paulo et Rico — conduisirent les deux amis jusqu'à un terrain vague entouré d'arbres d'où l'on pouvait voir les hautes constructions brillamment éclairées de la ville.

Ils s'étaient tous assis, sauf Tomme qui se tenait debout, les bras écartés, le visage tourné vers le ciel qu'assombrissait le crépuscule. Il demeura longtemps dans cette position, puis il abaissa lentement les bras.

Quelques instants plus tard, la silhouette majestueuse d'un oiseau noir apparut au-dessus de leurs têtes, tournoyant entre les nuages gris.

Carlos était abasourdi.

— Un aigle ! fit-il à mi-voix. C'est la première fois que j'en vois un si près de la ville.

Tomme s'assit sur ses talons. Mapi venait juste de déposer un pincée de *cocassa* dans une petite pipe de bambou. Tomme approcha l'une des extrémités de la pipe de ses narines. Lorsque Mapi souffla dans l'autre extrémité, la drogue explosa immédiatement dans tout son corps.

*Le vent l'emportait. Son corps s'éleva, happé par des doigts d'une infinie douceur. Le monde vira du gris lugubre du crépuscule au vert de la Lumière de Rêve. Il planait au-dessus de la grande ville. Le vent fléchit brutalement, l'entraînant vers la droite ; le tourbillon de l'air le désorientait...*

*... Il ouvrit ses ailes. En un battement, son corps grimpa en flèche. Un autre, et la ville se déroula sous lui. Il se laissa tomber en une chute vertigineuse, se rétablit dans un déploiement de plumes, rasa les toits, décrivit de grands cercles. Au-dessous, partout sur les larges sentiers, dans les clairières, les lumières de la ville se déplaçaient comme des torches portées par des hommes sur les sentiers de la forêt.*

*Devant lui se dressa soudain un gigantesque arbre de pierre. Des foyers avaient été creusés à l'intérieur et brillaient. Il s'approcha des étages supérieurs. Dans la lumière chatoyante du royaume fantôme, deux enfants, debout sur un balcon, l'observaient. Le garçon le montra du doigt. La fille, plus jeune, battit des mains. Son visage s'éclaira d'un sourire de ravissement.*

*Le petit garçon semblait sorti d'un de ses rêves. Il reconnut son propre visage, innocent mais trop sérieux, comme s'il savait déjà qu'il était un esprit venu du Monde, retenu prisonnier dans le Monde Sauvage.*

Il s'éveilla en se débattant. Mapi lui maintenait les bras. Lorsqu'il eut repris conscience des lieux, il demeura étendu, sans bouger. Sa respiration était agitée.

Enfin il sourit à Carlos et à Mapi qui se penchaient sur lui.

— Qu'as-tu vu ? demanda Mapi.

— Tout ce que je voulais voir, répondit-il d'une voix essoufflée. J'ai survolé le grand village. J'ai vu où j'habitais autrefois, comme dans un de mes rêves.

Il s'assit brusquement en se frottant le nez.

— Je dois partir, tout de suite. Attendez-moi ici. Je vais chercher mon père fantôme.

Il gagna rapidement la ville. Sa peur s'était évanouie. Ombre parmi les ombres, il filait comme une flèche, invisible pour les yeux non exercés des fantômes.

Enfin, il s'arrêta près du terrain de jeu, à demi protégé des regards par la végétation qui en marquait les limites. Bien que l'endroit fût maintenant désert, il revoyait en esprit, comme dans ses rêves, des enfants à la peau brune se balançant aux barres, rampant parmi les étranges constructions de fer. Il entendait leurs rires et leurs plaisanteries. Tout à coup, une profonde tristesse l'envahit.

Il traversa en courant l'espace découvert, parvint au pied du grand arbre en pierre aux flancs creusés de foyers éclairés. Ayant fixé son arc et ses flèches sur son dos il se hissa sur la barrière qui encerclait l'immeuble. De là, il sauta sur le mur. Ses mains et ses pieds trouvèrent prise entre les blocs de pierre qui constituaient le tronc. Après le premier balcon, l'escalade devint plus aisée.

En quelques minutes, il avait enjambé la balustrade du dernier étage. Le foyer était gardé par un mur d'eau solide : *du verre,* se souvint-il. Il approcha son visage de la paroi.

Son père fantôme était assis à une table. Tomme reconnut immédiatement la femme qui se tenait à côté de lui. *Mah-man,* murmura-t-il. Pendant un court instant, il eut une sensation de vertige, l'impression de ne plus savoir si c'étaient eux qui appartenaient à ses rêves ou lui qui appartenait aux leurs. Son père et sa mère fantômes examinaient de petits bouts de papier colorés. Parfois ils riaient. Ou semblaient tristes. Tomme les observa un moment, puis frappa quelques coups légers contre la vitre.

## 4

Ils avaient prévu de faire leurs bagages ce soir-là. Dans deux jours, la famille s'envolerait pour les Etats-Unis, où un nouveau travail attendait Bill. Une nouvelle école accueillerait Heather. Avec l'efficacité qui lui était coutumière, la compagnie Amazco avait tout arrangé.

L'aventure des Markham au Brésil était terminée.

Mais lorsqu'ils avaient sorti leurs livres pour les emballer, ils étaient tombés sur leurs vieux albums de photos et n'avaient pu résister au désir nostalgique de tourner les pages. Depuis que son mari était rentré de son dernier voyage, Jean avait fini par se laisser convaincre — Bill avait été si catégorique — de la mort de Tommy. Il n'y aurait plus de recherches. Le retour à une vie normale était maintenant possible. Bien sûr, le doute subsisterait toujours en elle, ainsi que le sentiment que Bill ne lui avait pas tout dit. Mais elle avait décidé de ne plus chercher à savoir pourquoi, ni comment, il lui avait menti. Elle avait assez souffert comme cela. Bill également. Elle préférait donc se résigner, ne fût-ce que pour leur laisser une chance de recommencer une vie nouvelle aux Etats-Unis.

Ils feuilletaient le deuxième album, celui des vacances en Irlande. Tommy avait alors à peine quatre ans... Aux coups frappés contre la vitre, ils relevèrent la tête, les traits figés par la stupeur. Les coups retentirent de nouveau. Un nez s'écrasa contre la vitre. Un visage masqué apparut, strié de vert et de noir, les yeux écarquillés. La bouche remuait silencieusement.

— Oh, mon Dieu..., souffla Markham.

— Qu'y a-t-il ? demanda Jean. Qui est-ce ?

Elle surprit l'éclair de douleur dans le regard que Bill posa sur elle. Tournant de nouveau la tête vers la silhouette blême qui s'agitait derrière la vitre, elle s'écria soudain :

— Tommy ! Mon Dieu, c'est Tommy !

Au son de la voix de sa mère, Heather poussa un cri dans la pièce voisine et se précipita en courant dans le salon. Apercevant Tommy, elle s'arrêta, stupéfaite.

Jean s'était déjà jetée sur la fenêtre qu'elle ouvrit tout grand. Le vent froid de la nuit la saisit. Secouant la tête, elle ne pouvait détacher ses yeux du jeune homme de haute taille qui se tenait devant elle. Plus elle le regardait, plus elle reconnaissait les traits de l'enfant qui vivaient depuis maintenant dix ans dans sa mémoire.

Elle tendit la main pour le toucher.

— Tommy..., murmura-t-elle. Je savais que tu étais vivant ! Je savais que nous te retrouverions un jour !

— Mah-man...

Souriant, Tommy avait pourtant reculé d'un pas. Bill, qui s'était approché, l'attira à l'intérieur et referma la fenêtre.

Il s'adressa au jeune homme en *tupi*. Tomme lui raconta comment ils avaient trouvé leur village en feu, leurs femmes enlevées, lui expliqua qu'ils avaient besoin de son aide. Dans le Monde Vivant, ils étaient forts, mais dans le Monde Sauvage, ils n'avaient aucune chance face aux armes des hommes blancs. Jacareh, le chef des Mangeurs d'Hommes avait une de ces armes. Il s'en était déjà servi pour tuer un grand nombre d'Hommes Invisibles.

Bill était atterré. C'était son propre M 16 que Jacareh avait récupéré. Il se souvenait l'avoir vu le brandir près de la rivière. Il avait sans doute découvert les derniers chargeurs dans le sac qu'il avait dû abandonner derrière lui, Il les avait rapidement épuisés, et pour se procurer de nouvelles munitions, il était entré en contact avec les trafiquants portugais. Lorsque ceux-ci avaient réclamé des femmes en échange, de toute évidence pour en faire des prostituées, Jacareh avait su immédiatement où les trouver.

Jean avait écouté sans comprendre le flot de paroles de Tomme. Lorque Heather avait voulu serrer son frère dans ses bras, il s'était raidi, tout son corps semblant dire : « Je n'ai pas de temps à perdre avec des frivolités. »

Jean s'assit et invita d'un geste son fils à faire de même. La nudité du jeune homme l'embarrassait tout à coup. Le pagne mince qui enveloppait ses hanches lui tenait plus lieu de ceinture que de vêtement. Tomme jeta un regard plein d'appréhension à son père. Rassuré par les mots que celui-ci lui adressa, il s'assit en souriant près de sa mère. Tandis qu'il reprenait son récit,

Heather, en équilibre sur le bras du divan, se mit à l'examiner attentivement.

— Il aurait bien besoin d'un bain, déclara-t-elle. Mais je dois reconnaître que ses boucles d'oreilles sont splendides !

— Tommy..., commença Jean. Tout ira bien à partir de maintenant. Tu comprends ? *Tout-ira-bien.*

Le jeune homme la dévisagea sans comprendre. Puis il se pencha en souriant et lui murmura quelques mots à l'oreille. Jean, ravie, se tourna vers Markham.

— Qu'est-ce qu'il a dit ?

— Il trouve sa mère fantôme très belle. Aussi belle que sa vraie mère.

Jean fronça les sourcils.

— Qui est sa mère fantôme ?

— Toi.

— Mais je suis sa vraie mère !

— Sa vraie mère est Uluru. Elle est morte maintenant, mais elle continue à vivre en lui parce qu'il a bu les cendres de ses os.

— Génial ! s'exclama Heather, les yeux brillants d'excitation. Demande-lui de nous raconter encore des histoires comme ça ! Sa vie sexuelle, par exemple... On ignore tout de la sexualité de ces peuplades !

— Heather ! réprimanda sa mère. C'est ton frère !

— Les frères aussi ont une vie sexuelle, répliqua Heather avec un clin d'œil rapide à son père.

Voyant que Bill avait lui aussi l'air amusé, Jean tenta à son tour de saisir l'humour de la situation et ébaucha un timide sourire.

— Il ne se souvient pas de moi, n'est-ce pas ?

— Si. Pour lui, tu es sa mère fantôme. Il t'aime beaucoup, il rêve de toi. Quand nous serons morts, lui, toi, moi... nous serons tous réunis dans la Lumière de Rêve. C'est leur Au-Delà, le lieu où leur personne humaine et leur double animal sont réunis.

Heather sortit en courant de la pièce.

— Bon Dieu, je ne veux pas rater ça !

Elle revint avec un magnétophone. Tomme examina avec curiosité la petite bande qui tournait dans l'appareil.

— Tommy, reprit Jean, je suis si heureuse que tu sois revenu à la maison. Tu vas vivre avec nous maintenant, comme avant.

Bien qu'elle parlât très lentement, en glissant çà et là les quelques mots de *tupi* qu'elle connaissait, Tomme posait sur elle des yeux vides. Bill était mal à l'aise. Il savait combien il était futile de tenter de retenir Tomme à Belore. Jean ne comprenait pas, c'était évident, que ce jeune homme, son fils, n'était *plus* son fils. Lui-même avait mis longtemps à accepter la triste vérité. Une douleur plus grande encore attendait maintenant Jean. Mais au moins, il n'y aurait plus de mensonges entre eux.

— Chérie, dit-il à Heather, emmène Tomme visiter l'appartement. Montre-lui quelques-unes de ses anciennes affaires.

Tomme obéit à contrecœur à la suggestion de Bill. Dès que le jeune homme eut quitté la pièce, Jean explosa.

— Comment as-tu pu me faire ça ? Après tout ce que nous avons vécu ensemble ! Comment as-tu osé me mentir ? C'est ignoble !

— Je ne savais pas quoi te dire, ni comment te l'annoncer. Le Tommy que nous cherchions est mort, Jean. Il faut l'accepter.

— Mais Tommy est ici ! lança-t-elle, furieuse. Il est sale, répugnant, primitif, il sent mauvais, mais c'est *notre* Tommy. Notre fils, enfin ! L'enfant que nous avons perdu nous est rendu ! Nous pouvons le sauver !

— Le sauver de quoi ?

Elle ignora sa question.

— Il a encore une chance ! Si nous l'aidons, il ne lui faudra pas longtemps pour réapprendre sa langue et retrouver ses habitudes. Sa place est ici, parmi les siens !

— Moi aussi, je pensais comme toi. Jusqu'à ce que je l'aie vu vivre là-bas. Je ne comprends pas ton attitude, Jean. Tu t'es toujours montrée si compréhensive envers les Indiens, la nature sauvage… Et soudain, tu le traites de *primitif,* tu le juges *répugnant,* tu dis qu'il *sent mauvais.* Est-ce ainsi que tu juges réellement les tribus indiennes ?

La rage froide de son mari surprit Jean.

— Non… Non, bien sûr. Je parlais seulement de son état. Tu sais très bien ce que je pense des civilisations indiennes…

— Je n'en suis plus si certain, Jean.

Elle se leva, les yeux pleins de larmes.

— Bill ! dit-elle en le secouant par les épaules comme pour le ramener à la réalité. Il a été bien traité, je le reconnais, mais sa place n'est pas avec eux, elle est ici, avec nous ! Dans dix ans, il ne restera plus une seule tribu indienne. Voudrais-tu que notre fils disparaisse parce que ses compagnons sont voués à l'extinction ?

— Je ne souhaite pas la mort de ces tribus. Mais si elle est inévitable, je désire que Tommy partage leur sort.

— Te rends-tu compte de ce que tu dis ? souffla Jean. Ton propre fils !

— Le fils de Wanadi et d'Uluru. Un chasseur de la grande forêt. Notre fils fantôme, Jean. Nous n'avons pas besoin d'absorber les cendres de nos morts pour les conserver vivants en nous. Nous avons vécu avec Tommy pendant sept ans. Ce sont ces années-là qui comptent, pas celles qui se sont écoulées ensuite.

— Bill, sa place est *ici.*

— Je sais ce que tu ressens, Jean. Mais tu te

trompes. Tommy appartient à la forêt. Son nom est Tomme, maintenant. Depuis la mort de son père, il est le chef des Hommes Invisibles. Il ne comprendrait jamais que tu parles de lui autrement.

Jean s'écarta de lui. Son visage était aussi blanc que celui d'une morte.

— Pourquoi est-il revenu, alors ?

Rapidement, Markham lui résuma le récit de Tomme.

— Il est *marié !*

— Kachiri est merveilleusement belle. Je n'ai jamais rencontré de couple aussi heureux. J'ai assisté à leurs noces. Avec Tomme et Kachiri à leur tête, les Hommes Invisibles redeviendront bientôt un grand peuple.

Jean secoua lentement la tête.

— Sais-tu ce que j'ai appris durant toutes ces années que j'ai passées ici, à étudier, à interroger les gens ? Que les Indiens d'Amazonie sont condamnés. Que tout ce que nous leur apportons, depuis la rougeole jusqu'au tourisme, contribue à leur destruction. Chaque jour, nous réduisons la taille de leur prison, afin de les observer de plus près, et nous ne cessons de nous en extasier. Dans dix ans, Tommy sera un Indien en Chemise, miné par l'alcoolisme. Il mourra dans un caniveau, au milieu de ses vomissures, ignoré de tous les « respectables » habitants de cette ville. C'est cela que nous pouvons lui éviter, Bill.

— Les Indiens ne sont pas les seuls prisonniers de ce monde. Peut-être notre devoir consiste-t-il à lutter pour le maintenir un peu plus propre. Tommy m'a raconté la mort de son père, Wanadi. Le vieillard a été le meilleur des exemples pour lui. Il ne permettra jamais que son peuple finisse dans un caniveau.

— Mais ils mourront quand même !

— Je le sais, Jean. Ils n'ont pas une chance. Dans dix ans, peut-être moins, les Hommes Invisibles seront réduits à l'état de cendres. Mais Tommy saura mourir. Parce qu'il sait vivre, et aimer. Je l'ai vu.

— Je ne peux pas supporter cette idée.

— Moi non plus. Mais c'est à Tommy qu'il appartient de décider.

Jean fit un pas vers lui. Un espoir fou brillait dans ses yeux.

— Oui, tu as raison ! Laisse-moi essayer encore ! Si je réussis à ramener à sa mémoire le souvenir de notre vie commune, alors, il pourra *vraiment* choisir !

Markham n'eut pas le temps de répondre. Tomme et Heather étaient de retour. Avec un large sourire, Tomme désigna la mitraillette en plastique qu'il tenait à la main.

— *Fusil !* dit-il avec une étrange voix d'enfant. Tomme veut ! Tomme a besoin !

Tomme était impatient de quitter la Forêt Morte. Il n'y avait pas une minute à perdre pour délivrer Kachiri et les autres femmes de la tribu. Pourquoi son père fantôme le faisait-il attendre ? D'un autre côté, il était sensible à la détresse de sa mère fantôme et répugnait, sans bien comprendre pourquoi, à lui faire de la peine en s'en allant trop vite.

Il se contraignit donc à rester tranquillement assis, au milieu de la famille qui lui avait été donnée dans ses rêves. Heather lui prépara une galette sucrée — une friandise dont il raffolait autrefois. Il la trouva bonne et la mangea avec reconnaissance.

— Pouvons-nous partir maintenant ? demanda-t-il ensuite en se levant.

— Encore un petit moment, Tomme, insista Markham. Je t'en prie. Ta mère fantôme voudrait te montrer quelques souvenirs.

Jean avait ouvert l'album de photos. Elle invita Tomme à prendre place à côté d'elle sur le divan.

Interdit, le jeune homme regarda son père, puis désigna le balcon du doigt.

— Il *faut* partir, père fantôme. Le voyage est long.

— Pas en voiture, Tomme. Nous y serons en deux ou trois heures.

Il n'existait pas de mot *tupi* pour signifier *heure*. Au prix de laborieux efforts, Bill parvint à se faire comprendre de Tomme, dont le visage s'éclaira. Il consentit alors à s'asseoir près de sa mère fantôme.

Pendant qu'elle lui parlait en tournant les pages de l'album, il garda les yeux fixés sur elle. Les photos ne signifiaient rien pour lui. Jean était de plus en plus tendue.

— Voilà Tommy, dit-elle. Non, Tomme, pardon ! Bébé... Tu vois ? Et grand-père Ned. Tu te souviens de grand-père Ned ?

Tomme jeta un regard distrait vers la photo.

— C'est ton grand-père fantôme, Tomme, expliqua Markham en *tupi*. Et toi, quand tu étais tout petit.

Tomme sourit, comme s'il comprenait ce que ses parents fantômes lui racontaient mais n'y attachait pas la moindre importance.

Jean tournait fébrilement les pages, cherchant les photos d'événements qui auraient pu marquer la mémoire de Tommy.

— Noël...

Leur dernier Noël avant le départ pour Belore ! La famille heureuse, les cadeaux... Et Bill, dans son costume rouge de Père Noël loué pour la circonstance...

Tomme regardait à peine les photos. Les yeux rivés sur Jean, il attendait qu'elle ait terminé. Alors, il pourrait partir...

Jean avait le visage en feu. Son cœur battait à lui faire mal. Elle avait si peur de le perdre à nouveau ! Voyant la nervosité grandissante de sa femme, Markham voulut intervenir.

— Oh, tais-toi, Bill ! Donne-moi encore quelques minutes. Mon Dieu, il doit bien y avoir un détail...

Elle ouvrit un second album. Les formes et les couleurs se succédaient les unes aux autres. D'autres mondes, d'autres époques...

— Voilà, Tommy. Ton anniversaire. Mais *regarde !* Bill, il ne fait même pas attention aux photos !

Elle approcha l'album du visage du jeune homme.

— Ton anniversaire. Joyeux anniversaire !

Elle se mit à fredonner : « Joyeux anniversaire... » Tomme hochait la tête au rythme de la chanson, avec un sourire dénué d'expression. Même cet air, sans doute la comptine la plus chantée dans le monde, il l'avait oublié !

— Tommy, encore... Tu te souviens de ta bicyclette neuve ? Et ici, c'est Smokie. Notre chien Smokie. Tu te souviens du jardin d'enfants ? Et de Jason ? Ton meilleur ami ?

Son doigt s'agitait désespérément sous la photo d'un gamin à la frimousse criblée de taches de rousseur.

— Et là, tu t'étais déguisé... Tommy, regarde les photos ! Les photos, pas moi, je t'en prie ! Essaye de te souvenir ! Pour l'amour du Ciel, fais un effort !

— Jean, calme toi... l'interrompit Bill.

Mais elle avait élevé la voix. Son visage était maintenant couleur de cendres.

— Je ne veux pas le perdre ! Pas une seconde fois... hoqueta-t-elle, des larmes plein les yeux.

Bill fit un pas vers elle. Mais Tomme l'arrêta d'un geste et murmura quelques mots à l'oreille de Jean. Elle porta la main à sa poitrine.

— Je ne comprends pas... souffla-t-elle d'une voix à peine audible.

Bill traduisit les paroles de Tomme.

— Mère fantôme, il y a un amour prisonnier dans ton cœur. Il faut le délivrer, pour que je puisse l'emporter avec moi.

Tomme alla ouvrir la fenêtre, glissa sa main au-dehors et fit un geste rapide. Markham l'observait en silence, ne comprenant pas mais commençant à deviner ce qu'il avait en tête.

Revenu près de Jean, le jeune homme posa doucement la tête sur sa poitrine. Elle lui caressa les cheveux, souriant à travers ses larmes.

— Que fait-il ? demanda-t-elle à Bill.

— Je ne sais pas.

— Je l'entends s'agiter, dit Tomme. Je vais le délivrer. Alors toi aussi, tu seras délivrée.

Ecartant le chemisier de sa mère, il pressa ses lèvres sur son sein. D'abord effarée, Jean le laissa faire, perplexe. Brusquement, Tomme releva la tête. De sa bouche ouverte s'échappa un papillon de nuit d'un beau vert brillant. Il l'attrapa délicatement, puis, avec un large sourire à l'adresse de Jean, le plaça dans le petit sac qu'il portait à la ceinture. Jean le regardait, abasourdie. Soudain, éclatant de rire, elle prit la tête de son fils entre ses mains.

— Maintenant, je peux emmener ton cœur avec moi, chez moi, expliqua Tomme. Merci de ton cadeau, mère fantôme.

— Que tu es malin ! chuchota-t-elle tendrement. Tu avais raison, ajouta-t-elle en se tournant vers Markham. Je comprends maintenant pourquoi tu m'as menti. Sa place n'est pas avec nous. Nous devons l'aider. Il a besoin de nous pour sauver les siens.

Tomme se dégagea doucement, rassembla ses armes. Il était redevenu le fier chasseur à la stature imposante. Jean partit chercher un appareil-photo, le régla sur la pose automatique et rejoignit rapidement le reste de la famille.

Lorsque le flash se déclencha, Tomme sursauta. Mais les Markham détenaient maintenant la preuve que le rêve de retrouver leur fils s'était réalisé au moins le temps d'un instantané…

5

Les Chasseurs d'Hommes étaient ivres. Jacareh lui-même dormait recroquevillé dans la pelleteuse d'un bulldozer, serrant son M 16 entre ses bras. Une bouteille vide avait roulé à côté de lui. Les peintures menaçantes qui couvraient son corps, en rappelant sa fierté oubliée, rendaient plus pitoyable encore l'image de la déchéance qu'il offrait aux regards.

Markham attendait le retour de Tomme et des Indiens partis explorer les abords du bordel. Le bâtiment était en fait composé de plusieurs cabanes délabrées reliées entre elles par des passages en tôle ondulée. Bill avait connu d'autres endroits semblables. Ils comportaient toujours un bar, une salle de jeu et une dizaine de chambres sordides où les filles recevaient leurs clients, pour la plupart des bûcherons ou des marchands. La propagation des maladies y était inévitable. Les filles qui travaillaient là contre leur gré ne survivaient jamais longtemps.

Devant la porte principale, un groupe de bûcherons buvaient à même la bouteille, tout en jouant aux dés sur le sol de terre battue. Un homme armé d'un fusil surveillait la forêt d'un œil méfiant.

Lorsque Tomme et les trois Hommes Chauves-Souris furent de retour, Jabuti — alias Carlos — annonça qu'ils avaient trouvé une deuxième porte à l'arrière de la maison. Ils avaient ouvert une brèche dans le grillage entourant le bâtiment, hors du champ de vision des gardes.

— Parfait, déclara Bill. Vous êtes redevenus des

Hommes Chauves-Souris, maintenant... Vous acceptez d'utiliser des armes à feu ?

— Oui. Pour la dernière fois...

Markham remit un fusil de chasse à Jabuti. Les fils de l'Indien étaient déjà armés de pistolets automatiques.

— Allons-y ! Accordez-moi cinq minutes. Puis, Tomme, tu lanceras ton cri de guerre. Auparavant, prenez soin de tuer les gardes. Sans bruit.

Tomme avait déjà préparé sa sarbacane. Mapi poussa un grognement. Ses yeux brillaient à la pensée de la bataille.

Le garde eut un regard soupçonneux lorsque Markham se présenta à la porte, dissimulant de son mieux son M 16. Il le laissa cependant passer. A l'intérieur, Bill fut surpris par la foule qui emplissait la salle enfumée. En comptant les voitures garées devant le bâtiment, il s'était attendu à trouver une dizaine d'hommes, tout au plus. Il commanda un verre au bar et demanda à voir les filles. Le barman indiqua du doigt l'autre bout de la pièce, où une vieille femme faisait défiler les prostituées devant leurs clients potentiels. Bill aperçut Péqui et Caya, vêtues de jupes aguichantes et de corsages vaporeux qui semblaient totalement déplacés sur elles.

Il s'approcha. Quand vint le tour de Caya, il offrit vivement une poignée de billets à la vieille femme. Satisfaite de la somme, elle fit descendre Caya de l'estrade. Alors seulement la jeune femme effrayée reconnut Markham. Il plaça discrètement un doigt sur ses lèvres, puis l'entraîna par le bras en lui expliquant son plan à voix basse : au cri de Tomme, toutes les filles devaient se ruer vers la sortie. Si elles étaient avec un client, il leur faudrait le neutraliser immédiatement, par n'importe quel moyen, car elles ne disposeraient que de quelques secondes pour s'enfuir. Caya fit passer Markham derrière un rideau, dans un long couloir flanqué d'une dizaine de portes. Tout en marchant, elle parlait en *tupi,* d'une voix naturelle, de manière à prévenir ses compagnes sans alerter les hommes qui se trouvaient avec elles.

Seule Péqui, restée sur l'estrade, ne reçut pas son message.

Parvenu au bout du couloir, Markham ouvrit la porte de service. Caya détala comme un lièvre. En un clin d'œil, elle disparut dans l'ouverture ménagée dans le grillage, où un Indien l'attendait pour la conduire à l'abri. Markham regagna aussitôt le bar.

Péqui était toujours sur l'estrade, frissonnante d'effroi. Dès que le long hululement de Tomme eut retenti, des cris de douleur et de rage s'élevèrent de l'autre côté du rideau. La vieille femme se mit à vociférer en portugais. Une poignée d'hommes dégainèrent leurs armes.

Sortant son M 16, Bill visa immédiatement les lampes. Dans la pénombre, un homme se jeta sur lui. Il l'abattit puis, profitant de la confusion générale, se fraya rapidement un chemin jusqu'à l'estrade.

La vieille femme avait saisi un revolver sur le piano. Elle abreuva Markham d'un flot d'injures, mais dut se baisser lorsqu'il fit feu. Péqui, qui avait reconnu son sauveur, bondit dans sa direction. Au moment où elle l'atteignait, la vieille Portugaise braqua son arme. Péqui s'effondra dans les bras de Markham, inerte, une large tache de sang s'étalant dans son dos.

Sans plus réfléchir, Markham se précipita vers la porte. Le garde était toujours appuyé au mur, immobile, la gorge transpercée par une fléchette empennée. Quelques coups de feu suffirent à disperser les joueurs de dés, puis Markham fila vers la barrière et la jungle toute proche.

Toutes les femmes, à l'exception de Péqui, avaient réussi à s'échapper. Dans la clairière choisie comme lieu de rendez-vous, Tomme et Kachiri s'étreignaient avec violence. Les jeunes femmes se débarrassèrent vivement des vêtements des hommes blancs, retrouvant avec joie la digne beauté de leur nudité.

Markham et les Indiens Chauves-Souris se déployèrent pour couvrir la retraite de la troupe dans la forêt. Deux hommes à moitié nus se ruèrent vers la barrière en poussant des cris de rage. Leurs tirs groupés firent pleuvoir une cascade de feuilles et de brindilles sur les quatre hommes qui gardaient la lisière du Monde.

Puis Jacareh apparut, titubant et ensommeillé. Après avoir longuement regardé la forêt, il éveilla à grands cris ses guerriers ivres et les Chasseurs d'Hommes se lancèrent à la poursuite des fugitifs.

Markham et les Hommes Chauves-Souris rejoignirent en courant les Hommes Invisibles près du cours d'eau où, à peine quelques jours auparavant, le Grand Anaconda avait accueilli l'esprit de Wanadi et emporté le vieil homme dans la Lumière de Rêve.

— Si nous nous enfonçons dans la forêt, dit Jabuti, ils ne nous rattraperont jamais. Ne risquons pas nos vies inutilement.

Caya était bouleversée par la perte de son amie Péqui. Elle ne savait pas encore que son mari était mort. Tomme observait la jeune femme. A ses côtés, Kachiri réfléchissait.

— Les femmes de notre tribu ont beaucoup souffert, dit-elle. Nous ne réclamons pas la vengeance, mais nous devons faire en sorte que le Peuple Invisible soit à nouveau en sécurité dans le Monde. Jacareh et son arme-de-feu sont une menace pour nous. Il ne faut pas les laisser derrière nous.

— Kachiri a raison, approuva Tomme. Je ne cherche pas non plus à me venger. Mais si nous voulons que nos enfants vivent jusqu'à leur initiation, nous devons éliminer tous les Indiens qui veulent introduire les armes du Monde Sauvage dans la forêt. Nous attendrons ici, et nous nous battrons. Les Grands Anciens décideront qui de nous doit vivre, et qui de nous doit mourir.

Markham était fier de son fils. Bien que la conversation ait été trop rapide pour qu'il en saisisse la totalité, il comprenait que de la confrontation à venir dépendait la survie, ou l'extinction, d'une des deux tribus indiennes du *makira aku.* D'ici quelques heures, le Monde Vivant compterait un peuple de moins, mais ce seraient les Indiens eux-mêmes qui en auraient décidé.

Les Chasseurs d'Hommes attaquèrent une heure plus tard. Il y eut d'abord les sifflements habituels, suivis d'un profond silence. Puis le feuillage de la rive opposée fut agité de légers tremblements, et l'air s'emplit soudainement du jet silencieux des fléchettes. Frappé en pleine poitrine, Wishah, le fils de Jabuti, s'écroula.

Quelques instants plus tard, au milieu d'un vacarme assourdissant, la forêt s'illumina d'éclairs de feu. Jacareh et ses guerriers s'élancèrent dans la rivière.

Markham tua d'une balle le Portugais qui les accompagnait. L'homme tomba à la renverse et fut rapidement emporté par le courant. Jabuti fit feu sur Jacareh. Le chef tibuba et recula, mais revint presque aussitôt à la charge.

Flèches et fléchettes sifflaient dans l'air de la nuit. L'un après l'autre, les Mangeurs d'Hommes tombèrent. Les survivants s'éparpillèrent dans la forêt.

Mapi se lança à leur poursuite.

— Vous ne mangerez plus personne ! Vous ne mangerez plus personne ! hurlait-il en pataugeant dans l'eau.

Tomme le rappela.

— Ta vie est précieuse, dit-il simplement.

Confus, Mapi baissa la tête.

— C'est vrai. Les femmes ont besoin de moi.

Il rejoignit les autres guerriers, à l'abri sous les arbres. Seul Markham était demeuré près de la rivière, allongé sur la berge, tenant toujours son M 16 entre les mains. Tomme vint s'accroupir à côté de lui.

— Où est Jacareh ? demanda-t-il.

— C'est exactement la question que je me posais. Il a été blessé au bras et s'est volatilisé. Je ne crois pas qu'il soit mort. Mais je ne l'ai pas vu s'enfuir avec les autres.

Tomme jeta un regard anxieux par-dessus son épaule.

— Jacareh a l'esprit du jaguar... Il est trop orgueilleux pour accepter la défaite. Je ne suis pas rassuré.

— Je suis bien de ton avis, marmonna Markham en anglais. Partons d'ici, ajouta-t-il en *tupi*.

En file indienne, toute la troupe s'engagea au pas de course sur la piste qui menait du Bord du Monde au village brûlé des Hommes Invisibles. Fusil au poing, Markham fermait la marche. En tête, Mapi fouillait les buissons et les coins d'ombre. De temps à autre, il lançait à mi-voix son cri de guerre. Il avait tué son premier homme. Sa nouvelle expérience le grisait.

Au bout de quelques heures, ils firent halte dans le sous-bois. Kachiri s'efforçait de réconforter Caya, qui ne se consolait pas de la disparition de Péqui. Jabuti était affligé par la mort de son fils. Tous étaient affamés. Mais au moins ils étaient maintenant en sécurité.

— Tu dois retourner à la ville, dit Tomme à Markham. Merci, père, de nous avoir aidés à redevenir un peuple.

Markham réalisa que, pour la première fois, il l'avait appelé « père », et non « père fantôme ».

— Je peux vous accompagner encore, si tu veux.

— Non, tu dois repartir ; nous, nous allons continuer. Nous parlerons souvent de toi à nos enfants.

Markham se sentit envahi par une soudaine détresse. Il avait revu son fils, et à nouveau il devait s'en séparer. Il était déchiré : il avait désespérément envie de rester avec Tomme, mais il savait aussi qu'il devait lui obéir.

Jabuti intervint.

— Avec les armes du Monde Sauvage, nous pouvons nous protéger contre toutes les attaques.

Mais Tomme s'empara de son fusil. Gnaru, le fils de Jabuti, rendit son arme sans protester lorsque Tomme tendit la main.

— Le Peuple Invisible vous a adoptés. Nous nous servons de flèches, de javelots et de sarbacanes, mais pas d'armes-de-feu.

Il tendit les armes à Markham.

— Partez en avant, ordonna-t-il à la tribu. Mapi, conduis-les. Je vous rattraperai.

Lorsqu'ils furent seuls, Tomme s'adressa à son père.

— Père, prends bien soin de ma mère. Rappelle-lui toujours que je porte son amour avec moi.

Il caressa de la main le petit sac où était enfermé le papillon. « Vit-il encore ? » se demanda Markham.

— Je te le promets, Tomme. Ne t'inquiète pas.

Un désespoir, une rage soudaine le submergèrent à l'idée que la vie de Tomme et de son Monde serait probablement très courte — et leur fin épouvantable.

— Te souviens-tu du jour où tu as rencontré pour la première fois les Hommes Invisibles ?

— Je me rappelle qu'un homme est arrivé en courant dans le Monde en agitant les bras comme un oiseau. Il criait, mais on aurait dit qu'aucun son ne sortait de sa bouche. Et il courait, courait, sans jamais pouvoir atteindre le Monde... J'ai souvent rêvé de cet homme. Et c'était toi, mon père. C'est peut-être la dernière image que j'ai eue de toi avant que Wanadi ne me ramène chez moi.

Markham avala sa salive avec peine. Tomme était tout près, si près d'eux lorsque Jean et lui étaient entrés dans la forêt ! Et ils ne l'avaient pas vu !

— A cet endroit, sur la rivière, il y a un grand barrage maintenant... dit-il enfin.

— Je l'ai vu lorsque nous poursuivions les Chasseurs d'Hommes. C'est effrayant.

— Très effrayant. A cause du barrage, les Hommes Termites vont envahir le Monde. Ils le détruiront pour s'en approprier les richesses. Tomme, tes années dans le Monde sont comptées. Il y aura bientôt des milliers de bâtiments comme celui où vos femmes étaient captives, des milliers de Jacareh. Ils anéantiront vos villages, ils chasseront les Grands Anciens de leurs sépultures.

Tomme secoua la tête en signe de dénégation.

— Ils ne nous trouveront pas. Nous sommes le Peuple *Invisible*. Nous ne disparaîtrons jamais du Monde. Même lorsque vous ne nous verrez plus, nous existerons encore.

— Le barrage crée un grand pouvoir. Les hommes qui viendront s'en servir pourront tout voir.

Tomme sentit le désespoir, la tristesse de Markham et lui adressa un sourire rassurant.

— Si le barrage est mauvais, l'eau le renversera. Les barrages que construit mon peuple sont renversés par l'eau.

— Mais celui-là est *gigantesque !*

— Alors, il faudra beaucoup d'eau ! rétorqua Tomme en souriant. Nous chanterons très fort avec les grenouilles, comme nous le faisons pour appeler la pluie. Et ce sera une *Grande* Pluie.

Markham sourit.

— Je chanterai peut-être un peu, moi aussi.

Il serra Tomme dans ses bras.

— Adieu, Tomme. Tâche de rester invisible.

— Pour toi, père, je ne serai jamais invisible. Tu pourras toujours me voir.

Markham reprit le chemin du bordel pour retrouver sa voiture qu'il avait cachée à proximité.

Tomme ramassa son arc. Il avait utilisé toutes ses flèches. Il ne lui restait qu'une seule fléchette accrochée à sa ceinture. Il la prit dans sa main avec sa sarbacane et partit d'un pas rapide rejoindre ses compagnons.

Au bout de quelques minutes, il s'arrêta pour écouter. Quelque chose bougeait devant lui, mais ce n'étaient pas les hommes de sa tribu. Le bruit était plutôt celui d'un singe se déplaçant dans le sous-bois. Ou celui d'un jaguar se dirigeant vers lui. De telles rencontres étaient rares. Les grands félins attaquaient rarement les humains — plus rarement encore les chasseurs adultes. Mais celui-là avait dû sentir l'odeur du sang que Tomme portait sur lui et être tenté par la perspective d'achever un blessé...

Il glissa sa dernière fléchette dans la sarbacane. Tenant son arme horizontale, les yeux écarquillés, il avança lentement dans la forêt faiblement éclairée par la lueur lointaine de la lune et des étoiles.

Il parvint à une clairière. S'arrêtant à nouveau sous les arbres, il inspecta prudemment les ténèbres. Alors, le jaguar s'avança à sa rencontre. Il avait un sourire grimaçant et marchait sur ses pattes de derrière.

Il s'appelait Jacareh.

Jacareh se mit à rire. Il pointa son arme d'une main vers Tomme. Son autre bras pendait, inerte, à son côté. Il portait au cou une de ces petites boîtes noires que Markham avait appelée « chargeur ». Tomme savait ce qu'elle contenait : des flèches de feu.

Sans réfléchir il leva sa sarbacane, tous ses réflexes tendus vers la lutte. Avec un cri de joie, Jacareh fit feu.

Tomme se jeta de côté. Dans sa chute, il laissa échapper sa sarbacane. La fléchette empoisonnée tomba sur le sol.

Jacareh éclata d'un grand rire. Sous la lumière de la lune, son visage rouge et blanc luisait comme un masque maléfique.

— Je suis Jacareh. Je suis le Jaguar, le chef des Mangeurs d'Hommes !

— Je suis Tomme, fils de Wanadi, le chef des Hommes Invisibles.

Jacareh s'inclina en ricanant.

— Je te mangerai tout entier, car la chair des Hommes Invisibles est une nourriture délicieuse.

— Alors je resterai dans ton ventre pour toujours. Tu ne pourras plus jamais manger sans avoir mal.

Les traits de Jacareh se crispèrent de colère. Levant son arme, il visa, puis tira.

Aucun éclair ne jaillit. Aucun grondement n'ébranla le sous-bois.

L'espace d'un instant, les deux hommes se dévisagèrent, puis Tomme comprit : il n'y avait plus de feu dans l'arme. Il fallait que Jacareh change la boîte noire pour pouvoir s'en servir à nouveau.

Tâtonnant dans l'obscurité, Tomme récupéra sa sarbacane. Jacareh venait d'arracher le chargeur de son cou. Il poussa un rugissement.

Tomme ne parvenait pas à trouver la fléchette ! De la main, il explorait le sol autour de lui, craignant de se tuer avec son propre poison. Jacareh enfonça le chargeur dans son logement.

Tomme trouva enfin sa fléchette. Il l'introduisit immédiatement dans la sarbacane, porta l'instrument à sa bouche, et souffla avec force. Au même instant, Jacareh pressa la détente. L'éclair rugit, roula sous les feuillages, tonna jusqu'aux étoiles, loin au-dessus des arbres.

Lorsque le grondement s'éteignit, Jacareh demeura immobile, le M 16 levé au-dessus de sa tête. La fléchette lancée par Tomme tremblait à son cou. Déjà le poison lui arrachait la vie.

Il tomba à genoux, les bras en avant. Il ne bougeait plus, mais il vivait encore.

Mapi fit irruption dans la clairière et brandit son javelot afin d'achever Jacareh.

— Nous le ferons cuire et nous le mangerons! trépignait-il.

— Non ! s'écria Tomme.

Mapi hésita, la lance dressée.

— Mais c'est ce qu'il a toujours fait avec nous ! Ça sera notre vengeance...

— Non... répéta Tomme plus doucement.

Il s'approcha de Jacareh. Le redoutable guerrier était paralysé. Son regard, d'abord amer, se teinta peu à peu de regret.

— Les Mangeurs d'Hommes ne sont plus, soufflat-il. Vous avez remporté une grande victoire. Vous êtes la dernière Grande Tribu maintenant.

— Nous sommes le Peuple des Invisibles. Il y a bien d'autres tribus dans le Monde. Toutes celles qui restent fidèles à la forêt sont de Grandes Tribus.

Jacareh s'affaiblissait rapidement. Impatient, Mapi sautait d'un pied sur l'autre, prêt à frapper.

— Je demande à mourir comme l'un de vous. Libérez mon âme par le feu, et ajoutez un peu de mes cendres à la poussière de ceux qui sont partis avant vous. La cruauté et la force du jaguar vous seront peut-être utiles dans les années à venir...

Mapi tourna vers Tomme des yeux brillants d'enthousiasme.

— Non, dit le jeune chef.

Jacareh, à l'agonie, murmura :

— Je t'en prie...

Tomme s'accroupit devant lui.

— Non, Jacareh. Nous n'avons pas besoin de ta cruauté. Ni de ta force. Notre peuple en a bien assez. Mais je parlerai de toi à nos enfants. Ils sauront qui était Jacareh, le chef des Chasseurs d'Hommes...

Jacareh sourit faiblement.

— Oui... Ce sera une bonne chose. Jacareh au cœur de Jaguar...

Mais Tomme secoua la tête.

— Jacareh avait la peau du jaguar, mais son cœur était celui d'un cochon dompté par les Blancs.

— Non ! voulut crier Jacareh.

Il n'émit qu'un sifflement rauque. Son visage se tordit dans une grimace. Il roula des yeux, puis mourut.

Tomme disposa son corps sur le sol, se redressa et dit à Mapi.

— Abandonnons-le aux mangeurs de charogne. C'était un des leurs.

Mapi le regardait d'un air déconcerté.

— Nous avons besoin de sa force ! Pourquoi l'as-tu rejeté ?

— Le Peuple Invisible attend quelqu'un qui possède en lui plus de force que toute la tribu de Jacareh réunie.

— Qui est-ce ? interrogea vivement Mapi.

— Il n'est pas loin. Chaque jour qui passe le rapproche de nous.

— Lorsqu'il arrivera, je veux être à côté de toi pour l'accueillir.

Tomme sourit à son ami.

— Lorsqu'il arrivera, je serai prêt.

Et ils s'en furent rejoindre les autres.

## 6

De son bureau du sommet du gratte-ciel de l'Amazco, Bill Markham regardait la pluie qui frappait les vitres et noyait la ville. Le flot était si torrentiel que la pièce, déjà vidée des affaires personnelles de l'ingénieur, était plongée dans la pénombre. On ne voyait plus la rivière, ni l'immeuble qu'habitaient les Markham. Le ciel gris était chargé d'une eau qui n'en finissait pas de se déverser.

La porte s'ouvrit derrière lui. Enrico Costa embrassa d'un coup d'œil les caisses d'emballage et les murs nus.

— Ça ne sera plus pareil quand vous serez parti, Bill.

Markham se retourna vers lui.

— Vous me manquerez aussi, Enrico. Sacrée tempête, hein ?

— Vous feriez mieux de m'accompagner. D'énormes nuages s'amoncellent au-dessus du barrage et en amont de la rivière.

La voix du petit homme était remplie d'appréhension. Markham lui emboîta le pas jusqu'à la salle de contrôle. Autour des écrans où étaient projetées les photos satellites du réseau fluvial de l'Yuruan, tous les techniciens manifestaient une agitation fébrile.

Penché sur l'image la plus récente, Markham siffla entre ses dents. Costa avait raison : sur la carte, un tourbillon de nuages obstruait complètement la vue du barrage et des eaux environnantes.

— On n'a jamais rien vu de pareil, fit Costa. Les nuages sont apparus hier au-dessus de la forêt et se sont ensuite déplacés jusqu'au barrage. Depuis, ils ne font que s'entasser, sans bouger.

— Et la pluie ?

— Fine, pour l'instant... Mais quand l'orage éclatera, imaginez les masses d'eau qui vont déferler sur le barrage...

Markham s'approcha de nouveau de l'écran. Lorsqu'il se redressa, il était pâle.

— Les Indiens appellent ça une Grande Pluie...

— Qu'ils appellent ça comme ils veulent. Moi j'appelle ça de sérieux ennuis !

— Vous avez peut-être raison. Allons jeter un coup d'œil.

Lorsqu'ils atteignirent le barrage, la situation s'était nettement aggravée. L'hélicoptère dut lutter contre des rafales de vent et de pluie avant de parvenir à se poser et il fallut immédiatement l'amarrer. A demi aveuglé par le déluge, Markham courut vers le bureau des ingénieurs. La nuit était tombée, et les projecteurs qui éclairaient le site étaient à peine visibles à travers les trombes d'eau.

Sur le seuil, Markham se retourna pour contempler le barrage illuminé. La haute paroi en forme d'arc de cercle était impressionnante. Elle paraissait éternelle, impérissable. Rien, pas même une Grande Pluie, ne pouvait réussir à l'abattre.

— Regardez ! hurla Costa dans la tempête.

Son bras tendu désignait la route goudronnée qui conduisait aux anciennes mines.

Des milliers de grenouilles avaient envahi la chaussée.

Dans le bureau, les deux hommes firent le point de la situation avec Joseph Perrera. Les affluents du Pirikatu avaient rejoint en deux endroits ceux de la Yuruan, dont le niveau était monté de trois mètres en moins d'une heure.

— Le barrage *tiendra !* affirma Perrera.

— Je préfère ne pas prendre de risques, répondit Markham. Je n'ai jamais vu une pluie pareille. Nous pourrions avoir des problèmes.

— Quel genre de problèmes ? s'inquiéta aussitôt Perrera.

— Une inondation n'est pas impossible. Faites évacuer le barrage. Que les hommes se réfugient sur les hauteurs.

Perrera pâlit.

— C'est ça, votre marge de sécurité, Bill ? lança-t-il avec rage. D'après vos calculs, rien ne pouvait abattre votre mur de béton...

Markham le dévisagea froidement.

— J'ai pu me tromper. Mes calculs comportaient peut-être une erreur.

— En d'autres termes, le barrage ne tiendra pas ?

— Je vous le répète, je préfère ne pas prendre de risques. Faites évacuer les lieux avant que toute l'eau qui s'accumule en amont atteigne le bassin.

— Mais il y a plus de mille hommes sur le chantier !

— Eh bien dépêchez-vous ! s'écria Markham, ajoutant aussitôt d'un ton radouci : Et ne dramatisez pas, Joseph, il ne s'agit que d'une mesure de précaution...

— Est-ce toi qui appelles la pluie, Tomme ? Est-ce ton chant qui est responsable de tout ça ?

Une lampe électrique à la main, Markham courait sur le sentier qui menait à la cabane des explosifs. Partout autour de lui, les hommes se ruaient vers les voitures et les camions qui attendaient pour les conduire en lieu sûr.

Les lumières du barrage s'éteignirent brusquement. Dans la pénombre, il poursuivit son chemin en trébuchant sous la pluie battante.

« Je dois avoir perdu l'esprit, songeait-il. C'est de la folie. Dix ans pour construire ce barrage... *Mon* barrage. Et alors ? J'en fais ce que je veux. »

Il déverrouilla la porte de la cabane et se glissa à l'intérieur. Après avoir rassemblé le matériel dont il avait besoin, il ressortit dans la tourmente. Il s'engagea sur la pente qui permettait d'accéder au soubassement du barrage.

« C'est ma modeste contribution pour aider la forêt... Ils pourront toujours reconstruire un barrage. Ce n'est pas l'argent qui leur manque. »

Un éclair illumina le ciel, suivi d'un grondement de tonnerre. Les nuages s'étaient encore assombris. Dans le lointain, un bruit sourd et effrayant se faisait entendre.

Les eaux du Monde se ruaient sur le barrage.

Titubant dans le noir, il déroula le fil électrique qui reliait la charge d'explosifs au petit détonateur attaché à son cou. Il jetait de fréquents regards autour de lui, guettant les gardes ou les ouvriers qui auraient pu rester en arrière. Mais tous avaient fui.

Au loin, le grondement s'enflait. Markham imaginait la rivière de l'autre côté du barrage... Le flot montant, précédé d'une vague de front de plus de cent mètres de hauteur, qui noierait tout sur son passage, arrachant la terre et les arbres comme un gigantesque bulldozer. Mais son barrage tiendrait. Il l'avait construit dans ce but. C'est pourquoi il devait faciliter la tâche du Grand Anaconda.

Il brancha les fils sur le détonateur. Un voyant rouge se mit à clignoter : le mécanisme était prêt. Recroquevillé sur lui-même, il abrita l'engin sous son ciré. Le grondement de l'eau était devenu assourdissant. Il lui sembla que le sol s'était mis à vibrer sous ses pieds.

Telle une immense baleine émergeant de la mer, la vague bondit à l'assaut du barrage, hésita un instant contre le ciel noir. Puis la masse sinistre retomba. Un gigantesque bras d'eau franchit le mur.

Markham recula précipitamment. Son pied dérapa. En tombant, il enfonça le bouton du détonateur. Alors qu'il s'enfuyait pour échapper aux vagues qui déferlaient, il remarqua que l'un des fils électriques s'était détaché.

Il se hissa sur une passerelle d'où il pouvait observer

le barrage en toute sécurité. L'édifice tremblait. Puis il s'effondra lentement. Des blocs de béton de la taille d'un immeuble se détachaient et s'écrasaient au sol. Enfin, les eaux emportèrent tout. Markham ne pouvait détourner les yeux de ce spectable grandiose. La rivière effaçait toute empreinte humaine. Un gigantesque serpent d'argent s'abattait sur le monde.

Alors seulement, il lança le détonateur dans les flots, tout au fond de la nuit.

Bien sûr, il y aurait une enquête. Perrera soupçonnerait un sabotage, et Markham abonderait dans son sens. Toutes les preuves compromettantes avaient été emportées par l'eau. De plus, si la théorie du sabotage était retenue, la solidité du barrage, que Markham n'avait cessé d'affirmer indestructible, ne serait pas mise en doute.

C'était pourtant cette idée qui le tourmentait à présent. Avait-il *vraiment* fait sauter le barrage en un point vulnérable de sa construction ? Le fil débranché avait-il empêché la détonation, rendant ainsi sa tentative vaine ? Mais alors, pourquoi le barrage avait-il cédé ? Au fond de lui-même, il était persuadé qu'il était capable de résister à la vague la plus puissante. Dans ses calculs, il avait soumis l'édifice à des pressions supérieures à tout ce qui était imaginable. Si violente qu'elle eût été, la tempête était restée en deçà de ce qu'il pouvait supporter. En toute logique, le barrage aurait dû tenir. A moins...

A moins qu'il n'y ait eu autre chose dans l'eau. Un corps qui aurait ouvert une brèche dans la paroi, et serait ensuite reparti, ou se serait caché au sein des flots, au sein de son élément...

Quelque chose comme...

Mais il n'avait aucune idée de ce que cela pouvait être. Il se laissait simplement entraîner par son imagination. L'idée par exemple que son fils, du fin fond de la forêt, avait appelé les nuages, chanté avec les grenouilles pour faire venir la Grande Pluie...

Non, l'orage n'était qu'une catastrophe naturelle, rien de plus. Un déchaînement rare, mais parfaitement explicable, des forces de la nature.

En tout cas, l'Amazco se passerait de lui pour construire le prochain barrage...

# ÉPILOGUE

Un jour, il raconta une histoire. Ce n'était pas un souvenir de son enfance : il l'avait rêvée.

Un été (dans son rêve), le Bord du Monde cessa enfin de se rapprocher de leur village et commença à reculer. La forêt repoussait parmi les décombres du barrage. Les machines qui avaient dévoré les arbres-ancêtres se taisaient. Leur couleur jaune tournesol avait pris la teinte ocre de la terre.

Partout où ils se rendaient, les Hommes Invisibles ne rencontraient plus que le silence. Le Bord du Monde s'éloignait toujours. De jeunes arbres envahissaient les huttes en ruine du Peuple Termite. Pendant longtemps, les Indiens s'en étaient méfiés, de crainte qu'elles ne fussent encore habitées par des fantômes.

Pourtant, peut-être parce qu'ils avaient découvert de meilleurs terrains de chasse dans le Monde Sauvage, même les fantômes avaient disparu.

# TABLE

*Achevé d'imprimer en juin 1985*
*sur les presses de l'imprimerie Bussière*
*à Saint-Amand (Cher)*

N° d'édition : 5084. — N° d'impression : 1519.
Dépôt légal : juin 1985.
*Imprimé en France*